ET SI JE RÊVE… TANT MIEUX !

SOPHIE BÉNASTRE
ET MARION VAUJOURS

ET SI JE RÊVE...
TANT MIEUX !

Michel LAFON POCHE

118, avenue Achille-Peretti – CS 70024
92521 Neuilly-sur-Seine Cedex
www.michel-lafon.com

1

Aussi loin que puisse voir Gaëlle, le velours gris de la route s'étire à l'infini, doux et embrumé dans la lumière du jour qui se lève. Les enfants dorment, la tête penchée sur la poitrine. Gaëlle sourit en voyant dans le rétroviseur la bouche grande ouverte de Tom. Il rêve aux anges, comme disait la grand-mère de Gaëlle quand elle était petite.

Gaëlle commence à avoir des fourmis dans les reins, elle bouge légèrement sur son siège. Elle tient son volant d'une main, son autre main blottie au chaud entre ses cuisses, une mauvaise habitude comme tant d'autres. Si Fabrice avait été là, il lui aurait dit : « Les deux mains sur le volant, Gaëlle, tu as la responsabilité de nos vies, je te rappelle ! » Il râle toujours quand elle conduit. Cela lui fait drôle qu'il ne soit pas avec eux. Il aurait pu les accompagner, ça aurait fait plaisir aux enfants, eux qui ont déjà bien du mal à accepter ce déménagement imprévu.

Il est vrai que le départ a été un peu précipité. Mais parfois la vie vous envoie des signes et vous sentez que vous ne pouvez pas les ignorer. Il faudra sans doute du temps à Tom et Lola pour digérer ce brusque changement de vie, mais Gaëlle est confiante. Elle croit en la magie du Pays basque, son Pays basque, le paradis de son enfance qu'elle va enfin retrouver. Elle n'y est pas retournée depuis la mort de son grand-père et la perte de leur maison. Plus de quinze ans sans gonfler ses poumons de ce vent pur, sans se laisser bercer par le bruit des vagues.

Elle jette un œil à son GPS. Ils viennent de dépasser Angoulême. Elle a du mal à croire que dans un peu plus de trois heures, elle pourra enfin plonger son âme dans l'océan. Son grand-père disait que c'était le meilleur remède aux baisses de moral et aux chagrins d'amour. Quand il voyait sa petite-fille boudeuse ou triste, Bixente la chassait d'un geste de la main : « Va plonger ton âme dans l'océan, pitchoune ! Les vagues vont te nettoyer ! Allez zou ! » Et il avait raison. Elle revenait apaisée. Rien ne résiste à la puissance de l'océan. Elle va peut-être devoir y faire un tour en arrivant.

Lola gigote sur le siège passager. Elle change de position et rabat rageusement sa capuche sur son visage. Même dans son sommeil, elle reste fâchée contre sa mère. Elle a attaqué alors qu'ils n'avaient même pas encore quitté la région parisienne.

***

– N'importe quoi ! C'est juste n'importe quoi !

C'est la même rengaine qu'elle ressasse en boucle depuis trois mois. Gaëlle soupire et lui fait la même réponse que les fois précédentes.

– Ce n'était pas prévu, chérie. Je te jure. Je te le répète, j'ai postulé un peu par hasard. Je n'y croyais pas. Il y avait tellement de candidats. Tout le monde veut aller vivre dans le Sud. Tout le monde.

– Eh ben pas moi. Et Tom non plus d'ailleurs.

– Tom répète tout comme toi. Arrête de t'en servir. Ce n'est pas très correct.

– Correct ? Correct ? Parce que c'est correct de nous faire quitter notre vie en plein milieu d'année ? C'est correct qu'on perde tous nos copains ?

– C'est dégueu, intervient Tom qui jusque-là est resté silencieux.

Lola continue comme un disque rayé :

– Correct de nous emmener dans une région qu'on n'a même jamais visitée ? Correct de nous faire passer notre premier Noël sans papa ?

– Tu sais très bien qu'on passera Noël tous ensemble, je te l'ai déjà expliqué. Ou il viendra nous voir, ou on reviendra à Gagny, mais de toute façon…

– Ce sera quand même pas comme d'habitude ! la coupe Lola.

– On n'a pas pu faire autrement. Pour nous aussi, c'est beaucoup de changements, les enfants. On a bien conscience de vous brusquer, mais…

– Ouais, c'est hyper violent ! aboie Lola.

– Oui, hyper violent ! renchérit la petite voix de Tom à l'arrière.

– Le Pays basque ! Le Pays basque ! Tu nous rabâches ça depuis trois mois ! Genre… un paradis… C'est pas les Seychelles non plus ! Et puis, si c'est un endroit si merveilleux, pourquoi vous nous avez jamais emmenés en vacances là-bas, hein ?

– Lola, c'était trop dur pour moi. La mort de mon grand-père m'a... bouleversée. Et qu'on soit obligés de vendre notre maison... Dans des conditions si dures... ça m'a achevée.

Lola regarde sa mère à la dérobée. Elle voit bien comme Gaëlle est troublée. Elle se radoucit un peu.

– Oui, ben, désolée mais nous, on l'a pas connu. À part quelques photos, tu nous as jamais rien raconté.

– Je sais. Je vais me rattraper. Je vais vous faire découvrir tout ça. Il y a le club de plage que tenait mon grand-père, il va falloir attendre les beaux jours pour qu'il soit remonté, mais il faut absolument que vous le voyiez. C'était toute sa vie. Et puis, je vous montrerai notre maison. Gure Etxea.

– C'est plus la nôtre, maman.

Le ton de Lola est plus sec qu'elle ne l'aurait voulu. Mais c'est trop tard et elle voit sa mère pâlir.

– Merci de me le rappeler, Lola.

– Pardon, mamoun !

Lorsque sa fille l'appelle comme ça, c'est qu'elle souhaite se faire pardonner. Mais Gaëlle garde les yeux rivés sur la route en serrant les dents. Tom attend un peu que l'orage passe avant d'intervenir :

– Moi, c'est mon école que je veux voir.

Gaëlle lui jette un sourire par-dessus son épaule. Le garçon a besoin d'être rassuré. L'école est pour lui une source d'inquiétude. Pas par manque de capacité intellectuelle. Non, de ce côté-là, il n'y a aucun souci. Mais Tom est un peu timide. Solitaire. Il n'y a qu'avec son père qu'il parvient à s'ouvrir réellement.

– Oui, Tommy, on fera ça. On a deux semaines de vacances pour se préparer, ne t'inquiète pas. Nos affaires sont déjà sur place. Vous allez voir. Vos chambres sont bien plus grandes qu'à Gagny et puis, j'ai pensé qu'on pourrait…

– Quoi ? demande Lola, inquiète.

– Quoi ? répète Tom.

– On pourrait… adopter un bébé chat !

– Sérieux ? (Lola affiche un air outré.) T'es sérieuse, maman ?

– On a un jardin donc oui, ça me paraît… envisageable.

Lola soupire bruyamment.

– C'est vraiment dégueu d'acheter ton fils avec un chaton ! N'importe quoi ! Et c'est moi qui me sers de mon frère ! J'hallucine.

– Sauf que là, c'est pas dégueu, affirme Tom, parce que moi, j'ai toujours voulu un chat.

La jeune fille grogne d'un air dégoûté et se recroqueville vers la portière.

Gaëlle préfère en rester là. Elle n'est pas fière de « la technique du chat » ! Mais il faut bien tenter d'adoucir cette rupture avec la vie passée.

***

Le soleil s'élève rapidement au-dessus de l'horizon. Gaëlle abaisse le pare-soleil et vérifie que les enfants dorment toujours. Elle veut profiter de ce moment de calme pour réfléchir encore. Autour d'eux, le paysage commence déjà à changer, laissant place à des collines verdoyantes, parsemées de chevaux et de moutons.

Tout a été si vite, songe-t-elle.

Un jour, dans la salle de repos, alors qu'elle buvait son café en parcourant distraitement les offres d'emploi en interne, elle est tombée sur l'annonce : « *Homerama* recrute pour ce magasin un/une responsable du rayon luminaires. » Ses yeux se sont bloqués sur la localisation : « FR-Pyrénées-Atlantiques-Saint-Jean-de-Luz. » Sa tête s'est mise à tourner. Elle a dû s'asseoir et prendre une grande inspiration. Une fois calmée, elle a lu et relu l'offre. Ce poste était fait pour elle. Elle avait la qualification. Et Saint-Jean-de-Luz… En une seconde, elle a su qu'elle rêvait d'y retourner. Elle a laissé son âme là-bas. Et les choses se sont terminées d'une manière si violente, elle en a encore le goût amer dans la bouche. C'était l'occasion ou jamais de boucler la boucle, de recoller les morceaux restés brisés dans son cœur.

Mais il allait falloir convaincre Fabrice. Le soir même, une fois les enfants dans leur chambre, alors que Fabrice et elle étaient installés sur le canapé, elle s'est jetée à l'eau.

***

– Je sais que c'est un peu fou, Fabrice, mais je crois que c'est le genre d'occasions qui ne se présente pas deux fois. Je peux toujours postuler, ça n'engage à rien ?

– Tu peux, oui.

– Tu serais prêt à bouger, toi ?

– Tu sais que depuis l'arrivée de Mainard, c'est pas vraiment la joie à l'agence, alors chercher ailleurs, pourquoi pas.

– C'est vrai que c'est un sacré con, celui-là.

– Il me rend fou, tu veux dire. Aujourd'hui, il a signé la petite maison à Montreuil. J'étais dessus depuis quinze jours. Vingt et une visites, et c'est lui qui l'a vendue. Ce mec me pique une affaire sur trois.

– Et vivre à Saint-Jean-de-Luz, ça te dirait ?

– Je sais pas trop. C'est le genre de coins qui est vivant en été, mais le reste de l'année, c'est pas un peu mort ?

– Je ne crois pas, non..., hésite Gaëlle.

Fabrice a toujours été un Parisien pur jus, amoureux de la ville, de sa foule, du bruit et de l'agitation.

– Mais bon, reprend-il en haussant les épaules, comme tu dis souvent, qui ne tente rien n'a rien. Si jamais tu es retenue pour le poste, ce qui, si j'ai bien compris, a peu de chances d'arriver, eh bien, je viendrai. Partir loin de Mainard me tente assez. J'imagine qu'il doit y avoir du boulot dans l'immobilier par là. Si ça ne colle pas, il sera toujours temps d'aviser.

Il étend ses jambes devant lui.

– Et puis, j'y ai de bons souvenirs, ajoute-t-il, l'air malicieux.

Elle lui sourit en retour, les yeux brillants. Ils ont passé leurs premières vacances en amoureux là-bas. C'est la seule et unique fois où Fabrice a pu voir Bixente, la maison et le club de plage. L'année d'après, Bixente est mort et la maison a été vendue.

– On était bien, hein, c'était le bon temps ! soupire Fabrice en posant un bras sur ses épaules.

Elle se blottit contre lui.

– Pas d'enfants, pas de factures, pas de problèmes de boulot. On était jeunes et insouciants et si je me souviens bien, on a dû faire l'amour dans à peu près toutes les pièces !

Elle rit et se rapproche de lui pour l'embrasser. Il est séduisant avec sa chemise un peu ouverte, ses cheveux ébouriffés par la fatigue et cette allure toujours classe quoi qu'il fasse.

– Tu ne changes pas, Gaëlle, on dirait que tu as toujours 25 ans, dit-il.

– Toi non plus tu n'as pas changé, chuchote-t-elle.

Il repousse une mèche de cheveux sur son front.

– Si seulement tu faisais des efforts avec ta coiffure et…

Elle l'embrasse pour le faire taire. Il ne va pas recommencer avec ça ! Il répond à son baiser mais juste après, il étouffe un bâillement.

– Je n'en peux plus, moi, je suis crevé, je vais me coucher !

Il la laisse seule et frustrée sur le canapé. Gaëlle s'interroge sur ce qui ressemble de plus en plus à de l'absence de désir. Pourquoi lui dire qu'elle est belle s'il ne veut plus faire l'amour avec elle ?

***

Maintenant que, contre toute attente, après quatre entretiens, elle a été choisie pour le poste, elle espère que cette courte séparation, le temps que Fabrice s'organise pour les rejoindre, relancera un peu la flamme de leur couple.

Gaëlle se frotte les yeux. Elle a besoin d'une pause, de se dégourdir les jambes et de boire un café. Les enfants dorment toujours, elle se gare en douceur. Elle sort de la voiture en faisant attention à ne pas claquer la portière et s'étire. L'air vif la fait frissonner. Elle marche quelques pas et soudain est saisie par l'odeur qui lui saute au nez. Elle en chavire presque. Des mimosas en fleur longent le parking. Elle s'approche et enfouit son visage parmi les petites boules jaunes. Le parfum est fort, poudré mais sublime. Elle en a les larmes aux yeux.

– Je rentre chez moi, chuchote-t-elle, enfin, je rentre chez moi.

La fin du voyage se fait dans le calme. Gaëlle est encore un peu ivre de l'odeur du mimosa et les enfants, après avoir émergé péniblement, restent vaseux et silencieux. Ils arrivent à ce qui sera leur nouvelle maison peu avant midi. Fabrice a fait jouer ses contacts et il faut bien admettre que la location qu'il leur a trouvée est aussi avenante que Gaëlle l'a espéré. Ce n'est pas en bord de mer, bien sûr, ni même dans le centre, les locations y sont bien trop chères. Et puis, il vaut mieux s'excentrer pour éviter l'enfer des étés sur la côte atlantique : les bouchons, la foule, la foire d'empoigne pour se garer, pour acheter du pain ou pour étendre sa serviette sur la plage. Alors, ils ont fait un choix pratique : celui d'être au plus près de l'école de Tom et près d'un arrêt du bus allant au collège pour Lola.

Le petit pavillon à un étage, entouré de pelouse, est situé avenue de l'Irrintzina. Rien que ce nom est déjà une promesse. C'était le cri de joie des fêtes basques auxquelles Gaëlle assistait avec euphorie dans son adolescence. Son grand-père, qui l'accompagnait toujours, lui a expliqué qu'à l'origine, ce cri était utilisé en montagne pour rassembler le troupeau. À chaque fois qu'elle donnera son adresse, elle entendra ces cris de joie qui vous font courir des frissons tout le long de l'échine.

Comme prévu, la clé est posée dans la boîte aux lettres entrouverte. Les déménageurs ont tout déposé la veille. Leurs affaires, entreposées dans les cartons, attendent maintenant d'être déployées, déballées, installées. C'est tellement excitant ! Gaëlle sent une énergie folle bouillonner en elle. Cela fait longtemps qu'elle ne s'est pas sentie aussi vivante. La maison lui plaît énormément. Elle est petite, mais lumineuse et saine. Elle dégage de bonnes vibrations. Gaëlle sent que ce sera le cocon dont elle a besoin pour ses enfants et elle. Et Fabrice, bien sûr. Il la rejoindra et il fera partie, lui aussi, de cet endroit.

La cuisine est neuve. Le propriétaire a dû la refaire pour ses nouveaux locataires. C'est une réussite. Gaëlle n'aurait peut-être pas osé choisir des meubles jaune poussin avec un plan de travail gris anthracite, mais le résultat est chaleureux et pour le moins original. Il suffira de poser des touches de rouge ici et là pour ponctuer l'espace. Les enfants montent à l'étage pour choisir leur chambre. Gaëlle profite de cet instant sans eux pour appeler ses parents. Elle a promis qu'elle le ferait dès leur arrivée. Sa mère est très angoissée par ce départ inattendu. Elles ont toujours vécu à quelques dizaines de minutes l'une de l'autre. Et surtout, cela a fait un choc à Françoise que Gaëlle retourne à Saint-Jean-de-Luz.

– Où sont les enfants, je ne les entends pas ?

– Ils sont à l'étage. Ils choisissent leur chambre.

– Comment ont-ils trouvé la maison ?

– Bien. Ils sont contents d'avoir un jardin. Surtout Tom.

– Pourquoi surtout Tom ?

– Parce que je lui ai promis qu'on aurait un chat.

– Un chat ? Tu vas pas t'embêter avec une bestiole ! Tu feras comment quand vous monterez nous voir ? Un animal, c'est toujours une charge.

– Tu en avais un toi quand tu vivais à Gure Etxea.

– …

– Maman ?

– Tu es passée la voir ?

– Non, pas encore.

– Tu m'enverras une photo ?

– Tu veux vraiment ?

– Je ne sais pas…

Un silence s'installe que Gaëlle interrompt.

– Bon, il faut que je m'y mette. Et puis, je dois aller faire quelques courses.

– Tu n'as pas apporté de quoi manger ? Moi…

– La voiture était pleine à craquer, maman. Tu dois bien t'en douter.

– Et Fabrice ?

– Quoi, Fabrice ?

– Eh bien… Il va venir t'aider ?

– Quand il pourra se libérer, il descendra… Écoute… Je vais devoir te laisser. J'ai plein de choses à faire.

– Oui. Évidemment. Bon courage, Gaëlle. Ton père t'embrasse.

Gaëlle pose le téléphone et regarde par la fenêtre. La voix de sa mère s'est étranglée quand elle a parlé de la maison. Il y a des blessures qui ne se referment jamais. Des cris venant de l'étage la font sursauter.

– Même pas en rêve, éructe Lola. Je suis l'aînée, c'est moi qui ai la priorité.

– Non ! Je suis le plus petit, on doit me protéger. Je suis déjà traumatisé, c'est grand-maman qui l'a dit.

– Ne viens pas mêler grand-maman à cette histoire. Je vais passer au lycée dans quelques mois, j'ai besoin d'espaaaace. Cette chambre est la plus grande. Ici, je peux installer un coin bureau pour mes études.

– Moi aussi, je travaille, gémit Tom.

– Tu iras dans le salon avec ta petite maman penchée au-dessus de ta petite épaule de petit garçon traumatisé, pour faire tes petits devoirs.

– Eh ben… Eh ben… Eh ben…, bafouille Tom, toi… toi… t'es vraiment pas une petite conne ! (Gaëlle l'entend qui dévale les escaliers en hurlant :) T'es une graaaaaande coooonne !

Gaëlle intercepte le garçon au bas de l'escalier, tandis que Lola, en furie, arrive sur ses talons. Elle préfère faire comme si elle n'avait pas entendu Tom proférer des grossièretés et reprend les choses en main. La grande chambre va à Lola qui a effectivement besoin d'espace pour ses études et sa vie d'adolescente. Celle de Tom a un avantage considérable : elle possède un petit balcon qui donne juste au-dessus du jardin. Celui-là même qui deviendra le paradis du chaton à venir. Affaire réglée. Conflit évanoui.

Problème suivant, pense Gaëlle.

– Maintenant que vos territoires sont définis, lance-t-elle, on va voir l'océan ! Et je ne veux pas entendre une seule plainte, sinon ce soir, je vous cuisine du chou à la saucisse !

C'est une plaisanterie rituelle entre eux, depuis que les enfants sont petits. Tom et Lola poussent des « berkkk » outranciers et se bousculent pour avoir la place à l'avant dans la voiture.

– Toi, tu l'as déjà eue tout le trajet !

– Eh bah, c'est normal, je suis l'aînée, tu crois pas que je vais aller derrière non plus !

Gaëlle soupire en tournant la clé dans la serrure de la porte d'entrée. Ça ne s'arrête jamais. Lorsqu'ils arrivent à la plage d'Erromardie, Gaëlle regarde l'heure sur sa voiture. Dix minutes. Ils ont mis dix minutes, depuis chez eux, pour rejoindre l'océan. Ça les changera de Gagny, il n'y a pas à dire…

Les enfants courent sur la plage. Gaëlle les regarde, assise sur les marches qui descendent dans le sable. Tom avance et recule sans cesse en tentant d'éviter les vagues. En vain. Le bas de son pantalon est déjà trempé.

L'océan est bien plus fort que nous, surtout ici.

Lola reste en arrière, mais elle s'est déchaussée. Ses pieds enfoncés dans le sable et son regard au loin. Voir ses deux enfants là, face à l'Atlantique, bouleverse Gaëlle. Elle sourit. Le vent souffle fort. Elle remonte le col de son anorak et enroule son écharpe autour de sa chevelure brune. Elle tente de maîtriser ses boucles qui volent en tous sens et l'empêchent de regarder en paix ce spectacle et a une pensée pour Fabrice, qui s'agace toujours de sa tendance à ne pas se coiffer.

– Faut faire attention ici, hein, c'est des vagues dangereuses ! dit, tout près de son oreille, une voix masculine dont le timbre chaleureux, au léger accent étranger, contraste avec l'autorité sèche du ton.

Elle sursaute violemment et se retourne. Un homme de son âge, vêtu d'une combinaison de surf intégrale noire, une planche sous le bras, lui désigne ses enfants d'un coup de menton. « De quoi je me mêle ? » manque-t-elle de répondre. Mais elle siffle un « merci » qui ne semble pas duper son interlocuteur. Leurs regards s'affrontent un instant.

– Moi, je dis ça pour vous, dit-il en haussant les épaules.

Il s'est redressé. Il est grand. Ses cheveux mi-longs volent en tous sens, balayés par le vent. Il est brun mais avec des extrémités presque blondes, décolorées par le soleil et le sel. Il scrute l'océan, cherchant probablement où se trouvent les meilleures vagues. Elle se dit qu'il a déjà oublié sa présence, mais il plante son regard clair dans le sien. Gaëlle croit déceler du dédain dans son expression. Il n'attend pas qu'elle lui réponde et s'éloigne vers l'océan, sa planche sous le bras.

– Ces touristes ! l'entend-elle marmonner.

– Abruti, murmure-t-elle.

Elle reporte son attention sur Tom et Lola, qui s'entraînent l'un l'autre au bord de l'eau, en riant aux éclats. Ce sont les montagnes russes avec eux : ils s'adorent ou se détestent cinquante fois dans la journée.

Elle ne peut s'empêcher de regarder sur la droite la silhouette sombre qui s'éloigne en trottinant. Quelque chose la trouble chez cet homme, mais elle ne saurait pas dire quoi. Comme si elle l'avait déjà vu quelque part. Comme si elle le reconnaissait. Il se retourne à son tour avant de plonger dans l'écume des vagues. Elle se détourne vivement. En tout cas, un comité d'accueil comme ça, elle s'en serait bien passée.

2

Tu respires. Profondément. Tu ouvres bien tes oreilles. Tu souris et le reste suivra. Y a pas de raison.

Gaëlle tente de se calmer en se parlant à elle-même. Sa voiture est garée sur le parking de *Homerama* et comme elle est un peu en avance, elle s'adonne à la méthode Coué. Elle a le trac. Son équipe d'avant était tellement sympa, tous les collègues étaient soudés. Elle espère que ce sera pareil ici. Et qu'on ne lui en voudra pas de venir de la région parisienne.

Les grands rideaux métalliques sont toujours baissés. Le responsable lui a dit de se présenter à l'ouverture. Elle ferme les yeux et continue à respirer profondément.

Les quinze derniers jours ont été intensifs. Elle va commencer son nouveau travail épuisée. Épuisée mais heureuse. La maison est parfaite. Elle s'y sent de mieux en mieux, même si elle a hâte que son mari la rejoigne définitivement.

Fabrice est venu passer les fêtes de fin d'année à Saint-Jean-de-Luz. Les enfants ont été ravis de retrouver leur père, même Lola qui est pourtant souvent à couteaux tirés avec lui. Tom a endossé le rôle de guide pour faire découvrir à son père leur nouvelle vie. La visite de la maison dans tous les détails a pris un temps fou. Et le petit garçon ne manquait pas de placer toutes les deux phrases des allusions au chat qu'il attend tant.

Ils ont fait un peu de tourisme. Les enfants découvraient la ville et Gaëlle se délectait de revoir tout ce qui lui avait tant manqué. La promenade Jacques-Thibaud de la digue aux chevaux jusqu'au port – tout en évitant soigneusement la partie où se trouve Gure Etxea –, la somptueuse église Saint-Jean-Baptiste, la rue Gambetta et ses boutiques… En cette période hivernale, les touristes étaient malgré tout présents, venus chercher la douceur du climat. À Paris, la température plafonnait à deux degrés. Ici, l'après-midi, elle montait à douze, avec un soleil éclatant.

Elle aurait voulu que Fabrice partage son enthousiasme, mais s'il effectuait avec plaisir toutes les balades avec eux, elle voyait bien qu'il n'avait pas le coup de foudre.

Peut-être que j'en demande trop, se disait-elle. *Il n'a pas de souvenirs d'enfance ici, il ne peut pas voir les choses comme moi.*

Ils sont aussi allés gravir la dune du Pilat. Hors saison, les escaliers n'étaient pas installés. Il a fallu gravir les cent mètres de sable à la seule force de leurs mollets. Ils ont ri à en perdre haleine en s'essoufflant, en tombant et en se relevant, Fabrice soutenant Gaëlle, tandis que Lola poussait son frère pour l'aider. « Allez Tom, remue tes fesses ! On y est presque ! » Là-haut, le spectacle était à couper le souffle. La forêt de pins maritimes d'un côté et l'océan à perte de vue de l'autre. La baie d'Arcachon sur la droite, et sur la gauche, la dune qui continuait sur deux kilomètres. Au-dessus d'eux, le ciel, immense, traversé de nuages vaporeux. Les enfants ont adoré cette sortie qui s'est terminée par un moment que chérissait Gaëlle petite : dévaler la dune en courant, pieds nus, en criant de plaisir. On a l'impression de se jeter dans le vide, mais le sable dans lequel les pas s'ancrent profondément protège des chutes. C'était fantastique.

Gaëlle sourit toujours à ce souvenir quand le lourd rideau de fer s'élève lentement. Le magasin va ouvrir. Il est temps de passer à une autre étape importante de sa nouvelle vie à Saint-Jean-de-Luz.

Elle reconnaît Christian Dufossé quand il se dirige vers elle. Son dernier entretien d'embauche a eu lieu avec lui, par visioconférence.

– Bienvenue dans la grande famille *Homerama* Saint-Jean-de-Luz, lui dit-il avec emphase.

Il l'entraîne en salle de pause, où l'équipe est réunie pour l'accueillir. Une dizaine de personnes en tout se trouvent là. Elle se fait la réflexion qu'il n'y a que des femmes. Christian Dufossé la présente avec suffisance, semblant attendre que ses employées applaudissent la nouvelle venue.

– Bonjour à toutes, je suis ravie d'être parmi vous, lance Gaëlle à ses collègues.

– On s'en doute, dit une jeune femme blonde à la voix quasi enfantine. Tu viens de Paris c'est ça ?

– Ben, ça se voit, *ella es blanca como*[1]… ! s'exclame une grande femme brune à la voix forte.

– Chut, Érica ! la tance sa collègue à la voix fluette.

1. « Elle est blanche comme… »

La femme qui s'est exprimée en espagnol hausse les épaules.

– Érica, la présente Christian Dufossé d'un air narquois. Elle parle beaucoup, comme vous pouvez le constater. Mais elle nous est très utile pour la clientèle espagnole – elle vient elle-même de San Sebastian –, alors on la garde.

Érica lève les yeux au ciel. Les autres employées rient poliment, mais sans conviction. Elles se présentent rapidement chacune leur tour, disant juste leur prénom et leur rayon.

La dernière a à peine fini de parler que leur chef les pousse hors de la salle de pause.

– Très bien, merci mesdames, maintenant les clients vont arriver, alors à vos postes !

Il attrape le bras de Gaëlle. Sa prise est trop forte, désagréable. Elle lutte contre l'envie de se secouer pour qu'il la lâche.

– Je vous emmène dans votre rayon. Ici, on appelle les employées par leur prénom. Je peux vous appeler Gaëlle ?

– Oui, bien sûr.

Elle le suit jusqu'aux luminaires. Marchant derrière lui, elle a une vue directe sur son début de calvitie, qu'il a essayé de camoufler en peignant ses cheveux de manière à ce qu'ils passent sur l'endroit dénudé. Elle se demande quel genre de type c'est. Elle a du mal à le cerner.

Il l'installe à son poste, puis la laisse.

Gaëlle inspecte son rayon. Il est presque en tout point semblable à celui qu'elle gérait dans son poste précédent. À part certains articles qui viennent d'entreprises espagnoles, les produits sont les mêmes. Elle les connaît bien et maîtrise tous les aspects techniques de chaque marchandise. Il n'y aura donc aucune difficulté professionnelle dans ce nouveau poste. Elle respire déjà beaucoup mieux.

Une de ses collègues, la petite blonde souriante et à l'allure très juvénile qui a parlé lors de la réunion de présentation, se dirige vers elle.

– Pauline. Responsable du rayon textile et tapis. On est voisines. N'hésite pas à venir me voir si tu as des soucis, des questions… Enfin, quoi que ce soit, je suis là pour t'aider.

– Merci, répond Gaëlle en lui souriant à son tour, c'est sympa. Votre équipe a l'air chouette en tout cas.

– Oui, acquiesce Pauline, on s'entend plutôt bien. Et je suis sûre que tu vas t'intégrer très vite.

Elle lui fait un clin d'œil et retourne à son rayon.

Gaëlle se met au travail.

Perchée sur son escabeau, elle se demande comment se passe la matinée de ses enfants. C'est leur premier jour à eux aussi. Ils commencent l'école aujourd'hui.

Tom marchait dix mètres derrière elle ce matin en partant pour la garderie. Elle aurait aimé pouvoir l'accompagner à l'école, mais elle commençait trop tôt. Elle a eu le cœur serré en le regardant s'éloigner parmi les autres enfants, les mains cachées dans ses manches qu'il triture. Elle espère du fond du cœur que tout se passera bien pour lui. Elle se fait du souci, il est si sensible.

Heureusement que Lola est plus légère, plus sûre d'elle. Elle est stressée évidemment, mais elle a hâte aussi. Gaëlle a à peine eu le droit de l'accompagner à l'arrêt de bus pour ce premier jour. « Personne ne va me parler si t'es là », a revendiqué Lola. Et si, bien sûr, elle en veut à mort à sa mère d'avoir été séparée de ses amis, Gaëlle ne s'inquiète pas outre mesure pour elle. Elle s'en refera rapidement, avec son caractère joyeux et ouvert.

Lola a toujours aimé l'aventure, le défi. Elle n'est pas craintive.

Le jour de l'An, ils sont allés tous les quatre regarder le traditionnel bain de mer du premier jour de l'année des surfeurs. Lola a été subjuguée par leur témérité. Il y avait du vent ce jour-là, la houle était forte et ils se faisaient souvent renverser par les vagues, mais ils y retournaient, encore et encore.

– Maman, a-t-elle dit à sa mère, l'année prochaine, j'y suis avec eux !

Gaëlle a ri.

– Chiche !

Elles sont restées un moment toutes les deux à regarder les surfeurs prendre les vagues, tandis que Fabrice aidait Tom à creuser un trou dans le sable. Gaëlle n'a pu s'empêcher de scruter les silhouettes vêtues d'une combinaison noire, pour voir si l'homme qui l'a contrariée le jour de son arrivée était parmi eux. Elle ne l'a pas aperçu, mais il y avait tant de monde ! Ce type l'a intriguée plus qu'elle ne le voudrait. Elle aimerait savoir d'où vient cette impression de déjà-vu.

Un sonore « *mierda !* » sort Gaëlle de sa rêverie. Elle sourit. Érica ne doit pas être loin.

Christian Dufossé passe d'un pas rapide et énervé près de son rayon, sans doute en route pour réprimander l'impolie. Gaëlle croise le regard de Pauline, elles échangent un petit sourire.

– Tu t'en sors ? lui demande Pauline.

Gaëlle hoche la tête.

– J'étais déjà aux luminaires avant, alors ça va.

La matinée passe vite. Il n'y a pas beaucoup de clients, ce qui laisse à Gaëlle le temps de se familiariser avec son poste de travail. Elle a déjà de nombreuses idées pour rendre son rayon plus attrayant : espacer les articles pour les mettre en valeur, refaire un étiquetage clair et surtout lisible, développer le linéaire « Éclairages extérieurs » pour générer plus de ventes. Bref, elle peut faire beaucoup. D'autant qu'elle touchera une prime en cas de hausse du chiffre d'affaires de son secteur. Elle a toujours aimé l'espace luminaires. La multitude d'ampoules allumées en permanence donne une impression de fête. C'est un rayon joyeux et joli à regarder.

À l'heure du déjeuner, Pauline vient chercher Gaëlle pour qu'elles mangent ensemble. Chacune a ramené sa gamelle à faire réchauffer au micro-ondes dans la salle de pause. Gaëlle, qui a tendance à être tête en l'air, a failli l'oublier ce matin et a dû retourner la chercher dans la maison au moment de partir.

– Alors, tu es de région parisienne ? demande Pauline.

– Oui, mais ma mère est d'ici. Du coup, c'est un peu un retour aux sources. Et toi ?

– Moi ? Je suis de Bayonne.

Pauline parle avec les mains, elle est vive et rigolote. Gaëlle s'est sentie tout de suite bien avec elle. Durant le repas, elles discutent de ce qu'elles ont fait pendant les vacances de Noël. Pauline a posé du papier peint dans sa maison. Gaëlle dit en grimaçant qu'elle a rangé des cartons, rangé des cartons et encore rangé des cartons.

Lorsqu'elles font leur vaisselle et se préparent à retourner travailler, Pauline dit :

– Tu viens prendre un verre ce soir ? Pour te souhaiter la bienvenue.

– Oh c'est super gentil, merci, ça m'aurait beaucoup plu, mais je dois récupérer mes enfants, c'est leur premier jour d'école ici aujourd'hui.

– Ah ! Effectivement. Tu dois avoir hâte de les retrouver.

– Oui, c'est vrai. Mais prendre un verre un de ces jours me ferait plaisir !

Quand Gaëlle reprend sa voiture sur le parking de *Homerama* le soir, elle est épuisée. Elle sent la tension retomber d'un coup. Mais, c'est fait. Elle a passé son premier jour. Les luminaires lui sont familiers, l'équipe semble sympathique. Elle peut souffler.

Au moment où elle met le contact, son téléphone sonne. Elle regarde le nom qui s'affiche sur l'écran : c'est sa mère. Gaëlle ne répond pas et se dit qu'elle la rappellera tout à l'heure. Tout ce qu'elle veut pour l'instant, c'est savoir comment s'est passée la journée de Tom et de Lola. Françoise veut sûrement des nouvelles elle aussi.

Sa mère lui demandera sans doute si elle est allée voir Gure Etxea. Mais elle n'en a pas encore eu le courage. Quand ils sont allés faire un tour sur la promenade Jacques-Thibaud pendant les vacances, elle a évité la partie sur laquelle se trouve la maison de ses grands-parents. Elle ne se sentait pas prête. Elle avait peur que la maison ait changé. Peur d'être déçue, ou perdue.

Gure Etxea est une de ces maisons reliées à la jetée par une passerelle. Un accès direct à la plage et surtout au club de son grand-père. Quand elle était petite, elle sortait de la maison déjà en maillot de bain et fonçait au club où Bixente, aidé de son fidèle André, préparait les animations de la journée. Chaque jour, le programme était différent. De grands jeux le matin et un concours l'après-midi. Gaëlle ne le manquait jamais.

Adolescente, elle a aimé donner un coup de main, s'occuper à son tour des petits.

Elle soupire et se met en route. Il faudra bien qu'elle aille voir la maison. Elle ne va pas pouvoir l'éviter indéfiniment.

Elle arrive à la garderie juste avant la fermeture. Tom est l'avant-dernier enfant à partir.

– Tu en fais une tête, mon Tommy ! Ça ne va pas ?

– C'était long. Tu viens me chercher tard.

Manifestement, Tom est très contrarié.

– Mais ce n'était pas différent à Gagny. Tu sais que le magasin ferme à dix-neuf heures. Comme c'est ton premier jour d'école, j'ai pu venir te chercher mais demain, c'est ta sœur qui viendra te récupérer. Alors, raconte-moi, cette nouvelle école !

– Bof !

– Ah… Pourquoi bof ?

– Pffff…, dit Tom en haussant les épaules et en raclant le sol avec ses chaussures.

– Dis-moi. Ton maître est sympa ?

– Ouais. Il est gentil. Mais il ne m'a pas fait faire le même travail que les autres. Il m'a donné des exercices pour voir où j'en étais dans le programme.

– OK, bon, c'est bien ça. Et les copains ? demande-t-elle en essayant de masquer l'appréhension dans sa voix.

– Les copains ? Quels copains ? J'ai pas de copains. Ils se sont moqués de moi.

Le ventre de Gaëlle se serre aussitôt.

– Ah bon, ils se sont moqués de toi ? Et pourquoi donc ?

– Ils ont tous un accent ici. Mais pas moi.

– Et alors ?

– Ben, ils me traitent de Parigot. Ils sont bêtes.

– Ils s'habitueront, ne t'inquiète pas. Et puis, peut-être que tu prendras l'accent d'ici. Je me souviens d'une amie du collège, elle avait déménagé à Aix-en-Provence. C'est dans le Sud, précise Gaëlle. Eh bien, un jour, elle est venue nous rendre visite à la sortie. Je te jure Tom, elle parlait commeu çaaaa, avé l'acceeent du Sudeuu ! On était tous pliés de rire.

Tom sourit à sa mère et pousse un profond soupir. Sur un ton tragique, il ajoute :

– C'est sûr que si j'avais un chat en rentrant chaque soir, ça pourrait m'aider !

Gaëlle éclate de rire et ébouriffe les cheveux de son fils.

– Promis, on ira visiter les refuges des alentours dès que possible !

– C'est quand, dès que possible ? demande Tom méfiant.

– Mercredi ? propose Gaëlle.

Comme à Gagny, elle a pu avoir son mercredi pour s'occuper de ses enfants.

– Ouaiiiiis !

Elle lui ouvre la portière de la voiture, il grimpe dedans d'un bond.

– Merci maman ! Je vais avoir un chat, scande-t-il, je vais avoir un chat !

Gaëlle se dit qu'elle va trouver le temps long jusqu'au mercredi. Quand Tom a quelque chose en tête, il ne lâche pas. Elle va entendre parler du chat toutes les cinq minutes.

Mais au moins, il a retrouvé le sourire.

Tom a toujours été un petit garçon anxieux. Seule une vie paisible rythmée d'habitudes réussit à apaiser ses angoisses. Elle a tellement peur que ce soit difficile pour lui. Mais peut-être, songe-t-elle en regardant son fils sourire dans le rétroviseur, qu'elle s'inquiète trop. Il se fera une place, très vite. Elle a envie d'y croire.

Ils sont à peine garés devant le portail de leur maison que Lola ouvre la porte à toute volée.

– Coucou !

– Coucou ma belle, comment ça va ? Ta journée ?

– Super ! Mon collège est troooop classe. Tout moderne à l'intérieur, j'adore. Et dans la cour, il y a des palmiers, tu le crois ! Oh et la salle de sport, hallucinante.

– C'est bien tout ça, dit Gaëlle, et les profs, ils sont comment ?

– Plutôt sympas, j'ai trouvé. Ils sont détendus, tu vois. Enfin, sauf le prof de maths, il a pas l'air très rigolo et en plus, il sent un peu bizarre et il a les cheveux gras, tu vois le genre…

– Berkkk ! s'exclament Gaëlle et Tom en même temps.

Ils pouffent de rire tous les trois.

– Et tu t'es fait des copines ? demande Tom.

– Carrément ! Attends, ils pensent tous que je viens de Paris. Je ne leur ai pas dit qu'en fait c'était Gagny, hein. La capitale, ça les fait rêver, ils me prennent pour une star, je crois.

– Ça va les chevilles ? grommelle Tom.

– Bah, écoute, faut en profiter, pas vrai, maman ?

Gaëlle fait un geste qui ne veut dire ni oui ni non.

– Enfin, bref, j'ai au moins trois copines top. Suzie, Élina et Justine. Et tu sais quoi ? Justine fait du surf ! Il faut absolument qu'elle m'emmène, je lui ai dit. Je veux trop apprendre à en faire moi aussi. Et elles m'ont invitée à une soirée samedi. C'est l'anniversaire de Suzie et ses parents lui laissent la maison, je pourrai y aller, hein, mamoun, il faut que je m'intègre !

Elle bat exagérément des paupières et joint les mains.

Gaëlle ne peut s'empêcher de rire.

– On verra. Bon, je vais me mettre au repas de ce soir, peut-être ?

– Et moi, je vais raconter tout ça à Margaux sur Skype ! lance Lola en disparaissant dans l'escalier.

Tom et Gaëlle, restés tous les deux, se regardent. Lola est un vrai tourbillon.

– Quel moulin à paroles, commente Tom sur un ton qui se veut adulte.

Gaëlle lui sourit.

– Eh oui, mon Tommy ! Tu me donnes un coup de main ?

Tom adore faire à manger avec sa mère. Depuis qu'il est tout petit, il se faufile dans la cuisine pendant qu'elle prépare le dîner et il a su très tôt râper les légumes, faire une vinaigrette…

Ils s'installent tous les deux autour du plan de travail. Dehors, la nuit est tombée depuis longtemps. Ils entendent Lola pousser de grands cris enthousiastes dans sa chambre. Tom l'imite en prenant des poses bouche grande ouverte, mains sur le cœur.

Gaëlle agite un doigt menaçant mais sans parvenir à se retenir de sourire. Alors, Tom en fait des tonnes, tirant la langue, louchant…

– Pitre ! lui lance-t-elle.

Tom rit.

Gaëlle songe qu'ils sont bien, là, tous les trois.

Tout serait parfait si Fabrice était avec eux, bien sûr. Il ne manque plus que lui.

Elle regarde Tom du coin de l'œil. Il n'a pas encore parlé de son père ce soir, mais ça va sûrement venir. Fabrice est tout pour Tom. Tous les jours, il attend religieusement son coup de fil. Et si Fabrice tarde trop à appeler, le petit garçon stresse, tourne en rond.

Gaëlle envoie discrètement, sous la table, un texto à son mari.

[Appelle, Tom a envie
de raconter son premier
jour d'école.]

Cinq minutes plus tard, son téléphone sonne et le visage de Tom s'illumine.

3

Après une semaine de pluie ininterrompue, pendant laquelle on ne distingue même plus l'océan du ciel, un vent fort se lève et emporte les nuages au loin. En ouvrant les volets le samedi matin, Gaëlle est presque éblouie par l'immense ciel bleu profond et le soleil qui resplendit. L'air est doux, on se croit à peine fin janvier. Et ça tombe sur son samedi ! Alors que ses collègues, qui ont eu leur samedi avant elle, ont toutes eu mauvais temps.

– J'ai de la chance, chantonne-t-elle.

Elle est épuisée par ses premières semaines de travail et son jour de RTT va lui faire le plus grand bien. Elle s'investit à fond depuis son arrivée, pour montrer son implication et prendre ses marques. Christian Dufossé a l'air satisfait. Elle a toujours du mal à le cerner. Il se montre parfois brut avec ses employées, mais il lui arrive aussi d'être doux, presque mielleux, avec certaines collègues. Surtout les plus jeunes et les plus jolies, a-t-elle observé.

Elle laisse la fenêtre ouverte et prend son café accoudée au rebord, profitant des rayons sur son visage.

Comme d'habitude, le week-end, les enfants paressent dans leur chambre. Parfois ils ne se lèvent pas avant qu'elle parte travailler, et elle passe la relève à Martine, la nounou qu'elle a engagée pour les garder le samedi, sans même les avoir vus.

Cette nuit, Tom a mal dormi. Il a, encore une fois, appelé son père. Gaëlle s'inquiète pour lui. Il a commencé sa nouvelle école depuis trois semaines maintenant et il ne semble pas plus épanoui que les premiers jours. Depuis quelque temps, il fait régulièrement des cauchemars et réclame Fabrice.

Les coups de fil de son père ne lui suffisent plus. Il lui demande de descendre les voir, mais Fabrice répond qu'en ce moment, il ne peut pas, il a énormément de travail. Mais qu'il pense à eux tout le temps.

Enfin, presque tout le temps, songe Gaëlle amère.

Un de ces soirs où Tom pleurait dans son lit, elle a tenté dix fois d'appeler Fabrice, sans qu'il réponde. Tom a fini par s'endormir, épuisé par ses larmes, mais triste de ne pas avoir pu parler à son père. Fabrice a rappelé bien plus tard dans la soirée, il s'est excusé, il avait oublié son téléphone au bureau, alors qu'il était en dîner de travail. Gaëlle a essayé de ne pas lui en vouloir, mais ce n'était pas lui qui devait consoler un petit garçon bouleversé. Il ne se rend pas compte à quel point Tom a besoin de lui.

Heureusement, depuis ce fameux mercredi où ils sont allés chercher le chat, Tom a une boule de poils pour le réconforter.

***

Gaëlle a appelé le refuge la veille pour être sûre qu'il y a de nombreux chats à adopter. Sur le trajet, elle répète à son fils combien prendre un animal est un engagement. Il faudra veiller à ce que sa litière soit toujours impeccable. Il faudra aussi le nourrir, le câliner et jouer avec lui. Ce n'est pas un jouet, c'est un être vivant. Le petit garçon hoche la tête sagement. Il est prêt à faire tout comme il faut pour réaliser son rêve.

Le Refuge de la côte basque n'a rien d'un endroit lugubre. Au contraire, le bâtiment aux murs clairs est entouré de pelouse et d'arbustes. Tom a vite repéré au sol la petite pancarte en forme de flèche « Refuge des chats ».

– C'est à droite, crie-t-il, venez vite !

Lola et Gaëlle suivent Tom qui court devant sans attendre. Les cages sont spacieuses. À l'intérieur, plusieurs chats dorment ici et là. Tom s'approche et colle son visage au grillage. Gaëlle reste en retrait, préférant que son fils choisisse seul. Lola n'intervient pas non plus, comme si elle sentait que pour cette fois, il fallait laisser faire son frère. Tom passe à la cage suivante. Il y en a trois en tout.

– Celui-là, dit-il tout excité, regardez !

Gaëlle et Lola se rapprochent. Perché sur un promontoire en ciment, un chat blanc et gris observe les trois visiteurs, immobile comme un sphinx.

– C'est un petit gabarit, constate Gaëlle, il a l'air très jeune.

– Ben, c'est mieux non ? Comme ça, il vivra plus longtemps ! Tu préfères le moche au fond ? Regarde ses poils et son oreille abîmée.

– Le pauvre, qui voudra de lui ? En plus, il est tout noir.

– Et alors ?

– Certaines personnes pensent que ça porte malheur.

– Allez, on va voir la dame de l'accueil ? C'est bon, j'ai choisi mon nouvel ami. Vite, on le ramène à la maison !

Tout le long du trajet du retour, Tom cherche comment appeler son chat :

– Grisou ? Tobby ? Morty ? Chat ? Minouchou ? Papaye ? Smiley ?

– Tu choisis, Tom. Tu choisis, dit Gaëlle en lançant un coup d'œil d'avertissement à Lola pour qu'elle ne se moque pas.

– Légo ? Gormiti ? Kapla ? Je vais demander à papa de m'aider.

– Bonne idée, chéri. Et le moche à l'oreille cassée, on l'appelle comment ?

– Alors là, c'est toi qui choisis maman ! C'est le tien.

Gaëlle n'a pas eu le cœur de laisser ce vieux matou au fond de sa cage.

Elle rit et propose :

– Surfcat. Je vais l'appeler Surfcat. Parce qu'il est noir comme la combinaison des surfeurs.

L'image de l'inconnu dans sa combinaison sombre s'impose à elle.

– Ouais, eh ben, l'emmène quand même pas dans la mer, hein ! ironise Lola. Je ne suis pas sûre que Surfcat tienne longtemps !

***

Surfcat s'est en tout cas très vite adapté à sa nouvelle maison, tout comme Minou – Tom a finalement choisi le nom proposé par son père. Fabrice a failli avoir une attaque quand il a su qu'il y avait non pas un, mais deux chats, dont, en plus, un moche à l'oreille abîmée, mais après tout, dit Gaëlle une petite voix agacée, il n'a qu'à être un peu plus là, aussi.

En ce samedi matin ensoleillé, les deux chats, levés avant les enfants, viennent se frotter aux jambes de Gaëlle en miaulant, dans l'espoir qu'elle délaisse son café pour leur servir leurs croquettes.

– Ah, vous êtes pires que les gosses, vous ! plaisante-t-elle.

Elle remplit leur gamelle et les caresse.

Des pas lourds se font entendre dans l'escalier.

Gaëlle parie sur Lola.

Effectivement, sa fille fait son apparition dans la cuisine, encore toute débraillée de la nuit, protégeant ses yeux de sa main.

– Oh, là, là, c'est quoi toute cette lumière ?

– La lumière de Saint-Jean-de-Luz, ma chérie. Bonjour à toi aussi !

Il n'y a qu'une seule raison pour que Lola se lève tôt un samedi : elle va s'essayer au surf avec sa copine Justine, qui la coache et lui prête une de ses planches. Elle a déjà fait quelques tentatives les week-ends précédents, et revient toujours enthousiaste, les joues roses, le sourire aux lèvres.

– Dis, aujourd'hui, on pourrait venir te voir surfer, avec Tom, puisque je suis de repos ?

– Euh… oui.

– Je me ferai très discrète, promis. On se mettra très très loin de toi, tu ne nous verras même pas.

Lola rit.

– Et cet après-midi, ajoute Gaëlle, on va faire un petit tour en centre-ville !

– Oh, oui ! s'exclame Lola. Justement, je voudrais te montrer un sweat que j'ai vu dans un magasin, il est trop beau et en plus, toutes mes copines l'ont.

– On verra ! répond Gaëlle.

Lola part dès qu'elle est prête. Gaëlle laisse le temps à Tom de se réveiller et de se préparer tranquillement, puis ils se mettent en route pour rejoindre Lola.

La plage d'Erromardie est devenue leur quartier général depuis leur première sortie le jour de leur arrivée. Ils y viennent le mercredi, le dimanche, Lola y va aussi le samedi…

Ce matin, l'océan est déchaîné comme souvent. Le vent qui a chassé les nuages souffle encore très fort. Tom entreprend de ramasser des coquillages. Il a décidé de faire un petit coin « plage » dans le jardin avec des galets et du sable. Gaëlle l'a prévenu que leurs deux chats seront sûrement tentés d'y faire leurs besoins, mais Tom refuse de croire que son petit paysage marin puisse servir de litière.

Gaëlle voit Lola et Justine qui rament dans les vagues au loin, au milieu d'autres téméraires comme elles. Elle prend ses chaussures dans une main et marche au bord de l'eau. Parfois, l'écume des vagues parvient jusqu'à ses pieds et lui donne un coup de fouet glacial.

Comme à chaque fois qu'ils viennent, elle ne peut s'empêcher de scruter les silhouettes sombres dans l'eau, cherchant si l'inconnu désagréable est là. Pour mieux l'éviter.

Et soudain, elle le voit. Il se dirige vers l'océan. Ses cheveux volent sur ses épaules. Il s'arrête à la hauteur de Justine et Lola revenues s'échouer sur le sable et leur dit quelque chose. Gaëlle reste immobile, incapable de décider si elle doit y aller ou non. Qui sait s'il n'est pas en train de leur faire encore des remontrances ? Elle voit les deux filles hocher la tête. Il se redresse, se tourne un instant vers Gaëlle qui ne dévie pas son regard, puis repart en trottinant vers la mer. Elle l'observe sans en avoir l'air, tandis qu'il s'allonge sur sa planche et rame vers le large puis, prenant la vague, se met debout, s'équilibrant avec ses bras. Les surfeurs expérimentés ont vraiment une grâce particulière.

Au retour, quand ils ont déposé Justine, Gaëlle demande à Lola :

– Il vous a dit quoi, le surfeur qui vous a parlé ?

– Il nous a dit de faire attention au fond rocheux, parce que les vagues étaient fortes et qu'on risquait de se faire mal dessus.

– OK…

– Non, mais t'inquiète, il a l'air gentil. Il vient souvent le samedi matin. Il surfe trop bien.

– Ah bon, il vient souvent ? Oui, enfin l'air gentil, tu sais bien que ça ne veut rien dire. Évite de parler aux inconnus.

Lola lève les yeux au ciel.

– Merci maman, je connais la chanson !

Après le déjeuner, ils partent se promener dans le centre-ville. Le soleil brille toujours autant et dans les rues, flotte une ambiance légère, gaie. Les passants, nombreux, flânent tranquillement, bras dessus bras dessous.

Gaëlle regarde quelques boutiques, mais Lola l'entraîne de force vers un magasin qui porte l'enseigne *LW*.

– C'est là, mon sweat, mamoun. Ici, tout le monde

est raide dingue de cette marque. Il faut que tu voies ce magasin de foliiiie.

– Tu le connais comment ce magasin, toi ?

– Ben, le samedi, des fois, avec les copines, on se promène !

– Ah oui ? Tu m'avais pas dit, ça !

– On fait rien de mal !

– OK, OK, chérie. Si vous êtes prudentes, tout va bien.

– Prudents.

– Quoi ?

– Prudents, pas prudentes. Il y a aussi des garçons dans notre bande.

– Des garçons ? Tiens donc ! Qui s'appellent ?

– Clément, Jules et Zacharie.

Il semble à Gaëlle qu'en prononçant ce dernier prénom, Lola rougit. Mais elle fait comme si de rien n'était. Si Lola veut parler, elle le fera. Si on l'interroge, elle se referme comme une huître.

– Regarde cette boutique, maman ! Regarde la classe !

Gaëlle n'a jamais remarqué cette devanture qui détonne par rapport aux autres autour, plus authentiques. À son époque, ce magasin n'existait pas. Ils entrent et effectivement, c'est un autre monde. Un peu futuriste, glacé mais assurément très chic, avec des baies vitrées, un parquet gris au sol et seulement quelques articles sur les rares portants. Une ambiance épurée, presque chirurgicale. Gaëlle préfère les vieux magasins chargés de produits basques, mais elle n'est pas insensible à l'ambiance branchée de la boutique. Au milieu du magasin, une plage est reconstituée. Une planche de surf est plantée verticalement à côté des faux restes d'un feu de camp. Sur le mur du fond, un écran diffuse des images des légendes du surf. Régulièrement, les deux lettres de la marque glissent, avec ce W en forme de vague blanche. Tandis que Lola va de portant en portant, Gaëlle se laisse hypnotiser par ces images de rouleaux puissants et les surfeurs qui semblent voler au-dessus de la surface de l'eau. Comment peuvent-ils maîtriser une chose aussi incontrôlable que l'océan qui déferle vers le rivage ? Soudain, il lui semble sur ces images saccadées reconnaître une silhouette sombre. Impossible, se dit-elle, qu'il soit sur ces images…

Ma petite Gaëlle, se morigène-t-elle, *ça devient obsessionnel, tu le vois partout ! Non, c'est impossible…*

Pourtant, elle continue à sonder du regard les images fuyantes, cherchant à vérifier si son inconnu mal embouché réapparaît sur les vagues de LW. Lola incruste un sweat bleu acier entre sa mère et l'écran. Comme réveillée brusquement, Gaëlle regarde sa fille qui attend au bout du cintre.

– Ça veut dire quoi, LW ? demande Gaëlle.

Lola affiche un air outré.

– Mamoun, s'te plaît ! maugrée-t-elle en jetant un coup d'œil furtif vers les vendeuses. On ne dit pas « LW » mais « Elledabeliou ». Ça se dit pas comme en français.

– Ah OK, je ne pouvais pas savoir ! C'est une marque américaine ?

– Ben oui ! dit Lola en haussant les épaules, comme si c'était l'évidence même.

Gaëlle soupire. Sa fille est visiblement subjuguée par les matières, les couleurs, le logo de la marque imprimé sur tous les articles et ne se rend pas compte des prix exorbitants. Le moindre caleçon coûte 45 euros ! Cette débauche de produits onéreux met Gaëlle mal à l'aise. Elle ne pourra pas acheter à Lola le sweat qu'elle convoite. Depuis leur arrivée à Saint-Jean-de-Luz, elle se débrouille toute seule financièrement, Fabrice ne participe pas. Ils ont toujours eu chacun leur propre compte bancaire par conviction et partagent les dépenses familiales. Mais Fabrice n'a jamais proposé de contribuer depuis le déménagement. Il est vrai qu'ils louent deux logements et que Fabrice continue à payer ses charges, ses courses… Cependant, il aurait pu lui proposer de participer pour tout ce qui touche aux enfants. Gaëlle fait face seule à toutes les dépenses et son compte s'approche dangereusement du rouge. Elle a toutefois décidé qu'elle ne demandera pas à Fabrice de lui donner de l'argent. Il ne lui vient pas à l'idée de s'impliquer ? Très bien. Elle n'a besoin de personne. Elle s'assume. Et elle le prouvera.

Tom la tire par la manche.

– On sort de là ? J'en ai marre.

Lola surprend les mots de son frère. Contrariée, elle siffle :

– Eh ! Moi, quand tu vas choisir tes soldats au magasin de jouets, je te laisse regarder !

– Ouais, mais ici, c'est nul, y a rien à voir !

– C'est toi qui es nul !

– De toute façon chérie, intervient Gaëlle, je ne peux vraiment pas te payer quelque chose ici. C'est au-dessus de mes moyens. Désolée !

– OK, je vois, merci, hein ! s'emporte Lola en reposant le sweat bleu rageusement. Je demanderai à papa, peut-être que lui sera moins près de ses sous que toi !

T'es content de toi, j'espère ! lâche-t-elle à son frère avant de sortir du magasin à grandes enjambées colériques.

L'ambiance, une fois de plus, a tourné au vinaigre. Lola marche trois mètres devant. Tom ralentit devant un petit magasin de jouets, mais Lola, qui l'a vu avant lui, se retourne vers son frère d'un air qui veut dire : « N'y pense même pas ! »

– Si papa était là..., commence Tom.

– OK, on rentre, dit Gaëlle excédée.

Lola proteste avec virulence, Tom semble sur le point de pleurer. Gaëlle sent ses nerfs qui lâchent, quand une voix résonne derrière elle.

– Gaëlle, c'est bien toi ?

Elle se retourne et reconnaît instantanément l'homme d'une soixantaine d'années, au visage bronzé et buriné par le grand air, mèche blanche un peu folle sur le front.

– André !

Ils tombent dans les bras l'un de l'autre. Gaëlle sent l'émotion nouer sa gorge. Elle n'a pas revu le moniteur depuis quinze ans ! Quand ils se séparent, elle voit qu'André aussi a les yeux humides.

– Si je m'attendais à ça ! s'exclame-t-il. Ça fait tellement longtemps ! Qu'est-ce qui t'amène ici, tu es en vacances ? Ce sont tes enfants ?

Gaëlle rit.

– Oui, voici Lola, ma grande qui a 14 ans, et Tom, qui est grand aussi, bien sûr, mais de 9 ans.

– Enchanté les enfants, dit André en leur faisant la bise. Oh toi, dit-il à Lola, qu'est-ce que tu ressembles à ta mère ! Tu sais que je l'ai connue en couche-culotte ?

– Ah bon ?

– Eh oui ! Je travaillais avec votre arrière-grand-père, dans son club de plage. C'est lui qui m'a tout appris. Et quand il a arrêté, c'est moi qui ai repris.

– Le club existe toujours, alors ? demande Tom.

– Oui, bonhomme !

– On pourra y aller ?

– Ah, c'est que… Il n'ouvre pas avant les vacances de Pâques, mon petit, s'excuse André en regardant Gaëlle.

– En fait, dit Gaëlle, nous venons d'emménager à Saint-Jean-de-Luz.

– Non !

– Si, si !

– Mais c'est extraordinaire ! Je ne pensais plus vous revoir après ce qui s'est passé avec… tu sais, votre maison… Oh tu sais quoi, Gaëlle, dit-il en sortant son portable, tu vas me donner ton numéro de téléphone, on va vous inviter à dîner un de ces jours, Barbara sera ravie de vous avoir !

– Je serais très contente de la revoir aussi.

Elle lui dicte son numéro et attend qu'il l'ait enregistré.

– Et tes enfants, reprend-elle, ils doivent être grands maintenant ?

– Un peu, oui, rit André. Ils se sont envolés du nid depuis longtemps, ils ont leur propre vie maintenant. Et toi, euh… Tu as un… compagnon ?

– Oui, Fabrice, avec qui j'étais quand je suis venue ici pour la dernière fois. Leur papa, ajoute-t-elle en désignant ses enfants. Il est encore en région parisienne pour l'instant, il nous rejoindra dès qu'il aura trouvé un poste dans le coin.

– Il travaille dans quoi ?

– En agence immobilière.

– Si j'entends parler de quelque chose…

– Merci !

– Vraiment, je suis content, répète André, très content. À très bientôt alors, promis ?

– Oui, promis !

Il s'éloigne. Gaëlle continue d'avancer dans la rue, un peu perdue dans ses souvenirs soudain. Tom et Lola suivent.

– C'est pas par là, la voiture ! intervient Lola au bout d'un moment.

– On ne va pas à la voiture tout de suite, répond Gaëlle.

Elle a trop tardé. Il faut qu'elle aille voir Gure Etxea maintenant. Revoir André l'a brutalement replongée dans son passé ici, qui a été si heureux. Ce sont ses plus beaux souvenirs d'enfance. La lumière, le sable, le bruit des vagues sur la plage, les cris et les rires au club, l'odeur de crème solaire, les glaces, la fraîcheur de la maison, les odeurs sucrées dans la cuisine de sa grand-mère, Madeleine.

Son cœur bat plus fort quand elle s'approche de la partie de la jetée où se trouve Gure Etxea. Lola et Tom restent silencieux, ils attendent que leur mère leur montre cette maison dont ils ont tant entendu parler.

Gaëlle désigne un emplacement sur la plage à ses enfants.

– C'est là que le club apparaîtra dès le mois d'avril. En début de saison, il n'y a pas autant de monde que l'été. André montera le club petit à petit.

– C'est ton grand-père qui l'a créé ?

– Oui. Il a commencé par une simple petite cabane

en bois blanche et quelques ballons. C'était en 1955, je crois. Ensuite, il a acheté un trampoline, puis deux. Peu à peu, son club est devenu le plus grand de Saint-Jean-de-Luz. Son portique est gigantesque.

On le voyait de loin. Bixente en était extrêmement fier. Son club, ça avait été l'histoire de sa vie.

Ils arrivent à la maison.

Gaëlle parcourt les derniers mètres le cœur à cent à l'heure, la gorge sèche.

– C'est là, dit-elle à ses enfants en s'arrêtant devant la passerelle.

Oui, c'est là, elle est toujours là, la maison de son enfance. De l'extérieur, elle n'a pas changé. Les nouveaux propriétaires ont conservé le crépi blanc et les volets et colombages rouges. Un coup de frais doit même avoir été donné récemment, les peintures brillent. Les petits balcons sont ornés de jardinières. La maison se distingue de ses voisines par sa tour carrée dont le sommet forme une terrasse surmontée d'un toit, avec vue sur la baie. Ça a été l'endroit préféré de Gaëlle.

– Qu'est-ce que ça veut dire, « Gure Etxea », maman ? demande Tom en lisant l'inscription métallique près de la porte.

– Ça veut dire « notre maison », répond Gaëlle d'une voix cassée.

Bixente traduisait Gure Etxea par « chez nous ». Mais ce n'est plus chez eux désormais.

Soudain, une femme apparaît à la fenêtre, se demandant sûrement ce que ces passants font plantés devant chez elle.

Gaëlle a un étourdissement et s'appuie contre la barrière menant à la passerelle.

Il est logique que des gens vivent ici et pourtant, elle ne s'y attendait pas.

Ça fait mal.

– On y va, les enfants ? dit-elle.

Elle s'éloigne rapidement, les laissant la suivre, et regarde vers le ciel pour retenir les larmes qui se massent au bord de ses cils.

Lola et Tom la rattrapent et se collent chacun d'un côté de leur mère.

Elle sourit.

– Tu sais, mamoun, énonce doctement Lola, quand on a des émotions, rien de tel qu'une bonne gaufre pour se remettre.

– Oh oui, oh oui ! s'exclame Tom en sautillant.

– Vous ne perdez pas le nord, vous ! rit Gaëlle. Allez, c'est d'accord !

Elle jette un dernier regard en arrière, avant de suivre ses enfants qui, d'un seul coup, ont accéléré.

Au revoir, Gure Etxea.

4

Gaëlle vient de recevoir une livraison de nouveautés arrivées directement de Bilbao. Elle pointe avec attention son bon de livraison, de peur de faire une erreur. Elle craint toujours que son étourderie naturelle lui joue des tours. Elle a hâte de placer en rayon toutes ses trouvailles, notamment des luminaires extérieurs très design. Le printemps se prépare déjà, bien qu'on ne soit qu'en février. Les gens commencent à penser à leur jardin. Ils plantent, réfléchissent au mobilier extérieur qu'ils renouvelleront peut-être et quelles jolies lanternes ils accrocheront aux branches des arbres ou poseront à même le sol des terrasses. Gaëlle a là de quoi les aider à se projeter. En déballant ses nouveaux articles, elle repense aux soirées d'été sur le toit-terrasse de la maison de ses grands-parents. Ils s'asseyaient dans les fauteuils en osier pour profiter du calme revenu sur la plage, les vacanciers rentrés chez eux pour la soirée, et pour écouter le doux bruit du ressac. Madeleine avait toujours son tambour à broder, Bixente lisait son journal. Gaëlle, quant à elle, faisait des réussites que son grand-père lui avait apprises. Peu à peu, le crépuscule tombait, les premières étoiles apparaissaient dans le ciel pur. Bixente allumait la lampe-tempête et la posait sur la table. La lumière tremblotante faisait danser les ombres autour d'eux. Gaëlle adorait cette ambiance douce, la nuit comme décor et le bercement incessant des vagues. Adolescente, elle a souvent dormi là-haut, enveloppée dans un plaid, à compter les étoiles.

Elle secoue la tête et se remet au travail. Si Christian Dufossé la voit rêvasser, elle se prendra une remarque acerbe tout haut devant les clients. Elle l'a entendu faire plusieurs fois avec ses collègues et préfère éviter que cela lui arrive.

Elle entasse ses cartons vides et fourre les plastiques d'emballage à l'intérieur. Il ne faut pas que le rayon ressemble à un chantier. Calant tant bien que mal les cartons sous son bras, elle se dirige vers la réserve. Elle pousse la porte battante avec sa hanche et se retrouve nez à nez avec Dufossé.

– Mais attendez, chère collègue, je vais vous aider.

Il pose ses mains sur celles de Gaëlle en souriant. Gênée, elle lâche ses cartons qui tombent bruyamment sur le sol en ciment. Dufossé a un rire forcé :

– Vous voyez bien que tout ceci est beaucoup trop encombrant. Il aurait fallu faire plusieurs tours ou me demander de l'aide, ajoute-t-il d'un ton onctueux.

– Je vous remercie, mais j'ai l'habitude de faire les choses seule.

– Eh bien, changez vos habitudes, Gaëlle. Changez-les !

Il semble soudain agacé, et ses derniers mots sonnent presque comme une menace. Gaëlle se sent soudain très mal à l'aise. Elle reprend la direction de son rayon après être allée se laver les mains longuement. Elle tâche de ne plus penser à l'attitude bizarre de son responsable et de se concentrer sur son travail. Il y a du monde ce samedi et la journée passe vite. Peu avant la fermeture, Pauline lui fait un signe et vient la rejoindre à grands pas.

– Ce soir, dis-moi que tu vas te joindre à nous ! Érica veut nous offrir un verre pour son anniversaire. Il y aura aussi Lucie et Marlène. Je t'interdis de dire non, hein ! Ça fait plus d'un mois que tu es là et tu n'es pas venue une seule fois à nos sorties du samedi soir !

Pauline agite son doigt devant le visage de Gaëlle comme une mère gronde son enfant.

– OK, OK ! capitule Gaëlle en souriant. Il faut juste que je prévienne Lola. Elle s'occupera de Tom, ils se feront une soirée pizza-DVD, ils vont être ravis.

– Génial, s'exclame la petite blonde en levant sa paume vers celle de Gaëlle.

Elles frappent joyeusement leurs mains l'une contre l'autre. Dufossé, qui passe par là, leur jette un regard suspicieux. Elles s'absorbent aussitôt dans leur travail.

Une demi-heure plus tard, les cinq femmes se retrouvent sur le parking.

– Hourra, tu viens enfin avec nous ! lance Érica à Gaëlle.

– Pauline m'a dit que c'était ton anniversaire, je ne pouvais pas louper ça !

– *Claro !* On a nos habitudes à l'*Alegría*, tu connais ?

– Non…

– C'est un bar à vins et tapas, juste avant la plage d'Erromardie.

– Ah oui, la plage d'Erromardie, je connais.

– Si tu ne vois pas où est le bar, tu n'as qu'à me suivre, lui propose Pauline.

– OK, c'est parti, les filles, *vamos* ! s'exclame Érica.

Le bar à vins est bondé. La plupart des gens s'entassent debout autour de larges fûts surmontés d'un parasol chauffant. De grands verres à pied côtoient des assiettes à tapas emplies de chiffonnade de jambon de Bayonne, de piquillos au fromage de brebis, de chipirons. Un air rock flotte au-dessus des conversations des clients.

– On va à l'intérieur, déclare Érica avec fermeté en se faufilant parmi les clients.

On voit qu'elle est une habituée du lieu, elle fait de petits signes de la main ici et là. Pauline, elle aussi, semble en terrain connu, elle s'arrête pour faire la bise à un groupe très animé. Même Marlène, qui semble à Gaëlle si effacée au travail, papote joyeusement avec une serveuse.

À l'intérieur, l'ambiance est un peu plus calme. Les murs sont couverts de bouteilles de vin soigneusement rangées dans des cubes de bois. Il y en a pour tous les goûts.

Érica se dirige directement vers une table à droite. Gaëlle se hisse sur le haut tabouret en soufflant :

– Dis donc, c'est de la folie, ici ! On a de la chance d'avoir une table, on dirait.

– La chance n'a rien à voir là-dedans, *querida*. C'est juste qu'on vient tous les samedis et que le monsieur là-bas derrière le comptoir, c'est mon parrain, Miguel.

– Mais tu ne viens pas de San Sebastian ?

– D'Alicante, pour être plus précise. C'est tout en bas de l'Espagne. Mes parents sont venus s'installer à San Sebastian quand j'étais jeune fille. Ils ont monté un petit commerce près de la frontière. Mon parrain a été le premier à venir travailler en France. C'est d'ailleurs lui qui m'a hébergée au début. Et puis, j'ai été embauchée chez *Homerama* et… me voilà.

Pauline s'est installée pendant le récit d'Érica. Lucie et Marlène arrivent dans la foulée.

– OK les filles, c'est ma tournée. Je vous propose, pour commencer, un vin blanc sec dont vous me direz des nouvelles. Aussi bon qu'un chablis ou un muscadelle, mais celui-ci vient de Galice. *Viva España !* crie Érica en se tournant vers son parrain affairé derrière son comptoir.

– *Viva España !* répètent les trois collègues en chœur.

Gaëlle regarde le propriétaire. Il sourit et hoche la tête avec un air de connivence.

– Ça vient, les filles, ça vient ! leur crie-t-il en retour.

Pauline fait un clin d'œil à Gaëlle en expliquant :

– C'est un *viva* magique, Miguel nous offre toujours le verre suivant !

– Génial ! s'exclame Gaëlle.

La bouteille arrive dans un pot empli de glace. Une jeune serveuse dépose les cinq verres sur la table. Miguel embrasse sa filleule affectueusement.

– *Feliz cumpléaños, mi querida*[1] *!*

Puis, il ajoute d'une voix plus forte :

– *Esta noche, soy yo quien invito*[2].

Érica lui donne une accolade émue. Ils restent un instant à se balancer l'un contre l'autre, Miguel frottant de sa main le dos d'Érica. Un nœud attendri se forme dans la gorge de Gaëlle. La relation entre ces deux-là a l'air très forte.

---

1. « Joyeux anniversaire, ma chérie ! »
2. « Ce soir, c'est moi qui invite. »

– Alors, cette nouvelle vie, lui demande Pauline, ça te change beaucoup ?

– Ah pour ça, oui ! Tout est différent ici, soupire Gaëlle en reprenant ses esprits. Vous avez cette convivialité tellement chaleureuse… On se sent accueilli. C'est agréable.

– Contente que tu te plaises, sourit Pauline. Mais bon, il y a aussi des gens désagréables, il ne faut pas croire ! Ton impression est bonne parce que tu es tombée sur la meilleure équipe de collègues possible ! ajoute-t-elle en papillonnant des yeux.

– C'est bien vrai, acquiesce Gaëlle en riant. Et d'ailleurs, je suis aussi tombée sur un spécimen mal aimable, le jour même de mon arrivée ! Va savoir, peut-être que dans six mois, je me rendrai compte que vous êtes les seules personnes sympas de tout le Pays basque et que je repartirai d'où je viens !

– Quand même pas ! proteste Pauline.

– Ceci dit, je ne suis pas sûre de pouvoir rester… Tant que mon mari ne nous a pas rejoints, c'est « pour du beurre » comme disent les enfants.

– Il compte arriver quand ?

– Bonne question, j'aimerais bien le savoir ! réplique Gaëlle en levant les yeux au ciel.

– Aïe ! Il y a de l'eau dans le gaz, c'est ça ?

– Euh…

– Vous êtes ensemble depuis longtemps ?

– On est mariés depuis quinze ans, mais on se connaissait déjà depuis cinq ans, on s'est rencontrés quand on était en BTS. Oui, c'est ça, ça fait vingt ans qu'on se connaît, ça passe !

– Je suis impressionnée, déclare Érica, c'est d'autant plus bizarre qu'il ne te suive pas plus vite, non ?

Gaëlle éclate d'un rire qui n'en est pas un. Un rire forcé. Toute l'attention des filles est maintenant tournée vers elle. Elle n'a pas trop envie d'entrer dans les détails. S'il n'y avait eu que Pauline, cela aurait pu se faire, mais… C'est justement Pauline qui la sauve, devinant son malaise.

– Mais toi, tu es d'ici de toute façon, c'est bien ce que tu m'avais dit ?

– Oui, ma famille maternelle est de Saint-Jean-de-Luz.

– C'est quelle famille ? demande Lucie. Non, parce que je suis de Saint-Jean-de-Luz aussi, je les connais peut-être !

– Mes grands-parents sont morts et nous n'avons plus personne ici. Mais le nom de mon grand-père, c'était Bixente Sarda.

– Ah mais c'est ta famille qui tenait le grand club sur la plage devant la jetée Thibaud ?

– Oui, c'est ça !

– J'ai plein de souvenirs dans ce club ! dit Lucie. Il était génial !

– Oh oui, il l'était, sourit Gaëlle.

Les verres sont servis. Le vin a une couleur dorée, comme du miel. Gaëlle porte un toast :

– Joyeux anniversaire Érica. Et merci pour l'invitation. Cet endroit est extra !

– Joyeux anniversaire Érica ! répètent les filles en chœur.

Elles entrechoquent toutes les cinq leur verre et boivent à l'unisson.

Bientôt, les yeux commencent à briller, la conversation

roule facilement, les filles doivent parler fort pour s'entendre dans le bar qui se remplit toujours plus. C'est un gai brouhaha qui fait un peu tourner la tête à Gaëlle. Il y a si longtemps qu'elle n'est pas sortie dans un endroit comme celui-là. La concentration humaine produit une chaleur moite et elle a enlevé son pull, comme la plupart des clients. Ses boucles, comme toujours décoiffées, flottent sur ses épaules nues. Elle se sent légère.

Elle tente de suivre les histoires que racontent ses collègues, mais il lui manque parfois des clés pour comprendre de quoi on parle. Pauline s'en rend compte et entreprend de lui faire les sous-titres quand c'est nécessaire.

Depuis un bon moment, il est question de la vie de Marlène, qui semble plutôt compliquée en dehors du travail.

Ou bien elle n'a pas de chance, ou bien elle aime les difficultés, songe Gaëlle, qui, malgré elle, commence à décrocher.

Érica commande une autre bouteille. Cette fois, elles vont essayer un monbazillac. Gaëlle goûte le vin avec délice. Une douce euphorie la gagne. Lola lui a envoyé un texto pour la rassurer et lui dire qu'elle pouvait prendre son temps. Avec Tom, ils regardent toute la série de *L'Âge de glace*. Gaëlle sait bien que Lola ne regarde sûrement que d'un œil, occupée surtout à inonder les réseaux sociaux d'images de sa nouvelle vie, de ses nouveaux amis, de surf. Au moins, sa « grande » semble s'épanouir à Saint-Jean-de-Luz. Gaëlle aimerait tant qu'il en soit de même pour Tom… Le garçon reste toujours aussi solitaire et l'absence de son père le mine.

Elle essaye de reprendre le fil de la conversation.

Marlène parle maintenant du nouvel homme de sa vie. Encore une fois, le type qu'elle décrit sent les problèmes à plein nez.

Gaëlle et Pauline échangent un petit haussement des sourcils discret.

Soudain, le regard de Gaëlle est attiré, presque magnétiquement, par l'homme qui vient d'entrer dans le bar. Vêtu d'une simple chemise blanche et d'un jean noir, il marche directement vers le comptoir, sans regarder autour de lui, sans chercher à croiser de regards, et s'installe sur un tabouret. Il penche son buste au-dessus du zinc pour serrer la main du patron. Gaëlle ne voit pas son visage. Juste son dos, ses épaules larges et ses cheveux d'or. Mais pour elle, il n'y a aucun doute, c'est l'homme de la plage. Elle s'attend presque à le voir surgir partout où elle se trouve. C'est inexplicable. À moins que ce ne soit la solitude qui commence à trop lui peser. L'homme passe ses doigts dans sa chevelure. Ce geste banal chavire Gaëlle.

De son côté, Marlène continue à détailler sa vie avec son nouveau compagnon.

– Et tu lui as dit quoi ? demande Gaëlle, se forçant à s'intéresser au sort de Marlène.

En réalité, elle n'arrive plus du tout à se concentrer sur quoi que ce soit. Toute son attention est focalisée sur ce dos et les muscles qu'elle voit rouler sous le tissu blanc. Elle essaye de se ressaisir. Elle est totalement ridicule, d'autant qu'il a été particulièrement désagréable avec elle la seule fois où il lui a parlé.

Tandis qu'elle le fixe sans pouvoir s'en empêcher, il se retourne brusquement vers sa tablée. Gaëlle baisse vivement les yeux pour ne pas être surprise en train de l'observer. Elle porte son regard ailleurs, de son air le plus dégagé, mais le voit tout de même du coin de l'œil se lever et venir vers leur table. Son cœur accélère malgré elle.

– *Hola Érica !* interpelle la voix chaude qu'elle reconnaît instantanément. *Miguel me dijo que era un día especial ? Feliz cumpleaños, mi hermosa*[3] *!*

Érica, qui est pourtant la femme la plus coriace que connaisse Gaëlle, rougit et embrasse l'homme sur les deux joues.

– *Muchas gracias, Iban*[4] *!* Comment ça va ?

– Très bien, merci !

– Tu surfes en ce moment ?

– Oui, j'aime bien à cette période, quand il n'y a pas de touristes, répond-il en insistant lourdement sur le dernier mot et en plongeant son regard bleu dans celui de Gaëlle. Je ne vous dérange pas plus, mesdames, amusez-vous bien !

Il pivote sur lui-même, fait un signe à Miguel et quitte le bar. Les filles restent muettes pendant quelques secondes.

– Il est comme ça ! Cherchez pas ! dit Érica, presque gênée d'avoir perdu quelques instants le contrôle sur elle-même.

– Il est craquant, tu veux dire ! s'exclame Marlène.

– Ah non ! s'offusque Lucie. Toi, t'es déjà prise.

Elles éclatent de rire toutes les cinq.

Les battements de cœur de Gaëlle reprennent un

3. « Salut Érica ! Miguel me dit que c'est un jour particulier ? Joyeux anniversaire, ma belle ! »

4. « Merci beaucoup, Iban ! »

rythme normal. Mais pourquoi ce type produit-il un tel effet sur elle ? En plus, il s'est encore montré grossier avec elle, l'ignorant quasiment, comme s'ils ne s'étaient jamais croisés… À moins qu'il ne se souvienne plus d'elle ? Non, sa pique à l'égard des « touristes » lui était bien adressée. Ainsi que ce regard à l'intensité transperçante.

Ma petite Gaëlle, tu t'en fiches comme de ta première chaussette, se reprend-elle, *ce n'est qu'un gros malpoli imbu de lui-même. Laisse tomber !*

Elle demande tout de même à Érica :

– C'était qui ?

– C'est Iban Larrano, intervient Lucie. Tout le monde le connaît à Saint-Jean-de-Luz et apparemment Érica le connaît un peu mieux que nous, tu nous avais caché ça ?

– Mais non, proteste Érica, c'est juste que c'est un habitué de l'*Alegría*, il habite pas loin. Et comme je viens régulièrement donner un coup de main à Miguel…

– Qu'est-ce qu'il fait dans la vie ?

– Il tient un petit café-restauration rapide au bord de la grande plage.

Lucie, qui se révèle décidément être une véritable *Who's Who* de Saint-Jean-de-Luz, explique qu'il est installé ici depuis longtemps, mais qu'il vient des États-Unis. C'est un surfeur aguerri et il en fait rêver plus d'une dans le coin.

– Mais c'est un solitaire, soupire Érica. Il ne se fixera jamais.

Pauline semble en avoir assez de la discussion.

– Qui a envie de bouger son corps ? On va danser quelque part ?

– Il faut que je rentre, s'excuse Gaëlle, je ne peux quand même pas laisser Tom et Lola seuls jusqu'à trois heures du matin.

Elle rassemble ses affaires et embrasse les quatre filles.

– Merci pour cette super soirée ! J'ai adoré ! À refaire !

Elles lui souhaitent bruyamment une bonne nuit et reprennent leurs négociations pour savoir qui irait danser et où.

En sortant du bar, Gaëlle est saisie par l'air vif. Sa tête tourne légèrement. Il est vrai qu'elle a plus bu que mangé. Non loin de là, à l'endroit où la route se termine en parking près de la plage, elle aperçoit un food truck. Une bonne odeur chaude s'en échappe. Voilà exactement ce qu'il lui faut. Elle se dirige vers le camion. Quelques noctambules discutent en riant et en dégustant leur hot-dog. Elle s'en commande un aussi.

Les gens commentent quelque chose qui se passe sur la plage. Curieuse, elle ne peut s'empêcher de s'approcher pour voir de quoi il s'agit.

Tout d'abord, elle ne comprend pas bien. Un feu de camp a été allumé sur le sable, quelques torches plantées tout autour, et des silhouettes s'agitent au bord de l'océan.

Une fête sauvage ? se demande-t-elle.

Puis, elle distingue les surfeurs sur l'eau. Les planches blanches, les mains et les visages luisent dans l'obscurité, tandis que les combinaisons se confondent avec l'eau et le ciel noirs.

– Oh, les fous ! lâche-t-elle à voix haute.

– Ils savent ce qu'ils font, ne vous inquiétez pas, ma petite dame ! dit un homme à côté d'elle. Ce ne sont pas des débutants !

Elle reste un moment à regarder, parmi les autres spectateurs, transie de froid et réchauffée en même temps par son hot-dog. Les lueurs des feux sur la plage ont quelque chose de magique. Voir les silhouettes des surfeurs danser sur les vagues la fascine toujours. Ils semblent faits d'une autre étoffe que le commun des mortels, capables de survoler l'eau, défiant la force brute de l'océan. Près du feu de camp, des cheveux d'or brillent. Il est là, bien sûr. Gaëlle frissonne. Elle se sent complètement dégrisée. Il est temps de rentrer. Elle fait demi-tour et regagne sa voiture.

5

Gaëlle regarde Fabrice courir après Tom et Lola sur la plage. Tous trois s'éclaboussent à grands coups de pied dans les vagues. Ils rient aux éclats. Tom surtout semble tellement heureux. Oubliés les tics nerveux qu'il a développés ces derniers temps – il cligne des yeux plusieurs fois de suite, comme ébloui, et elle craint que cela aggrave ses relations avec les autres enfants à l'école.

Il a suffi que Fabrice vienne passer quelques jours avec eux et Tom s'est métamorphosé. De quoi la faire culpabiliser d'être partie. Elle secoue la tête. Non, après tout. Pourquoi serait-elle la seule coupable ? Fabrice aussi a une responsabilité, en ne les rejoignant pas plus rapidement et en ne venant que très peu leur rendre visite.

Elle resserre ses bras autour de ses genoux, savourant le vent qui lui fouette le visage et emmêle sa chevelure indisciplinée, au grand dam de Fabrice qui a tenté de la pousser à se coiffer ce matin.

Il fait presque bon.

Ce tout début de mois de mars est plein de promesses printanières.

Demain, Fabrice repartira à Gagny en emmenant les enfants. Ils passeront avec lui leur deuxième semaine de vacances scolaires.

Ses parents se font une joie de revoir leurs petits-enfants.

– Tu sais qu'ils nous manquent beaucoup ! a dit Françoise à Gaëlle au téléphone, quand elle l'a appelée la semaine précédente.

– Je sais maman… Mais pourquoi vous ne descendez pas nous voir ?

– Je ne peux pas Gaëlle… Pas encore. Je ne suis pas prête à revenir à Saint-Jean-de-Luz, a répondu Françoise d'une voix étranglée.

Gaëlle n'a pas insisté. Elle a écouté encore une fois sa mère lui dire qu'elle a eu une drôle d'idée, qu'ils étaient pourtant bien à Gagny et que Fabrice devait se sentir bien seul. Gaëlle observe son mari. Il a belle allure. Grand, mince, toujours bien habillé, il incarne l'élégance. Il a toujours été très classe. Elle se souvient de leur mariage, il était si beau dans son smoking noir… Elle se revoit avancer vers lui dans sa robe blanche. Ils étaient jeunes alors, elle n'avait que 25 ans. Ils n'avaient pas peur de l'avenir, tout semblait facile. Ils s'aimaient comme des adolescents, joyeusement, sans se poser de questions, se chambrant l'un l'autre, s'amusant de tout et de rien. Ils faisaient l'amour en riant. Elle se demande où ils en sont, tous les deux, aujourd'hui. Pendant ces jours passés ensemble, jamais Fabrice n'a réclamé un baiser, une caresse. Elle a tenté, une fois les enfants endormis, le soir, de rattraper tout ce temps où leurs corps ont été loin l'un de l'autre, mais à chaque fois, Fabrice a trouvé une bonne raison d'esquiver. En y réfléchissant, déjà avant qu'elle parte, ils n'avaient plus fait l'amour depuis un moment. N'a-t-il plus envie d'elle ? Et est-ce pour cela qu'il ne vient pas ? Elle en arrive à se demander s'il la rejoindra vraiment un jour.

Non, se dit-elle, *non, ne pars pas dans des idées pareilles.*

Tout ne peut pas s'écrouler maintenant. Elle revoit l'arrivée de Fabrice à la gare, quatre jours plus tôt.

***

Ils viennent le chercher tous les trois. Ils sont très en avance, Gaëlle s'étant trompée dans l'horaire du train. Lola peste contre la distraction de sa mère et Tom trouve l'attente interminable. Lorsque enfin le train est annoncé sur l'écran, il se met à sautiller un peu partout.

– T'es grave, lui lance Lola.

Il lui tire la langue et continue sa danse de la joie.

Un bruit sourd commence à envahir la gare.

– Le voilà, maman ! Le voilà !

Gaëlle sourit en voyant son fils rayonner de bonheur.

En ce début de vacances d'hiver, le train est bondé et le quai noir de monde. Gaëlle se hisse sur la pointe des pieds à la recherche de son mari. Elle tient fermement ses enfants par la main pour qu'ils ne soient pas emportés par le flot humain. Elle repère Fabrice la première. Il est debout, près du train, le téléphone collé à l'oreille, les yeux rivés au sol. Gaëlle est déçue de constater qu'il ne les cherche pas. Puis Fabrice raccroche, ferme les yeux et prend une profonde inspiration.

Comme s'il se préparait pour un moment difficile, songe amèrement Gaëlle.

Il glisse son téléphone dans sa poche intérieure et s'avance sur le quai.

Gaëlle attend avant de le héler. Tom le voit à son tour et hurle :

– Papaaaaaa !

Fabrice relève la tête et un grand sourire illumine son visage quand son fils se jette dans ses bras.

– Eh, salut Tommy ! Comment ça va ?

Lola et Gaëlle les rejoignent.

– Tu as fait bon voyage ?

– Oui, ça a été. Je suis crevé, je suis bien content d'être en vacances et avec vous !

Il embrasse rapidement Gaëlle sur les lèvres, sans s'attarder.

À partir de là, Tom s'accroche à son père comme à une bouée de secours et ne le lâche plus.

***

L'attention de Gaëlle revient sur Lola, qui est tombée sur le sable.

– Oh non, mon sweat tout neuf ! crie-t-elle.

Évidemment, dès le premier jour, Lola a entraîné son père chez *LW* pour qu'il lui achète le fameux sweat et Fabrice n'a pas fait de difficultés.

Comme quoi l'éloignement a parfois du bon, songe Gaëlle.

Du temps où ils vivaient tous ensemble à Gagny, il n'aurait jamais accepté. Les relations entre Lola et Fabrice sont moins tendues depuis qu'ils vivent chacun à un bout de la France.

Lola s'époussette et décide visiblement qu'elle s'est suffisamment salie pour aujourd'hui. Gaëlle la suit des yeux, tandis qu'elle remonte la plage vers elle.

Elle lui paraît tellement épanouie, souriante, heureuse d'être là. La regarder est un baume sur tous les questionnements de Gaëlle. Le surf est devenu la passion de Lola et cela lui a ouvert de nouveaux horizons. Des amis. Des matinées dans l'océan. L'odeur d'iode dans ses longs cheveux.

Elle a absolument voulu montrer à son père comment elle surfait. Fabrice, bon public, a regardé, mais a confié à Gaëlle qu'il ne voyait pas trop l'intérêt.

– À part se manger des gamelles dans l'eau, ça sert à quoi ?

Gaëlle n'a pas répondu. Elle n'a pas envie d'essayer de lui expliquer et qu'il se moque. Elle n'a pas envie qu'il brise cette magie qu'elle elle voit bien dans cet univers du surf. Elle a laissé son regard courir sur l'eau, silencieuse. Les silhouettes sombres continuaient leur ballet aquatique. Elle s'est soudain rendu compte avec horreur qu'elle sondait les surfeurs du regard, à la recherche de l'homme aux cheveux dorés. Iban Larrano. Elle qui a tendance à tout oublier n'a pas oublié son nom. Elle s'est sentie rougir. Fabrice est là, tout de même !

Elle est sortie de ses rêveries par Lola qui s'affale près d'elle.

– J'en ai marre, mon beau sweat est crade maintenant !

– Ça va sécher, Lola, ce n'est pas bien grave !

Lola ne répond pas. Elle semble réfléchir à ce qu'elle veut dire ensuite. Ce qui, en général, n'augure rien de bon.

– Je sais que papa va mal le prendre, mais je ne veux pas remonter à Gagny avec lui.

Gaëlle retient un soupir. Les relations entre Lola et Fabrice ne vont pas rester détendues très longtemps.

– Comment ça ? Pourquoi ?

– Je t'ai parlé de la fête organisée par *LW* où Zach m'a invitée. C'est la semaine prochaine, maman. Je ne peux pas rater ça. C'est juste impossible.

– Mais il y aura d'autres occasions, Lola ! Écoute, ton père est content de vous avoir et puis, papi et mamie aussi ont très envie de vous voir, tu ne peux pas leur faire ça… Et tes amis de Gagny ? Margaux, Élissa, Théo ? Tu n'as pas envie de les voir, toi qui étais si triste de les quitter ?

– Bof, dit Lola en haussant les épaules. Margaux ne sera pas là, elle part à la neige avec ses parents. Et Élissa et Théo… on a beaucoup moins de contacts, maintenant. Les amis qui m'intéressent sont ici. D'ailleurs, Margaux aimerait bien venir aux prochaines vacances pour me voir et rencontrer mes nouveaux amis, on pourra l'inviter ?

– On verra ça, répond Gaëlle, un sujet après l'autre. Pour l'instant, j'aimerais que tu remontes avec papa. Les fêtes, ici, il y en a plein à la belle saison. Tu as tout le temps.

– Tu ne te rends pas compte ! Il y aura une démonstration de surf avec des pointures. Ils font même venir un surfeur américain ! Zach m'a dit qu'il y avait toujours des tas de cadeaux distribués toute la soirée. Des autocollants collectors, des porte-clefs, des briquets, des chapeaux…

– Tu préfères avoir un porte-clefs que voir tes grands-parents ? Magnifique !

– Mais non, c'est pas ça… C'est juste que ça va être LA fête. Et puis…

– Et puis ?

– Je vais aller à l'eau, maman. Je n'ai pas le niveau mais je m'en fiche, je boirai la tasse, mais je veux en être. Point final.

Gaëlle sent qu'elle commence à flancher devant l'obstination de sa fille. Elle botte en touche :

– Écoute, j'en discute avec papa ce soir et on te donne notre réponse demain.

Lola croise les bras. Elle semble vouloir dire quelque chose encore. Gaëlle l'encourage d'un geste de la main.

– Vous avez voulu qu'on vienne là. On est venus. Alors, maintenant, faut nous laisser faire notre place, hein. Moi, je reste ici. Je suis pas un paquet qu'on déplace quand ça vous arrange. Niet. J'ai 15 ans, quand même.

– 14, si je ne m'abuse, ma fille.

– Presque 15.

– Je t'ai dit que j'en discuterai ce soir avec papa. Le sujet est clos pour l'instant.

Elles restent assises un moment ensemble, puis Fabrice et Tom reviennent vers elles. Tom est épuisé d'avoir tant couru dans le vent, mais rayonnant de bonheur.

– Bon, on rentre ? dit Gaëlle. On a vos affaires à préparer pour le train demain matin !

Tom fait un geste de joie. Lola jette un regard entendu à sa mère.

Une fois de retour à la maison, tandis qu'elle prépare

leurs valises, Gaëlle est saisie d'une drôle d'impression. Les enfants qui vont chez leur père la moitié des vacances, ça fait comme si Fabrice et elle étaient séparés et qu'ils se partageaient la garde.

Elle attend qu'ils soient montés dans leur chambre pour aborder les revendications de Lola avec Fabrice.

– Elle ne veut pas venir avec moi ? répète Fabrice, en colère, assez fort, tout en poussant les chats qui tentent de s'installer sur le canapé. Ah, les sales bêtes, ça met des poils partout !

– Chut, baisse le ton, je suis sûre qu'elle écoute, lui intime Gaëlle. Ce n'est pas contre toi. Mais elle est invitée à cette fête, par un garçon qu'elle aime bien… Tu connais les adolescents !

– Non, pas trop, justement. Je découvre. Et franchement, c'est décevant. En fait, elle ne veut plus me voir ?

– Mais je te dis que ce n'est pas cela !

– Au final, si. Elle préfère sa fête à être avec moi. Et avec ses grands-parents, d'ailleurs, ça ne te gêne pas, ça ?

– Si, bien sûr que ça me gêne et bien sûr que je préférerais qu'elle parte avec toi. Mais en même temps… On leur a demandé un si gros sacrifice…

– TU leur as demandé un gros sacrifice !

– Pardon ? demande Gaëlle, abasourdie, haussant le ton à son tour. Tu étais d'accord !

– C'était pour te faire plaisir. Tu sais bien que si ça ne tenait qu'à moi, on n'aurait rien changé.

– Non mais je rêve ! Et Mainard ? Il ne te donnait pas envie de partir ?

– Oui, enfin, il suffit de changer d'agence…

Il a un air étrange en disant cela. Gaëlle a un mauvais pressentiment, mais il ne dit rien de plus.

– Bon, enfin, reprend-elle sur un ton las, on – ou je, comme tu veux – leur a demandé un gros sacrifice en laissant leurs amis derrière eux en plein milieu d'année, alors on peut peut-être se dire que quand une fête leur tient à cœur…

– Non, mais OK, c'est bon. De toute façon, c'est déjà plus ou moins décidé, non ?

– Pas du tout.

– Mais oui, c'est ça. Je m'en fiche, Tom et moi, on passera une bonne semaine tous les deux. C'est lui qui a le plus envie de me voir en réalité, alors l'essentiel, c'est qu'il soit là.

Gaëlle ne répond pas. Elle a envie de lui dire que tout serait tellement plus simple s'il venait enfin les rejoindre. Mais elle sent Fabrice si lointain…

Les au revoir sont froids le lendemain. Fabrice fait la tête à Lola et celle-ci n'en mène pas large. Heureusement, Tom n'a pas l'air perturbé outre mesure par l'absence de sa sœur.

– Au revoir, maman, dit-il en faisant un câlin à Gaëlle.

– Au revoir, mon Tommy, à bientôt, profite bien de ta semaine !

Elle ne peut s'empêcher de sentir son cœur se serrer. C'est dur de voir partir Tom, c'est la première fois qu'ils se séparent. Comment fait Fabrice pour supporter l'absence des enfants depuis si longtemps ?

Elle se souvient du jour où Tom est né. Ce petit bonhomme de trois kilos sept qu'elle regardait avec adoration dans le berceau en plexiglas transparent de la clinique. Elle se revoit, assise sur son lit, attendant avec impatience la première visite de Lola. Sa petite chérie lui avait tellement manqué durant ces deux jours épuisants. Elle regardait Tom gigoter, ses petites mains repliées comme deux petits poings de boxeur. Fabrice était tellement heureux d'avoir un fils !

Lola et elle regardent le train démarrer, s'éloigner, puis disparaître au loin.

– Eh bien, c'est parti pour une semaine entre filles ! s'exclame Gaëlle en essayant d'y mettre de la gaieté.

– Merci mamoun, je serai super sage, je te promets, merci, merci !

Lola tient parole. Dès les premiers jours de sa deuxième semaine de vacances, elle fait ses devoirs, aide sa mère à préparer le dîner le soir, range sa chambre…

Bref, songe Gaëlle amusée, *elle a vraiment très envie d'aller à sa fête !*

Cela a un côté agréable de partager des soirées plus calmes et des moments privilégiés avec Lola, mais Gaëlle ressent malgré tout, dès le premier soir, le vide laissé par l'absence de son petit garçon. Elle se console en l'appelant pour qu'il lui raconte toutes les activités qu'il fait avec son père. Un soir qu'il est resté dormir chez ses grands-parents, il lui passe Françoise au téléphone :

– Comment vas-tu, Gaëlle ?

– Bien ! Évidemment, c'est calme sans Tom…

– Oui, je me doute qu'il te manque, ça fait toujours drôle les premières séparations !

– Eh oui. Enfin, dit Gaëlle en adressant un sourire à sa fille qui passe, heureusement Lola est là !

– Tant mieux. Elle ne s'ennuie pas trop, toute seule, enfermée dans la maison ?

– Elle n'est pas enfermée, elle va au surf tous les jours ! lâche Gaëlle sans réfléchir, avant de se mordre aussitôt la langue.

– Seule ? s'écrie Françoise.

– Mais non, maman, pas seule. Ils sont tout un groupe et des parents se relaient pour les accompagner sur les différentes plages, en fonction des marées.

– Ah, je préfère ça !

– …

– Au fait, Lola nous a envoyé un message pour son cadeau d'anniversaire. Ton père et moi voulons bien payer la moitié.

– La moitié ?

– De sa planche de surf ! Tu n'es pas au courant ?

Gaëlle ne l'est pas et elle jette un coup d'œil assassin à Lola qui lui répond par son air le plus innocent, mais elle ne veut pas faire cette joie à Françoise, toujours prompte à faire des remarques.

– Si, bien sûr ! Donc la moitié ? Parfait. Nous compléterons la somme. Merci pour elle.

– Je ne pensais pas que ça coûtait si cher, une planche de surf !

– Euh… Oui… Cher…

Elle cherche le regard de Lola, qui l'évite, mais dès qu'elle a raccroché, elle interpelle sa fille :

– Tu as demandé une planche de surf pour ton anniversaire à papi et mamie ?

– Demandé, demandé… Non, pas vraiment ! C'est eux qui m'ont demandé ce que je voudrais, alors je leur ai répondu !

– Et pour information, ça coûte combien, une planche ?

– J'ai vu une Malibu chez *LW* à 429 euros, mais mamoun, elle est trop belle et puis, elle est hyper maniable, c'est fait exactement pour les débutants comme moi !

Gaëlle déglutit. Elle n'a retenu que le prix. Jamais elle ne pourra payer même la moitié d'une telle somme.

– Lola, il va falloir que tu arrêtes avec *LW*. Tout ce qu'ils vendent est très cher. Ce n'est pas pour nous.

– Pas pour toi, tu veux dire. Papa, lui, ça ne lui pose pas de problème.

Gaëlle serre les dents. Évidemment. Eh bien, puisque ça ne pose pas de problème à papa, il paiera !

Elles n'en parlent plus de la semaine. Lola n'a sans doute pas envie que Gaëlle prenne en grippe *LW* avant sa fameuse fête, sinon elle n'aurait pas hésité à relancer sa mère dix fois par jour.

Le temps file plus vite que Gaëlle ne l'aurait cru malgré l'absence de Tom. Il faut dire qu'au travail, les journées sont intenses.

Le samedi arrive, le grand jour de Lola. Et le dernier jour avant le retour de Tom. Gaëlle quitte *Homerama* à dix-neuf heures et s'engouffre dans sa voiture pour rejoindre sa fille. Si elle a bien compris les explications de Lola, il s'agit donc d'une soirée événement – plus précisément : « Un truc de fou, maman ! » Apparemment, les organisateurs se sont inspirés d'une fête qui a lieu en août à Biarritz et ont décidé de la transposer, pour la première fois, à Saint-Jean-de-Luz et en hiver ! Le *« special event »* a lieu sur la plage d'Erromardie. La marque LW est bien évidemment le principal sponsor. Quand Gaëlle arrive sur le parking de la plage, des centaines de voitures sont déjà garées. L'événement attire apparemment les foules. Gaëlle se gare où elle peut, sur une place qui n'en est pas vraiment une, et se dirige vers la plage en courant. Elle ne doit surtout pas rater le groupe des débutants qui ouvre le bal.

Plus elle approche, plus la musique est puissante. Lorsqu'elle passe la jetée, elle n'en croit pas ses yeux. Les organisateurs ont fait les choses en grand ! Des gradins sont installés en haut de la plage et ils sont déjà remplis de monde. Une petite scène cernée d'ampoules accueille un groupe de musique et un DJ. La marque LW a carrément construit un village expo avec des vêtements, des planches de surf, des hôtesses, des écrans géants. De grands projecteurs éclairent l'ensemble de la plage.

Mais le plus incroyable a lieu dans l'eau. D'énormes ballons remplis d'hélium éclairent le rivage et les vagues. Les surfeurs sont vêtus d'une combinaison fluo et leur planche est équipée de bandes de LED colorées. L'effet est à couper le souffle. On dirait ces méduses fluorescentes qui voguent dans les profondeurs abyssales.

Une voix puissante dans les haut-parleurs couvre la musique pour annoncer le début des festivités. Un petit groupe de surfeurs s'approche de l'eau en trottinant. Gaëlle aperçoit Lola parmi eux. Elle ne l'a pas ratée ! Elle a réussi à arriver à temps ! Soulagée, elle se fait une petite place sur le côté des gradins et tente de ne pas perdre sa fille des yeux, ce qui n'est pas facile. Les vagues engloutissent régulièrement les surfeurs. Ils sont ballottés comme des bouchons de liège dans le courant. On voit bien qu'il s'agit de débutants, peu parviennent à se hisser sur leur planche.

La voix retentit à nouveau dans les enceintes :

– Félicitons ces jeunes recrues qui sont l'avenir de notre sport. Il faut du courage pour se jeter dans le bain en pleine nuit, croyez-moi ! Bravo, les jeunes ! Venez vite vous réchauffer et recevoir vos récompenses. On les applaudit bien fort !

Gaëlle frappe dans ses mains avec fierté en regardant Lola s'extraire des vagues, sa planche la suivant un mètre plus loin, au bout de son leash.

La musique reprend de plus belle et on annonce déjà une autre équipe de surfeurs pour une démonstration de style.

Gaëlle descend des gradins et va s'acheter un gobelet de thé brûlant qu'elle boit en attendant sur le côté que sa fille sorte des vestiaires spécialement installés pour l'occasion.

Un groupe d'hommes en combinaison noire passe près d'elle. Les surfeurs les plus aguerris certainement, qui vont à leur tour montrer ce qu'ils savent faire. Ils rient fort et se bousculent tout en marchant. Gaëlle est heurtée par une planche.

– Eh ! proteste-t-elle en se retournant.

Pour tomber dans les yeux bleus d'Iban Larrano.

– Vous venez voir votre fille ? demande-t-il.

Elle en reste stupéfaite. Il lui parle !

Les autres l'attendent, un sourire narquois aux lèvres.

Pas question qu'elle passe pour une de ses groupies.

– On se connaît aujourd'hui ? Non parce que d'habitude, quand je vous croise, vous êtes très grossier.

– Wow wow wow ! rit un des surfeurs.

Larrano hausse un sourcil amusé et s'éloigne.

– Qu'est-ce qu'elle t'a mis ! C'est qui, cette meuf ? entend-elle un de ses compagnons lui demander.

Gaëlle les suit des yeux tandis qu'ils s'éloignent, pris dans la musique assourdissante et la lumière des grands projecteurs. De là où elle est, elle ne peut pas les voir se jeter à l'eau.

Soudain, Lola est à ses côtés.

– Alors, tu m'as vue ?

– Oui, ma chérie, tu étais formidable ! Bravo !

– J'ai réussi mon take-off !

– Ton quoi ?

– Je me suis mise debout sur la planche, maman !

– Ah ! Oui Lola et je suis fière de toi !

Un jeune garçon métis, grand, aux yeux clairs, s'approche d'elles.

– Maman, dit Lola, je te présente Zacharie. C'est lui qui nous a inscrits à l'*event*.

– Tu étais dans l'eau aussi, Zacharie ? demande Gaëlle.

– Oui, madame, j'adore surfer moi aussi !

Il se tourne vers Lola.

– Après tu vas voir, ils vont mettre la musique à fond, on pourra danser et ils jetteront des cadeaux.

Lola fait un geste de supplique à sa mère.

– On peut rester encore un peu ? S'il te plaît, mamoun !

– Mmmmh… Oui, allez, c'est d'accord, sourit Gaëlle.

– Merci, tu es géniale ! s'exclame Lola en se jetant au cou de sa mère.

Gaëlle achète des frites pour eux trois et ils s'installent dans les gradins pour profiter du spectacle.

Les deux adolescents commentent les prestations avec enthousiasme. Zacharie semble passionné par le surf. Lola marque le rythme de la musique avec son corps. Elle a les cheveux encore humides, les joues rosies par le froid, mais elle est si exaltée qu'elle ne le ressent pas.

Gaëlle la regarde en coin et voit que Zacharie, lui aussi, regarde Lola. Elle se sent attendrie. Sa petite fille devient grande.

6

Quand Gaëlle arrive dans la salle de pause ce midi-là, seule Érica est déjà présente, son repas en train de réchauffer au micro-ondes.

– Pauline n'est pas là ?

– Non, dit Érica, pas encore.

Gaëlle sort son plat de son sac et le met à côté du micro-ondes pour prendre son tour.

– Tu ne trouves pas qu'elle est un peu... étrange, en ce moment ?

Érica fronce les sourcils.

– Comment ça, étrange ?

Gaëlle est tracassée par une scène qu'elle a surprise quelques jours auparavant. Pauline est sortie de la réserve comme une flèche, les yeux rouges, un peu débraillée, les cheveux dépeignés. Elle l'a suivie dans son rayon. Quand elle l'a rejointe, Pauline roulait un tapis avec de grands gestes nerveux.

– Tu vas bien, Pauline ? lui a-t-elle demandé.

– Évidemment, pourquoi tu me demandes ça ?

– Je t'ai vue sortir de la réserve et... tu n'avais pas l'air dans ton assiette.

– Non, non, tout va bien. Je suis un peu fatiguée en ce moment. Problème de sommeil.

– De sommeil ?

– Oui, c'est usant. Je fais des insomnies terribles ces derniers temps. Mais ça va passer.

– J'espère que oui. Si je peux… faire quelque chose… quoi que ce soit, eh bien, tu vois toutes les lumières là-bas ? Je suis juste dessous.

– T'es trop mignonne, Gaëlle. Mais je te jure que ça va.

Pauline a eu beau se montrer rassurante, elle n'a pas du tout convaincu Gaëlle. Celle-ci doute qu'il s'agisse simplement d'une insomnie. Elle a d'ailleurs une idée en tête. Elle pressent cela depuis son arrivée. Son instinct l'a mise en alerte.

Elle raconte la scène à Érica, qui soupire et pose ses couverts sur la table, faisant une grimace pour signifier que son appétit est coupé.

– Oh non, j'espère qu'il n'a pas recommencé…

Gaëlle ouvre la bouche pour lui demander de quoi elle parle, mais à ce moment, Pauline arrive dans la pièce, l'air défait.

Érica fait signe à Gaëlle de se taire et donne le change :

– *Hola* Pauline, on t'attendait !

À la fin du repas, elle chuchote discrètement à Gaëlle :

– Tu connais le parc Ducontenia ? On s'y retrouve après le boulot pour parler tranquillement.

Pendant l'après-midi, Gaëlle ne peut s'empêcher de jeter des coups d'œil vers sa voisine. Ce n'est pas un effet de son imagination. Ces derniers jours, Pauline ne sourit plus comme d'habitude. Elle semble éteinte, elle qui était toujours rieuse et de bonne humeur. Il se passe quelque chose.

Le soir, lorsque Gaëlle arrive au parc, Érica est déjà là, devant l'entrée, à l'attendre.

– J'adore venir marcher ici avant de rentrer. On est enfermées toute la journée sous les néons de *Homerama*. Ça fait du bien d'être dehors, au milieu des plantes.

– Tu as raison, Érica. Depuis que je suis arrivée, je passe tout mon temps libre à l'océan. J'avais oublié ce parc magnifique. Tu as eu une bonne idée, vraiment !

– Et puis, franchement, aujourd'hui, ils m'ont tous tellement enquiquinée que si je ne prends pas un peu l'air, je vais m'étouffer dans mon énervement.

Gaëlle rit. Érica tient le rayon électroménager, là où les clients ne sont pas les plus faciles.

– Qu'est-ce qu'ils t'ont fait aujourd'hui ?

– Ah, j'ai eu un concentré de conneries comme tu peux même pas imaginer ! Il y a eu le type qui voulait acheter une friteuse parce que la sienne avait chuté du rebord de sa fenêtre et avait terminé dans une benne pleine de poubelles. Poubelles qui se sont enflammées au contact de l'huile bouillante, ce qui a nécessité l'intervention des pompiers. Et tu vois Gaëlle, en te racontant ça, je me dis que le type a une sacrée imagination… En fait, il s'est foutu de moi. Et le retraité qui voulait de quoi faire sa soupe mais en mode années 1960. Un seul bouton, une prise, une lame. Aucune technologie, en fait. Et la mère de famille… Non mais on ne va pas parler de mes clients toute la soirée. Je devrais écrire un livre sur eux. Revenons plutôt à Pauline.

– Oui. Que voulais-tu dire ce midi ?

– Je suis sûre que tu le sais déjà, non ?

– Disons que je m'en doute. C'est Dufossé ?

Érica acquiesce.

– *Por desgracia*[1], je pense, oui. Des bruits courent, comme quoi il aurait déjà harcelé des filles avant. Moi, je n'étais pas encore là, je ne les ai pas connues, mais ça se dit.

– C'est plausible, quand tu vois son comportement… Je ne l'ai jamais trouvé net, ce type.

– Moi non plus.

Elles s'asseyent sur un banc en haut d'un petit vallon. Le soleil est déjà bas derrière les grands arbres. Des reflets dorés jouent sur le gazon.

– Et maintenant, il s'en prend à Pauline.

– Forcément. La plus jeune, la plus douce.

– Quel enfoiré ! On ne peut pas le laisser faire. Mais comment agir ?

Elles réfléchissent un moment, leurs yeux errant dans le paysage. En contrebas se trouve un petit parc de jeux pour enfants aux couleurs vives. Un père pousse un petit sur sa balançoire. Gaëlle songe avec un serrement de cœur à Tom. Il a été si heureux de la semaine passée avec son père. Le retour a été difficile. Il est à nouveau agité, anxieux. Ses tics reviennent. Et il a recommencé à pleurer le soir dans son lit.

Érica la ramène au problème du jour :

– Tu sais quoi ? On va essayer de savoir, déjà, s'il s'en prend à d'autres collègues. C'est important.

– Oui…, opine Gaëlle en continuant de regarder l'enfant sur la balançoire. Et samedi soir, après le travail, on se retrouve chez moi pour dîner. On discute de tout ça. Et on essaie de faire parler Pauline. Elle doit savoir qu'elle n'est pas seule.

---

1. « Malheureusement ».

– *Sí !* Il va voir de quel bois on se brûle !

– De quel bois on se chauffe, la corrige Gaëlle en riant.

– Et pour notre repas, je ramène de la *paella de la montagña*, tu m'en diras des nouvelles !

Le lendemain, Gaëlle lance son invitation pour le samedi à ses amies de *Homerama*, avec comme thème de la soirée « recettes du coin ». Elles acceptent toutes avec enthousiasme, même Pauline.

Le samedi soir, après le travail, elles se suivent toutes jusque chez Gaëlle. Chacune a joué le jeu et apporté un plat typique. Pauline a confectionné un gâteau basque d'après une recette de sa tante de Bayonne, Érica a apporté sa *paella de la montagña* comme promis avec du vin de Galice, Lucie qui de son propre aveu « ne sait absolument pas cuisiner » s'est chargée des fromages, tous issus du Pays basque et au lait de brebis. Gaëlle, de son côté, s'occupe de l'apéritif et dresse une jolie table. Marlène a oublié de cuisiner mais pour se faire pardonner, elle offre un joli bouquet de mimosa qu'elle place au centre de la table comme un soleil parfumé. Lola et Tom se réfugient dans leur chambre. Ils n'ont pas du tout envie d'être mêlés à ce « repas Homerama », comme l'a présenté leur mère.

– Merci Gaëlle pour ton hospitalité ! disent en chœur les filles en levant leur verre.

– J'aime beaucoup ta maison, ajoute Érica.

– Nous sommes bien ici. C'est plus grand que l'appartement que nous avions en région parisienne. Les enfants ont de vraies chambres et ils apprécient.

– Oh mais qui voilà ? s'extasie Pauline. Tu as un chat ?

– Deux, en fait. On les a adoptés au refuge. Eux aussi ont l'air de se plaire ici.

– Tu m'étonnes ! Moi, j'adorerais avoir un chien. Mais comme je vis en appartement, ce ne serait pas du tout une bonne idée. Et puis, avec nos horaires de fou, il faudrait que je sorte le promener après le boulot. Trop dur ! Je suis déjà épuisée, souffle Pauline.

Gaëlle et Érica échangent un coup d'œil. Pauline vient de leur tendre une perche pour aborder le sujet qui les préoccupe, elles s'en saisissent.

– Oui justement, ose Gaëlle, tu n'as pas l'air en forme en ce moment. On s'est fait la réflexion toutes les quatre. Tu sais que tu peux tout nous dire, hein ? On est une équipe !

Pauline baisse les yeux et semble s'accrocher à son verre de vin. Elle répond d'une voix faible :

– Je t'ai dit. Je dors mal.

Érica pose sa main sur la cuisse de la petite blonde. Elle n'a pas l'habitude de passer par quatre chemins pour dire ce qu'elle a à dire.

– Ne fais pas semblant, *pequeña*[2]. On n'est pas idiotes. On connaît Dufossé.

Pauline ouvre une bouche toute ronde, l'air surpris, et ses yeux s'emplissent immédiatement de grosses larmes. Gaëlle la rassure.

– Écoute, Pauline, tu n'es pas obligée de nous raconter tout ce soir, mais… ce serait préférable. Il ne peut pas continuer comme ça. On a mené notre enquête toutes les quatre et il n'en est pas à sa première fois.

---

2. « Ma petite ».

Marlène prend la parole à son tour en se penchant vers Pauline.

– Quand je suis arrivée il y a six ans, la fille que j'ai remplacée m'a mise en garde. Il l'avait invitée plusieurs fois à boire un verre le soir et comme elle ne cédait pas, il lui envoyait des SMS à n'importe quelle heure. Une fois, il a même essayé de l'embrasser dans son rayon. Je pense que c'est pour ça qu'elle a quitté le magasin. Du coup, moi, j'ai gardé mes distances dès le début, notamment en parlant sans arrêt de mon compagnon de l'époque. Il a quand même tenté le coup plusieurs fois, mais je dois pas être son genre ! J'ai pas trop à me plaindre. En tout cas, tu as remarqué qu'il n'embauche que des filles. Pourtant, on reçoit des candidatures masculines aussi, mais la secrétaire m'a affirmé qu'il ne les voyait jamais en entretien.

Pauline se calme petit à petit en écoutant le récit des unes et des autres. Gaëlle décrit la sensation de malaise quand Dufossé a posé ses mains sur les siennes pour soi-disant l'aider à porter ses cartons. Lucie, à la lumière de ce qu'elle entend, se remémore des petites remarques et des attitudes ambiguës qu'il a pu avoir. Érica les fait rire en affirmant que ce lâche, ce *cobarde*, dit-elle en mimant le geste de cracher, n'a pas de couilles, car il n'ose s'en prendre qu'à des femmes gentilles et douces.

– Donc, reprend Gaëlle en s'adressant à Pauline, tu n'es pas responsable de tout ça et surtout, tu n'es pas seule. On en a discuté avec les collègues, on a décidé d'agir. Hors de question que ce type continue à se conduire comme un… comme un…

– Comme une pourriture, lâche Pauline d'une voix cassée.

Les filles marquent une seconde de silence, que rompt Érica.

– *Exactamente, querida*. C'est le mot juste. Une pourriture.

Ce dernier mot prononcé avec l'accent espagnol provoque l'hilarité générale.

En passant à table, les filles sont prêtes à se battre par tous les moyens possibles.

– On va hacher menu le Dufossé, s'exclame Marlène en s'acharnant sur son morceau de viande.

Le plan est échafaudé au fur et à mesure de la soirée, pour récolter des témoignages des collègues encore en poste, mais surtout de celles qui ont quitté le magasin. Gaëlle utilisera ses contacts à la maison mère de Paris pour tenter de savoir où était Dufossé avant d'arriver à Saint-Jean-de-Luz et s'il avait des antécédents. Lucie, elle, a une cousine avocate à Pau. Elle se chargera de recueillir des conseils avisés pour mener éventuellement une enquête officielle sur le comportement du responsable, voire porter plainte. Érica est promue au rang de « garde du corps » de Pauline. La jolie blonde a ordre de ne plus jamais se retrouver seule en compagnie de cet homme.

Quand elles se séparent, tard dans la soirée, Pauline semble rassérénée par leur plan de bataille. Elle les serre toutes dans ses bras en partant.

– Merci les filles, vous êtes vraiment des amours !

– C'est normal, *guapa*, dit Érica, on est toutes solidaires !

Après de nombreux au revoir, des portières qui claquent, des bruits de moteurs qu'on démarre, les voitures s'éloignent dans la nuit et Gaëlle rentre dans la maison qui lui paraît bien silencieuse.

On l'aura, cette pourriture de Dufossé, songe-t-elle en débarrassant la table.

Elle se sent soudain très fatiguée. Il ne faut pas qu'elle tarde à aller se coucher. Demain, c'est pique-nique à la plage pour fêter l'anniversaire de Lola.

La veille, elle s'est disputée avec Fabrice au téléphone à propos de son cadeau. Elle lui a demandé de payer une partie de sa part à elle.

– Et pourquoi ? a-t-il demandé. Tu sais, je ne suis pas plus riche que toi, je paye tout seul le loyer de Gagny !

– Comment peux-tu dire une chose pareille ? Je prends en charge toutes les dépenses pour les enfants. Tu ne me donnes rien !

– Je ne te donne rien, a-t-il répété avec un rire jaune. Tu voudrais que je te donne une pension alimentaire ? Est-ce qu'on est séparés et que je ne serais pas au courant ?

– N'importe quoi… Tu pourrais contribuer… Ce sont aussi tes enfants.

– Il fallait me le dire, s'est-il défendu, je ne savais pas que c'était difficile pour toi.

– Tu aurais pu t'en douter.

– Et puis, tu n'as pas à accepter des demandes de cadeaux aussi chers de la part de Lola. Tu la gâtes trop !

– Sans doute…

Elle n'a pas eu envie de lui expliquer toute l'histoire, depuis le SMS de Lola à ses grands-parents et comment elle a été prise de court.

– Bon. Tu participes ou pas ?

– Oui, a-t-il concédé de mauvaise grâce, sinon je vais encore avoir le rôle du méchant.

Gaëlle se dit que c'est finalement l'essentiel.

Lola aura la planche dont elle rêve.

Si seulement Fabrice pouvait la voir surfer, il comprendrait à quel point ce sport est devenu important pour elle. Mais Fabrice ne vient pas. Ne s'intéresse pas beaucoup, pour tout dire. Elle a l'impression douloureuse que le fossé se creuse.

Elle rejoint son lit et sombre comme une masse, épuisée par cette journée remplie d'émotions.

Elle a l'impression de n'avoir dormi que quelques minutes quand un tonitruant « Joyeux anniversaire, Lolaaaaaa ! » retentit dans la maison. Tom veut être le premier à lui souhaiter, quitte à réveiller tout le monde. Gaëlle gémit et regarde son réveil. Neuf heures.

Elle n'a pas le temps de se demander si elle essaye de se rendormir ou si elle se lève. Lola et Tom déboulent dans sa chambre.

– Maman, maman, on lui donne son cadeau ? demande Tom tout excité.

Gaëlle est allée l'acheter avec lui le mercredi précédent, pendant que Lola était chez une copine.

– Ah, vous êtes durs dès le matin ! proteste-t-elle en rejetant les couvertures.

Elle attire sa fille contre elle.

– Joyeux anniversaire, ma grande !

– Merci mamoun !

– Bon, alors, je n'avais pas prévu de te donner ton cadeau maintenant, mais ce midi, à la plage.

– Euh…, intervient Tom, tu ne vas pas pouvoir l'emmener à la plage sans qu'elle le voie.

– Elle va gentiment fermer les yeux pendant tout le trajet jusqu'à la plage…

– J'ai trop hâââââte ! trépigne Lola.

Elle ressort à toute vitesse de la chambre de sa mère pour aller se préparer et est prête en un temps record.

– Dommage que tu ne sois pas aussi rapide le matin pour partir au collège, plaisante Gaëlle.

Elle a fini de préparer la glacière. La planche est déjà attachée sur le toit de sa voiture.

Ils partent tous les trois et quelques minutes plus tard, Tom guide Lola, qui a toujours les yeux fermés, jusqu'à la plage. Il fait beau, quelques familles se sont installées pour pique-niquer malgré le vent soutenu. Un petit groupe de surfeurs flotte dans l'eau. Gaëlle détache la planche et la cache comme elle peut dans son dos.

Vu la taille de l'objet, cette tentative est forcément vouée à l'échec et il faut qu'Iban Larrano la dépasse à ce moment-là, alors qu'il se dirige vers l'eau. Il lui jette un coup d'œil moqueur et lui lance un « bonjour » clair et fort.

Histoire de montrer qu'il n'est pas si grossier, se dit Gaëlle, qui marmonne un « bonjour » en retour.

Elle le regarde s'éloigner et, distraite par sa démarche souple et déterminée et ses cheveux qui volent sur ses épaules, elle trébuche dans le sable, manquant de s'étaler par terre avec la planche. Lola, qui ne peut plus tenir, se tourne vers elle et bondit sur ses pieds en hurlant de joie.

– Ma Malibu ! Oh merci, merci, merci !

Elle entame une petite danse de la joie et veut l'essayer tout de suite.

– Je t'ai apporté ton maillot et ta combi. Pour aller dans l'eau, c'est mieux, non ?

– Maman, tu as pensé à tout. Tu es topissime.

Lola se change en moins de deux, le sourire aux lèvres. Puis Tom et Gaëlle la suivent au bord de l'eau pour la regarder faire.

La jeune fille court dans les premières vagues, s'allonge sur sa planche, puis se met à ramer énergiquement. Gaëlle trouve qu'elle s'éloigne trop vite. Il y a de la houle.

– Lola, reste pas trop loin ! crie-t-elle. Tu es toute seule dans l'eau, ce n'est pas comme quand tu es avec Justine ! Lola !

Tom renchérit, les mains en porte-voix :

– Looooo-laaaaaa !

Mais Lola ne semble pas les entendre et continue à ramer vers le large. Gaëlle sent une bouffée d'angoisse la gagner. Tendue, elle fixe la silhouette de sa fille, tout en retenant d'une main ses cheveux que le vent rabat sur son visage. Soudain, Iban Larrano surgit dans son champ de vision. Il finit une vague et arrive presque devant elle, debout sur sa planche.

– C'est bon, lui dit-il, ne stressez pas, je la surveille.

Elle ouvre la bouche pour répondre, surprise, mais il est déjà reparti. Elle le voit ramer vers Lola, rester dans la même zone qu'elle. Et ça a beau être un type très énervant, elle se sent rassurée. Elle sort son portable pour prendre sa fille en photo quand elle reviendra vers la plage. Il y a deux appels en absence de Fabrice. Sûrement pour souhaiter un bon anniversaire à Lola. Elle le rappellera plus tard. À cause du vent. Ça souffle tellement fort sur la plage, ils ne s'entendraient pas parler.

7

– Quelqu'un veut encore de la mousse au chocolat ? demande Barbara.

– Oh oui, moi ! répondent Tom et Lola dans un bel ensemble.

André, Barbara et Gaëlle éclatent de rire.

– Au moins, je peux me dire que je ne l'ai pas ratée, sourit Barbara.

– Elle est délicieuse, dit Gaëlle. Tu me donneras la recette ?

– Avec plaisir !

Barbara part chercher le saladier au frigo. Ses bracelets tintent au rythme de ses pas. C'est une jolie femme à la soixantaine pimpante, toujours parfaitement maquillée et apprêtée.

André suit le regard de Tom, qui observe les cadres disposés sur le buffet de la salle à manger.

– Ce sont nos enfants. Sébastien, là, assis sur le capot de sa voiture. Et sur sa planche de surf, Luc.

– Ils ont quel âge ?

– Sébastien a 30 ans et Luc 28. Et depuis la dernière fois que nous nous sommes croisés, annonce-t-il les yeux pétillants, nous avons appris une excellente nouvelle : Sébastien et sa fiancée vont avoir un bébé.

– Oh ! s'écrie Gaëlle. Vous allez être papi et mamie, c'est génial, félicitations !

– Oui, on a hâte ! dit Barbara qui revient avec la mousse au chocolat.

Le repas a été très agréable. La maison d'André et Barbara s'élève sur la route montant vers Socoa. Elle est entourée d'un joli jardin rempli de fleurs en ce mois de mars. À l'intérieur, la décoration chaleureuse a des accents basques, avec la nappe en tissu bayadère, la vaisselle traditionnelle et les grappes de piments d'Espelette. Tout ici respire une douceur de vivre et un bonheur simple qui agissent comme un baume bienfaisant sur le cœur tourmenté de Gaëlle.

En venant, dans la voiture, elle a expliqué à Tom et Lola la place qu'a eue André dans son enfance.

***

– J'ai toujours passé les deux mois d'été chez Bixente et Madeleine. Quand j'étais petite, mes parents restaient aussi les deux mois. C'était l'avantage d'avoir deux parents professeurs ! Quand j'ai été plus grande, votre papi et votre mamie ont décidé de se réserver du temps pour eux deux. Au mois d'août, je restais à Saint-Jean-de-Luz et eux, ils partaient un peu sans moi. De toute façon, qu'ils soient là ou pas, je passais mes journées au club de plage avec mon grand-père. J'ai dû commencer à y aller avant de savoir marcher et à 20 ans, j'y allais toujours, comme monitrice, je vous rassure, je ne sautais plus sur les trampolines à cet âge-là. André travaillait déjà au club quand je suis née, alors il me connaît depuis que je suis toute petite !

– Et sa femme ? demande Tom en clignant des yeux, un peu inquiet d'aller manger chez de parfaits inconnus.

– Ah ça, tu demanderas à André ! Je ne voudrais pas raconter l'histoire à sa place, il adore le faire lui-même !

***

Tom n'ose pas poser la question à André, mais Gaëlle le fait pour lui.

– André, Tom se demandait comment tu as rencontré Barbara.

– Aaaaah, ça mon bonhomme, c'est une sacrée histoire ! Tu veux l'entendre ? Tom hoche la tête.

– Eh bien vois-tu, comme tu le sais déjà, depuis tout jeune, je suis moniteur au club de votre arrière-grand-père. Quand j'ai commencé, je n'étais pas beaucoup plus vieux que toi, Lola. C'est un métier extraordinaire, pensez, on passe nos journées dehors, sur la plage, au grand air, avec des pitchouns tout contents d'être là et de s'amuser ! Mais ! Car il y a un tout petit « mais »… Il fait très chaud l'été sur la plage. Et moi, j'ai beau être du coin, j'ai une petite fragilité de la tête avec la chaleur. Autrement dit, chaque été, il me faut un chapeau. Chaque année, je m'achète un chapeau de paille – la paille c'est ce qu'il y a de plus agréable à porter sous la chaleur, vous pouvez me croire. Et pourquoi j'en rachète un chaque année ? Parce qu'avec le soleil, le sel, le sable, sans compter le nombre de fois où je m'assois dessus, il ne passe jamais la saison ! Mon chapeau, je ne l'achète pas n'importe où, c'est important qu'il soit beau, on l'a sur la tête toute la journée, quand même ! Depuis toujours, je vais à la chapellerie de Saint-Jean-de-Luz.

– La quoi ? demande Lola.

– Une chapellerie, c'est un magasin de chapeaux, intervient Gaëlle.

– Eh oui, reprend André. Au début, c'était une vieille dame de Saint-Jean-de-Luz qui tenait la boutique, elle était toute ridée et elle ne souriait jamais, mais enfin, elle vendait de bons chapeaux. Et une année, quand je rentre dans le magasin, aaaaaah, incroyable, un soleil ! La vieille dame avait été remplacée par une magnifique jeune fille.

Il tend ses bras vers Barbara.

– Tadam ! L'amour m'est tombé dessus direct, la flèche de Cupidon, je vous le dis. Je lui ai fait ma cour et la saison d'après, c'est à ma femme que j'achetais mon chapeau !

– Trop beauuuu, s'extasie Lola qui écoutait le menton dans la main.

Barbara et Gaëlle échangent un sourire. André ne se lasse jamais de conter comment il a rencontré son grand amour.

Après la deuxième tournée de mousse au chocolat, le repas touche à sa fin. Barbara propose un café à Gaëlle. André regarde d'un air amusé Tom qui nettoie scrupuleusement avec sa cuillère chaque parcelle de mousse restée accrochée sur les parois de son bol.

– Eh bien, quel appétit !

– Oui, ça fait plaisir à voir…, dit Gaëlle.

En ce moment, Tom picore plutôt. Il continue à se

montrer éteint, un peu triste. Gaëlle a même reçu, la semaine précédente, un appel de la maîtresse de son fils, qui veut la rencontrer pour « discuter », parce qu'elle a l'impression que son petit élève se renferme de plus en plus. Elle veut sans doute savoir s'il y a des soucis à la maison.

Rien que son père qui brille par son absence, songe Gaëlle.

Il n'est pas revenu un seul week-end depuis les précédentes vacances. À part quelques coups de fil laconiques, ils n'ont aucun contact.

André semble avoir remarqué les yeux soucieux du garçon.

– Dis-moi, bonhomme, puisque tu manges aussi bien, c'est que tu dois être un sacré costaud !

– Oui ! répond Tom fièrement.

– Et moi, j'ai besoin d'un costaud qui vienne m'aider au club pendant les vacances de printemps.

– Celles qui arrivent ?

– Eh oui, bien sûr, pitchoun, celles qui arrivent ! Ça te dirait de venir me donner un coup de main ? Enfin, si ta maman est d'accord, bien sûr.

Tom lève des yeux remplis d'espoir sur Gaëlle. Avec sa gentillesse et sa faconde, André l'a apprivoisé. Tom, qui craint toujours un peu les inconnus, la supplie du regard de le laisser y aller.

– Je ne sais pas, j'hésite…, fait Gaëlle pour le faire enrager. Mais oui, bien sûr ! Tu en as de la chance ! Être recruté par le meilleur moniteur de plage de Saint-Jean-de-Luz !

Un large sourire éclaire le visage de Tom.

Gaëlle est brusquement envahie par le souvenir de ces

étés où c'est elle qui aidait André. Elle croise son regard, émue, et voit qu'il pense à la même chose.

Un ange passe.

– Dites, les enfants, propose joyeusement Barbara pour rompre le silence, est-ce que vous voudriez voir des photos du club du temps où votre maman était petite ? Je suis sûre que sur certaines photos, on la voit, en plus !

Ils acquiescent avec enthousiasme et la suivent dans la pièce à côté.

André et Gaëlle restent seuls.

– Tu ne voudrais pas venir m'aider ? Je dois ressortir les toiles de trampoline de l'entrepôt. Demain, je les contrôle.

– Avec plaisir !

Quand André tire la grande porte coulissante pour entrer dans l'entrepôt, l'odeur du club envahit aussitôt les narines de Gaëlle. Un mélange d'eau de mer, de bois humide, de graisse mécanique. André allume les néons et la pièce dévoile tous ses trésors. Sous leurs yeux, un fatras indescriptible s'entasse. Un bric-à-brac que connaît bien Gaëlle : mur d'escalade, balançoire, pieds de trampoline, seaux de plage par dizaines, brassards à moitié dégonflés…

Les larmes lui montent aux yeux, tandis que l'émotion lui serre la gorge. C'est un voyage brutal au temps du bonheur.

– Oh mon Dieu, André…, peut-elle seulement dire.

Il s'approche d'elle et lui frotte le dos.

– Je sais, ma pitchoune, je sais.

Ils restent immobiles quelques minutes, puis Gaëlle se secoue.

– Alors, on y va, elles sont où, ces toiles ?

André entreprend de fouiller dans les grands sacs en nylon jaune que Gaëlle connaît bien. Elle les a suffisamment traînés sur le sable pour les rapprocher des armatures des trampolines. Certains contiennent les ressorts, d'autres les toiles.

Ils rassemblent les sacs où se trouvent les toiles près de l'entrée, pour qu'André puisse y avoir accès facilement demain. Ils ne sont pas trop de deux, les sacs sont lourds.

– Ouf ! soupire André au dernier chargement. Je n'ai plus l'âge de ces plaisanteries, moi !

– Arrête, sourit Gaëlle, tu es en pleine forme !

Cependant, elle remarque qu'il est un peu blanc.

– Pas tant que ça… Tu sais, Gaëlle, je t'en parle mais tu dois me promettre de ne le dire à personne, surtout pas à Barbara…

– Quoi donc ? Tu m'inquiètes !

– J'ai des petits soucis au niveau du palpitant. Il vieillit un peu. En fait, il faudrait que je me fasse opérer.

– Comment cela ? Mais…

– Non, mais je ne vais pas le faire. Pas tout de suite en tout cas. Il faut que j'assure la saison. Je le ferai après, cet automne.

– Tu es sûr ? Ce n'est pas un peu risqué comme décision ?

Il balaie ses objections d'un revers de main.

– J'ai de la réserve, va, ça va aller !

Il s'assoit sur un des sacs et reprend peu à peu des couleurs.

Gaëlle n'ose rien ajouter.

Ils reprennent le chemin vers la maison d'André et

Barbara, dont les fenêtres brillent dans le noir. Au loin dans la nuit, ils perçoivent le bruit des vagues sur le sable.

– Tu es retournée voir votre maison ? demande soudain André.

Gaëlle hoche la tête.

– Oui. Ça m'a fait drôle…

– J'imagine bien…

– André, toi qui es d'ici, tu sais ce qui s'est passé pour la maison ?

– Ta mère ne te l'a pas expliqué ?

– Elle est très évasive sur le sujet. Je sens qu'elle me cache des choses.

– Qu'est-ce qu'elle t'a dit exactement ?

– Qu'un héritier inattendu avait réclamé sa part. Quelqu'un qu'on ne connaissait pas, mais qui était proche de Bixente, apparemment. Gure Etxea lui revenait pour moitié. Pour garder la maison, il aurait fallu que mes parents lui rachètent sa part, mais ils ne pouvaient pas payer une telle somme, alors ils ont dû vendre. Tu sais d'où il sortait, toi, cet héritier mystère ? Tu sais qui nous a pris la maison ?

André s'arrête, cueille un brin d'herbe haute et le malaxe entre ses doigts.

– Écoute Gaëlle… Ce n'est pas à moi de te raconter les histoires de ta famille… Ta maman t'en parlera sans doute quand elle sera prête.

– Je voudrais vraiment savoir, le supplie-t-elle.

Il se gratte la tête, embarrassé.

– Ce que je peux te dire… Parce que bon, tout ça, c'est pas secret non plus… Tu dois savoir que ton grand-père, Bixente, il plaisait bien aux filles, hein. Tu as déjà vu des photos de lui jeune, c'était un très bel homme, un athlète.

– Oui, je sais, sourit Gaëlle.

– Ça faisait de grosses crises avec ta grand-mère, toutes ces têtes qu'il faisait tourner. Mais bon, ça passait toujours… Sauf qu'un jour, il a mis une petite enceinte.

– Enceinte ? Tu veux dire… alors qu'il était marié avec Madeleine ?

André hoche la tête.

– Oui, c'était dans les premières années de leur mariage.

– C'est pas vrai, articule Gaëlle.

– Eh si ! (André hausse les épaules d'un air fataliste.) Que veux-tu, ce sont des choses qui arrivent ! Mais à l'époque, c'était plutôt mal vu, tu t'en doutes. C'est pas tellement pour Bixente que ça s'est mal passé. Il a dû avoir une sacrée explication avec la Madeleine, qui n'était pas femme à accepter ce genre d'humiliations. Mais elle l'a gardé quand même. Elle a juste resserré la corde autour de son cou. Tu sais que c'est d'elle que venait l'argent, elle qui avait acheté le club.

– Oui, je sais qu'elle venait d'une grande famille.

– Alors, après cette histoire, Bixente s'est tenu à carreau. Il n'était qu'un simple moniteur de plage. Il avait tout à perdre si Madeleine finissait par demander le divorce.

– Et la fille ?

– La fille… Elle s'est retrouvée, comme on disait à l'époque, fille-mère.

– Qu'est-elle devenue ?

– On n'a plus eu de nouvelles. Elle a disparu de la circulation.

Gaëlle attend. Elle sent qu'il y a une suite.

– Mais Bixente m'a dit un jour qu'il avait reconnu, en secret de Madeleine, le fils que cette femme avait eu de lui. Il m'a dit qu'il s'appelait Michel.

Gaëlle laisse le silence s'installer quelques instants, digérant cette histoire et réfléchissant à ce qu'elle implique.

– Alors… Ce serait lui l'héritier qui a demandé sa part ?

– Lui ou quelqu'un de sa famille, très probablement… Mais si tu veux en savoir plus, c'est à tes parents qu'il faudrait demander.

Françoise refuse obstinément d'en parler et Gaëlle commence à comprendre pourquoi. Cet héritier n'est pas n'importe qui. Cette révélation réécrit toute l'histoire familiale. Si Françoise n'était pas au courant de son existence avant l'ouverture du testament de Bixente, cela avait dû être un choc pour elle. Et visiblement, les choses ne s'étaient pas très bien passées entre eux, puisqu'il l'avait contrainte à vendre la maison.

Un jour, il faudrait qu'elle arrive à en parler avec sa mère. C'est une partie de leur histoire après tout. Mais pas par téléphone. Gaëlle connaît sa mère, elle se renfermera et il sera impossible de la faire sortir de sa coquille. Elle devra être patiente et attendre de la voir. Elle se demande ce que cela a pu faire à sa mère d'apprendre qu'elle avait un demi-frère. Ce n'est pas rien. Et elle, Gaëlle, a donc un oncle. Peut-être même des cousins ? Elle en a le vertige tandis qu'elle marche en silence aux côtés d'André.

Arrivés à la maison, ils trouvent Tom et Lola ravis de montrer à leur mère des clichés où elle apparaît, âgée de 1 ou 2 ans, nue comme un ver sur la plage.

– Dis donc, mamoun, s'exclame Lola, tu montrais tes fesses à tout le monde !

Gaëlle rit avec eux et prend les photos dans ses mains. Sur nombre d'entre elles, son grand-père est présent aussi, torse nu, souriant, ses yeux clairs dirigés droit vers l'objectif. Gaëlle sent son cœur battre douloureusement dans sa gorge. Cette époque semble si lointaine. Et de tels drames se sont joués sans qu'elle n'en sache rien, livrée à l'innocence insouciante de son enfance !

Elle prend congé et serre fort André et Barbara dans ses bras en partant.

– C'était si bon de vous revoir ! Un jour prochain, vous viendrez à la maison ! André, ajoute-t-elle d'un air dégagé, si jamais tu as besoin d'aide pour monter le club, tu sais que ça me fera plaisir de donner un coup de main, ça me rappellera le bon temps !

Sur le chemin du retour, encore en proie aux émotions soulevées par les révélations d'André, elle ne peut résister à aller revoir Gure Etxea. Comme si elle s'attendait à ce que la maison lui révèle les secrets si longtemps gardés entre ses murs. Mais évidemment, la maison ne dit rien. Elle trône, belle et silencieuse dans la nuit, gardant pour toujours en elle les rires d'enfance de Gaëlle.

Elle sent sa gorge se nouer. Elle regagne rapidement la voiture où les enfants sont restés à l'attendre. Tout cela, c'est le passé. On ne peut plus y revenir.

8

Les filles retiennent leur souffle. Toutes les têtes sont tournées vers Pauline, attendant sa réponse. Pauline ne bouge pas, les yeux fixés sur ses mains. Elles peuvent voir les pensées et les angoisses se télescoper dans sa tête. Personne ne peut décider à sa place. Mais elles seront toutes là, derrière elle.

Ce samedi-là, elles ont décidé de se réunir dans l'appartement chaleureux d'Érica, où tout rappelle l'Espagne : éventails ouverts épinglés au mur, carreaux colorés au-dessus de l'évier de la cuisine… Une petite Vierge en plâtre de Lourdes trône sur le buffet de la salle de séjour, à côté d'un cadre contenant des photos de sa famille – il y a des bébés, une grand-mère appuyée sur sa canne, des enfants, des adolescents, toute une ribambelle de sourires qui doivent la réconforter quand les siens lui manquent trop.

Chacune des filles a enquêté de son côté et elles sont impatientes de dévoiler leurs découvertes.

Dès le début de leur réunion, Marlène annonce la couleur :

– Personnellement, je crois que j'ai du lourd !

Pauline regarde ses quatre collègues avec étonnement. Ses amies ont l'air de trouver toute cette affaire excitante et d'avoir des envies de justicières. Malgré elle, Pauline n'est toujours pas à l'aise avec cette conversation. Elle se sent au centre de l'affaire Dufossé et n'aime pas ça du tout. Elle n'a toujours pas trouvé le courage de se confier.

Érica lui presse la main et lui adresse un clin d'œil, Pauline répond par un faible sourire. En la voyant si peu vaillante, le groupe se calme.

– Je commence, dit Marlène en sortant un petit calepin à spirales de son sac à main.

Elles sont installées toutes les cinq autour de la table, Érica a ajouté des tabourets.

– Je suis allée voir la secrétaire de Dufossé. Je n'ai pas osé lui parler directement de notre enquête. Je ne sais pas si on peut lui faire confiance pour le moment, alors j'ai pipeauté pour avoir les coordonnées de la fille dont je vous ai parlé. Vous savez, celle que j'ai remplacée. Donc, j'ai bien géré le truc et j'ai eu ce que je voulais. Elle s'appelle Marie Bardoli et habite à Bidart maintenant. Là aussi, je ne l'ai pas prise de front, genre : « Salut, je t'appelle pour savoir si le gros dégueulasse t'en a fait baver quand tu bossais chez *Homerama*. » Je me suis dit que si elle avait mal vécu le truc, il fallait que je fasse preuve de délicatesse.

– Bravo, Marlène ! approuve Érica.

– Je l'ai attendue dimanche devant chez elle. J'ai poireauté une heure et quart, mais je n'ai pas été déçue. Elle ne m'a pas reconnue, tu m'étonnes, six ans après. Elle était plutôt curieuse de savoir ce que je faisais là, elle a été sympa, elle m'a laissée entrer et m'a offert un café et là, j'ai déballé toute notre petite histoire. Bon, je suis restée évasive sur Pauline et tout. Je lui ai dit qu'on en était au début de nos recherches et qu'on ne savait pas trop où on allait.

– Bon, là, c'est un peu long ton histoire ! la secoue Lucie en riant.

– OK, OK, j'arrive ! Donc, j'avais vu juste. Elle a carrément pris la fuite du magasin à cause de l'enfer que lui faisait vivre Dufossé. Tout est sorti d'un coup, elle s'est mise à parler, à parler, je n'arrivais même pas à l'arrêter. Elle a pleuré aussi. J'ai pris des notes une fois revenue dans ma voiture.

Marlène regarde son calepin et parcourt avec son doigt ses pages d'écriture. Gaëlle s'aperçoit que sa main tremble. Décidément, cette histoire les touche toutes plus qu'elles ne l'avouent.

– Il a commencé par des phrases gentilles. C'était plutôt charmant, par exemple : « J'adore votre parfum » ou des compliments sur ses vêtements, sa coiffure ou son maquillage. Et puis, il est monté d'un cran assez vite, à ce qu'elle m'a dit. Il est passé aux sous-entendus ambigus, mais sur le ton de la plaisanterie. J'ai noté. Attendez ! Oui, comme « La météo a prévu une vague de froid, j'aurais bien aimé qu'on me réchauffe ce soir », ou « Mais laissez-moi vous aider, je peux être très gentil, vous savez ! ». Une dernière que j'ai notée. Celle-là, je m'en souviens bien, parce que c'est à partir de ce moment que Marie a commencé à pleurer. Ce pourri lui a dit : « J'ai reçu une candidature pour votre rayon aujourd'hui. CV intéressant. Et elle est plus mignonne, plus jeune, plus… » Il n'a pas fini sa phrase exprès, pour lui mettre la pression.

– Quel enfoiré, ce mec. Je vais vomir ! dit Pauline soudain toute pâle.

Marlène semble prendre conscience que Pauline n'est pas encore prête à écouter tous les détails de l'histoire de Marie. Elle a pourtant bien pire à raconter, mais elle s'arrête là pour ménager sa collègue et amie.

– L'important, c'est que Marie est prête à témoigner si elle n'est pas seule. Ça veut dire qu'on doit trouver d'autres victimes de Dufossé.

Les filles restent silencieuses un moment, prenant conscience de la gravité de la situation et supposant qu'elles ne sont qu'à la surface de l'iceberg. C'est au tour de Gaëlle de faire part de ce qu'elle a découvert. Elle a appris que Dufossé, dans son précédent poste, a tellement dérapé qu'une plainte a été déposée. Pauline en entendant cela gémit et, se prenant la tête dans les mains, se met à sangloter. Érica l'entoure de son bras et la berce doucement, en lui chuchotant à l'oreille :

– *Cálmate, todo saldrá bien ! Cálmate*[1] *!*

Gaëlle poursuit son récit, accompagnée des pleurs de Pauline. Les larmes sortent enfin, Pauline se relâche, ses épaules jusque-là complètement crispées s'affaissent.

– Ce que je ne comprends pas, conclut Gaëlle, c'est qu'il n'y a pas eu de sanction, de mise à pied. *Homerama* n'a pas réagi.

– Il a changé de région, quand même, objecte Lucie.

– Tu parles ! râle Marlène. Il a recommencé le même délire ici. On doit le mettre hors d'état de nuire et définitivement, cette fois.

---

1. « Calme-toi, tout ira bien ! Calme-toi ! »

– Il faudrait le piéger, affirme Érica. Sinon, c'est sa parole contre la nôtre.

– J'ai parlé de notre affaire à ma cousine Estelle, vous savez, qui est avocate à Pau, reprend Lucie. Elle m'a bien dit qu'il nous faut des preuves solides pour arriver à une plainte. D'ailleurs, elle est prête à nous défendre gratuitement. Par exemple, on pourrait l'enregistrer.

– *Sí, es fácil*[2]*!* Avec le téléphone, s'exclame Érica en prenant son portable posé sur la table et en l'agitant.

Elles pensent toutes la même chose. Pour que Dufossé se montre sous son vrai visage, il va falloir lui en donner l'occasion. Et il n'y en a qu'une qui puisse permettre au piège de fonctionner.

Maintenant, elles sont suspendues aux lèvres de Pauline, qui a compris ce qu'on attendait d'elle et tente de rassembler tout son courage de ses deux mains accrochées à sa jupe, les jointures blanches.

– Je ne sais pas si j'en serai capable, balbutie-t-elle. J'en fais des cauchemars toutes les nuits.

Personne n'ose ouvrir la bouche. Gaëlle croise le regard d'Érica. Comme elle, elle a les larmes aux yeux.

– La dernière fois, il m'a coincée contre le mur. Il tenait mes poignets tellement fort que j'ai eu des bleus. Il m'a menacée en se collant contre moi. Je sentais son après-rasage qui pue le parfum pour chiottes et son haleine de tabac froid. J'étais tellement terrifiée que je ne disais rien. Il a chuchoté dans mon oreille, les filles, il a chuchoté des choses… Des propositions dégueulasses.

Elle s'essuie les yeux du revers de sa main, qui

2. « Oui, c'est facile ! »

tremble. Le silence autour de la table est pesant. Gaëlle voudrait disparaître sous terre. Elle se sent tellement mal pour Pauline ! Au moment où elle va ouvrir la bouche pour dire qu'on peut trouver une autre solution, qu'on ne peut pas renvoyer Pauline dans les pattes de ce pervers, la jeune femme blonde relève la tête et regarde ses collègues droit dans les yeux à travers ses larmes :

– Je vous préviens, je ne le fais qu'avec du matos de pointe. Hors de question qu'il y ait une deuxième prise !

Elles éclatent toutes de rire à travers leurs larmes, attendries de voir Pauline tenter de faire de l'humour malgré tout, et se lèvent pour l'entourer de leurs bras. Elles restent ainsi de longues minutes, serrées les unes contre les autres, pleurant et riant à la fois. Pauline se réchauffe à leur chaleur humaine, aux mains qui frottent son dos et ses bras, aux larmes qui se mêlent aux siennes sur ses joues, aux mots de réconfort qu'Érica chuchote en espagnol à ses oreilles, effaçant pour un temps les mots sales de Dufossé.

– Oh les filles, dit finalement Érica, se redressant et posant les mains sur ses hanches, un verre de vin de Galice en l'honneur de notre courageuse Pauline !

Elles trinquent en se regardant dans les yeux, gravement, comme pour sceller une promesse.

– On va l'avoir, déclare Gaëlle.

– Oui, renchérit Lucie, cet enfoiré ne te fera plus jamais pleurer, Pauline !

– Oh oui, parce que vraiment, c'est trop dur de te voir comme ça, chevrote Marlène. Je l'étranglerais de mes mains si je pouvais, ce pervers !

– Tes mains, elles tremblent en attendant, observe Érica. Les vôtres aussi, les filles ! ajoute-t-elle en regardant tour à tour ses autres collègues. Je crois qu'après tout ça, on a besoin d'évacuer un peu, pas vrai ? Si vous voulez, à l'*Alegría* ce soir il y a un groupe de rock qui joue. Ça nous ferait du bien de nous défouler un peu, non ?

– Mais ça ne va pas être déjà fini ?

– Le concert commençait à vingt-deux heures, on ne va presque rien manquer si on y va maintenant !

Les filles s'interrogent du regard. Les yeux se mettent à pétiller puis, comme si un signal avait été donné, elles se lèvent toutes en même temps.

– OK, c'est parti !

Il n'y a que cinq minutes à pied de l'appartement d'Érica au bar à vins de son parrain. Elles frissonnent dans l'air frais, cela fait du bien d'être dehors, de respirer. Elles marchent en discutant gaiement, leurs talons claquant sur le bitume.

Gaëlle envoie un texto à Lola pour lui dire qu'elle rentrera un peu plus tard que prévu et pour lui demander si tout va bien. Elle espère que Tom n'a pas encore fait une crise de larmes, alors qu'elle n'est pas là pour le consoler. Lola la rassure. Il s'est tranquillement endormi devant la télé.

– Ça va tes enfants ? lui demande Lucie, qui la voit taper ses messages.

– Oui, ça va ! Lola se plaît beaucoup ici, il n'y a pas de souci. Elle s'est fait des amis. Il y en a même un, un certain Zacharie, que je vois beaucoup ces derniers temps, je trouve ! plaisante-t-elle.

– Ah, un amoureux en vue ? Et ton fils, comment il vit tout ça ?

– C'est plus difficile pour lui…

Et ça risque de l'être encore plus bientôt, songe-t-elle en repensant à la conversation qu'elle a eue au téléphone avec Fabrice la veille.

Alors qu'elle lui disait, encore une fois, combien il manquait à Tom et qu'elle lui demandait s'il avait vu des offres de postes dans la région, il a lâché :

***

– Le problème, c'est qu'il y a du nouveau. Du nouveau qui change un peu la donne... Tu te souviens de mon ami de BTS, Rémi ?

– Oui... Enfin, ça fait longtemps que je ne l'ai pas vu !

Fabrice et lui étaient très proches du temps où ils étaient étudiants. Ces dernières années, le fil entre eux semble s'être un peu distendu, mais ils ont certainement dû continuer à être en contact d'une manière ou d'une autre. Fabrice a toujours beaucoup admiré Rémi, qui possède un charisme certain.

– Il aurait une proposition pour moi. Tu te doutes qu'un gars comme ça ne travaille pas dans une chaîne bas de gamme. Il a créé sa propre agence, spécialisée dans l'immobilier de prestige, sur Paris même. Paris VIP Immo, tu en as peut-être entendu parler, il a eu quelques articles ?

– Non.

– Bon, bref. Il cherche un collaborateur et il a pensé à moi. C'est une magnifique opportunité !

Les oreilles de Gaëlle bourdonnent. Une « magnifique opportunité » qui « change la donne » ? Que veut-il dire ? Qu'elle va devoir revenir à Gagny ? Ou pire encore, qu'il veut qu'ils se séparent ?

– Mais... tu ne lui as pas dit que tu partais vivre dans le Sud-Ouest ?

– Non… Si… Enfin, j'aimerais qu'on en discute toi et moi, quand même. Sérieusement. Bon, je te laisse, je suis attendu ! Fais un bisou aux enfants !

***

Elle ne leur a évidemment pas parlé de cette histoire de poste à Paris. Que va-t-il se passer si Fabrice décide d'accepter ? Il faudra remmener les enfants à Gagny alors qu'elle vient de les faire déménager ? Et puis, elle se plaît ici, elle retrouve ses racines, il y a André, elle s'est fait des amies… Elle n'a aucune envie de partir maintenant.

Elle secoue la tête pour penser à autre chose. Il sera toujours temps de penser à ces problèmes. Pour l'instant, elles vont s'amuser !

Elles entendent la musique avant d'arriver au bar. Ça joue fort et il semble y avoir de l'ambiance. Elles se fraient un chemin au milieu des fumeurs pour atteindre l'entrée. Le bar est plein à craquer. Miguel a serré ses tables au maximum le long des murs pour permettre à ses clients de danser. Devant la scène, ça vibre, saute, reprend en chœur les refrains qu'entonne la chanteuse du groupe, accompagnée de sa guitare. Deux musiciens jouent avec elle, un bassiste et un clavier. Ils reprennent de grands tubes du rock tous aussi entraînants les uns que les autres.

Les filles se dirigent vers le comptoir, la musique s'infiltrant déjà en elles. Les bras, têtes, jambes ont envie de bouger, commencent à marquer le tempo.

– *Qué ambiente*[3] *!* crie Érica.

---

3. « Quelle ambiance ! »

Elle fait signe à Miguel, qui leur trouve une petite table et les installe dans un coin.

Gaëlle aime la décoration un peu différente pour cette soirée-concert, avec les petits lampions déposés au centre de chaque table qui rendent l'atmosphère chaleureuse.

Tandis qu'elles attendent leur boisson, Gaëlle observe Pauline qui se dandine sur sa chaise. Elle semble aller un peu mieux. Érica a eu une très bonne idée de les emmener chez Miguel pour décompresser et oublier Dufossé.

Les premières notes de *Stairway to Heaven* déclenchent un frisson dans le dos de Gaëlle. Elle adore cette chanson de Led Zeppelin dont elle connaît les paroles par cœur. Elle se joint aux chœurs en chantant à tue-tête, sous les rires bienveillants de ses amies, quand Iban Larrano entre à l'*Alegría*. Gaëlle en le reconnaissant a le souffle coupé. Elle est encore plus troublée lorsqu'elle comprend qu'il se dirige vers leur table. Il pose sa main sur l'épaule d'Érica, lui dit quelque chose que Gaëlle n'entend pas et lui fait la bise. Voyant que ses amies lui jettent des regards lourds de sous-entendus, Érica entreprend de les présenter.

– Iban, voici Pauline…

Il s'approche et lui fait la bise.

– Marlène…

Il continue son tour de table et embrasse Marlène, répondant d'un sourire au regard enjôleur de la jolie vendeuse. À mesure qu'il se rapproche d'elle, Gaëlle a l'impression qu'elle va se liquéfier. Elle voudrait être n'importe où ailleurs et son idiot de cœur bat à toute vitesse.

– Gaëlle…

– Enchanté, ironise-t-il en plongeant ses yeux dans les siens.

Il se penche pour lui faire la bise. Ses cheveux effleurent le visage de Gaëlle. Il a un parfum boisé, avec une note de vétiver. Un parfum délicieux. Sa joue râpe légèrement la sienne. Quand il s'écarte, il reste les yeux dans les siens une seconde et Gaëlle a l'impression perturbante qu'elle ne voit plus rien d'autre autour, comme s'il l'hypnotisait.

Il a dit quelque chose qu'elle n'a pas entendu.

– Pardon ? demande-t-elle, en faisant signe que la musique l'empêche de comprendre.

Il se penche à nouveau, pour parler plus près de son oreille. Elle manque de reculer pour éviter sa proximité, mais elle se raisonne.

Ne te comporte pas comme une gamine, se dit-elle.

– Je disais, reprend la voix chaude et insolente près de son visage, voici madame la touriste.

Excédée, elle l'attrape pour l'empêcher de s'éloigner et colle à son tour sa bouche contre son oreille.

– Arrêtez de me traiter de touriste. Ça montre que vous jugez les gens sans les connaître !

– Nous nous serions croisés des années sans que je vous voie ? demande-t-il d'un air goguenard.

Gaëlle ne se laisse pas démonter.

– Vous avez un café au bord de la grande plage, on m'a dit ? Eh bien, mon grand-père tenait le plus grand club sur cette plage. Alors, bon… vous êtes peut-être un bon surfeur, mais pas un bon profileur, on dirait !

Elle lâche enfin son épaule, le libérant, mais il reste

figé un instant et se redresse lentement en la regardant avec une sorte d'incrédulité, comme s'il voyait un fantôme.

– Vous êtes la petite-fille de Bixente Sarda ?

Elle hoche la tête.

Il ouvre la bouche pour dire quelque chose, mais Érica l'appelle.

– Iban ! Danse avec moi, *querido* !

Il hésite un instant, regardant toujours Gaëlle, puis acquiesce en souriant, se dirige vers Érica, la prend par la main et l'entraîne vers la piste de danse. Gaëlle les suit du regard. Elle les trouve beaux dans leur manière d'onduler sur la musique, calés sur le rythme des guitares, leurs corps se rapprochant et s'éloignant sans cesse. Érica lève les bras et rit. Iban lui saisit la taille pour la faire tourner.

Gaëlle détourne les yeux.

Elle ressent un malaise qu'elle n'arrive pas à expliquer. La fatigue sûrement. Elle se penche sur la table et crie à ses amies pour se faire entendre :

– Les filles, je m'en vais, je suis crevée ! Vous direz au revoir à Érica de ma part ?

– OK ! Repose-toi bien ! Et merci pour tout ! lui crie Pauline en retour.

Gaëlle prend son manteau et se faufile entre les tables vers la sortie. La musique lui semble maintenant trop forte. Le bruit trop agressif. Elle a besoin de sortir de là et vite.

Elle est tellement soulagée de se retrouver dehors qu'elle inspire un grand coup, oubliant qu'elle se trouve au milieu des fumeurs.

Au lieu de repartir vers la ville, vers sa voiture garée

dans la rue d'Érica, elle se dirige, comme la dernière fois, vers la plage.

Le food truck n'est pas là et il n'y a pas de feu sur le sable, mais elle entend, au loin, des cris de chahut. Des jeunes doivent s'amuser au bord de l'eau.

Elle s'assied sur un rocher, resserre son manteau autour d'elle et pose le menton sur ses genoux. Elle a envie de fermer les yeux et de rester là, à se laisser bercer par le bruit des vagues. Comme quand elle était ado et qu'elle dormait sur le toit-terrasse de ses grands-parents.

Une lame de nostalgie la submerge. Elle pense à Fabrice, à Gagny. Elle découvre, depuis qu'elle est revenue, que son cœur a toujours été à Saint-Jean-de-Luz. Elle ne peut pas imaginer repartir.

9

Gaëlle marche d'un pas pressé. Elle ne doit pas être en retard, pas aujourd'hui. Elle fait des signes d'au revoir à Tom jusqu'à ce qu'elle soit arrivée au bout de la jetée et qu'ils ne puissent plus se voir. C'est le deuxième jour de Tom au club et il a l'air moins stressé que la veille. Sa journée sera cependant plus longue aujourd'hui, car Gaëlle travaille et ne pourra pas venir le chercher avant dix-neuf heures trente. Elle espère qu'il ne sera pas trop fatigué.

Tom est content que les vacances de printemps soient arrivées. Il dit qu'il en a marre d'aller à l'école. Le maître a prévenu Gaëlle que son fils n'a pas de copains, qu'il reste dans son coin. Cela lui a fait mal au cœur. Elle a essayé d'en parler avec lui, mais il refuse d'en discuter. Elle a pris rendez-vous avec un psychologue pour enfants, dans l'espoir que parler avec quelqu'un d'extérieur lui fasse du bien, mais le délai d'attente est de deux mois. Elle soupire. Si seulement Fabrice pouvait tenir la promesse qu'il a faite à Tom et venir pendant ces vacances ! Mais elle n'y croit qu'à moitié. Fabrice semble complètement pris par son travail ces derniers temps et par Rémi, sans doute, dont le nom revient régulièrement dans ses conversations… Ils n'ont d'ailleurs toujours pas réussi à avoir une vraie discussion au sujet du poste qu'on lui propose à Paris. Fabrice n'a jamais le temps. Trop occupé ou trop fatigué. Alors même s'il est prêt à tout promettre à Tom au téléphone pour lui faire plaisir, elle n'est pas sûre qu'il tienne réellement ses engagements. Et s'il ne tient pas parole, la déception risque d'être rude.

Quoi qu'il en soit, Gaëlle s'est organisée pour ces vacances sans prendre en compte une éventuelle venue de Fabrice. Il sera toujours temps de changer les plans s'il annonce qu'il descend. Elle s'est mise d'accord avec André pour que Tom vienne au club tous les jours et qu'il arrive une demi-heure avant l'ouverture, pour aider à installer. Elle a d'abord eu peur que cela fatigue encore davantage André, mais il l'a rassurée, lui disant que le moniteur qui travaille avec lui en basse saison, Mario, s'occuperait de Tom si besoin. Cependant, dès sa première journée, Tom s'est révélé débrouillard, il a envie de faire les choses. Il l'a épatée. À croire qu'il a ça dans le sang.

Hier, ça a été le grand jour, la réouverture du club pour la saison. La veille, le dimanche, Gaëlle est allée donner un coup de main à André pour la manutention. En arrivant le lundi matin, Tom n'en menait pas large.

***

– Je suis pas super sportif, maman. Je vais me taper la honte.

– Chéri, c'est un club pour s'amuser avant tout. André aime le sport comme l'aimait mon grand-père et l'esprit de compétition est important, c'est vrai. Il y a des concours à gagner, des records à battre, des matchs, mais rappelle-toi ce que je t'ai dit… L'essentiel, c'est de t'amuser avec des amis. Et puis aussi d'aider André et Mario. Il leur manque un assistant. Ils vont t'apprendre tout ce qu'il faut savoir pour être un vrai moniteur.

– Oui, aider, ça, j'aime bien.

– Tu sais, Tom, il y a des concours qui n'ont rien de sportif. Moi, par exemple, j'étais championne au jeu des bouteilles.

– C'est quoi ça, le jeu des bouteilles ?

– Alors ! Grand-père déplaçait la poutre du club et l'installait à plusieurs mètres du rivage. Il déposait des bouteilles vides sur la poutre. Chaque enfant avait deux gobelets et, au top départ, devait faire des allers-retours de la mer à la poutre et remplir sa bouteille. Celui qui allait trop vite perdait plein d'eau en courant. Celui qui n'était pas précis versait l'eau à côté du goulot. Tu vois, rien de sportif dans ce concours. Précision et calme.

– Je suis précis, moi.

– Je sais, Tom.

– Je suis calme aussi.

– Eh oui. Tu seras peut-être comme ta maman. Champion au jeu des bouteilles.

Elle plaque une grosse bise sur la joue de son fils.

– Comme j'aimerais encore avoir ton âge et venir jouer au club ! Crois-moi, tu ne voudras plus rentrer à la maison le soir.

Ils arrivent devant Gure Etxea et, de là, voient André qui a commencé à installer les jeux du matin sur la plage. Gaëlle prend le visage de Tom entre ses mains.

– Mon Tommy, comme je ne travaille pas aujourd'hui, je vais rester avec toi un tout petit peu. Le temps de monter un trampoline et de t'apprendre à le faire. Mais demain, je ne pourrai pas rester. Tu aideras André et Mario comme un grand. Ils auront bien besoin de ton aide, tu sais. C'est très fatigant de travailler sous le soleil, de marcher dans le sable et de gérer un tas de petits monstres aussi adorables que toi. Allez ! On y va, mon chéri !

André les accueille avec un grand sourire et met tout de suite Tom au travail. Le petit garçon se montre efficace et volontaire. Il est un peu intimidé par Mario qu'il n'a jamais vu auparavant et qui a une carrure de rugbyman, mais celui-ci s'attire tout de suite la sympathie du petit garçon en faisant avec lui un check à rallonge. Gaëlle part quand les premiers enfants arrivent, pour que Tom ne se replie pas vers elle. Elle revient le midi déjeuner avec André et Tom. Elle apporte des sandwichs.

– Alors ? demande-t-elle.

– Génial ! répond Tom. On a fait des jeux sur la plage et du trampoline.

– Il a sauté comme un kangourou toute la matinée. Et il s'est bien occupé des plus petits. Super petit gars, dit André. Une bonne recrue que tu m'as amenée là.

Elle les laisse pour l'après-midi et va voir Lola, qui surfe avec ses amis sur la plage d'Erromardie. Ils sont toute une petite bande installée sur le sable et Gaëlle se dit en les voyant rire et discuter que sa fille grandit vraiment vite. C'est une jeune fille maintenant. Elle reste au loin pour ne pas la gêner et l'admire quand elle s'élance dans l'eau.

À l'heure du goûter, elle va récupérer Tom.

– Déjà ? dit-il en la voyant arriver.

– Tu vois, rit-elle, je t'avais dit que tu ne voudrais plus rentrer à la maison !

***

Elle est contente qu'il se plaise au club et en le laissant ce mardi matin, elle espère que la deuxième journée se passera aussi bien que la première. Elle monte dans sa voiture et démarre en trombe.

Il faut qu'elle se dépêche pour avoir le temps de préparer Pauline avant l'arrivée de Dufossé. Aujourd'hui, c'est le grand jour. Elles vont piéger ce pervers. Quand elle arrive dans le vestiaire, Érica est déjà en train d'équiper la jeune femme.

– Ça va ? demande Gaëlle.

– Oui, oui, répond Pauline, nerveuse.

– Tu as pensé aux piles ? dit Érica.

– Bien sûr ! rétorque Gaëlle. Je sais que je suis un peu distraite, mais quand même…

Prise malgré tout d'un doute, elle farfouille dans son sac. Ses deux collègues ne peuvent retenir un sourire. Elles commencent à la connaître. Victorieuse, Gaëlle brandit les piles.

– Ah ! Vous voyez !

Elle les tend à Érica, puis se tourne vers Pauline.

– On répète une dernière fois ? Je veux que tu sois archiprête. On n'a le droit qu'à « une seule prise ». Je te rappelle tes propres mots, lui dit-elle en souriant.

– Je sais, je sais, soupire Pauline.

Elle récite sa leçon comme un petit robot obéissant.

– Donc, Marlène a son téléphone collé à l'oreille,

comme si elle était en ligne avec un client. Elle s'approche suffisamment de Dufossé pour être certaine qu'il entende. Elle dit à Érica que j'ai besoin d'aide en réserve. Érica, à ce moment-là, répond qu'elle ne peut pas s'absenter de son rayon pour le moment, prétextant un fournisseur qui doit appeler. Dufossé, si on voit juste, se propose de me rejoindre pour m'aider ou me rejoint sans rien dire, ce qui serait plus son genre. Et là, tout est prêt.

– Oui, poursuit Érica, tout est prêt. D'abord, tu as ton micro juste en dessous de ton foulard. Il est hyper performant. J'ai testé et il suffirait à lui tout seul. Mais… (Érica plonge ses yeux dans ceux de sa collègue.) J'ai pris DEUX sécurités de plus en installant deux autres modes d'enregistrement dans la réserve. Un à côté du bureau, qui est connecté à mon téléphone. Je me mettrai en contact avec lui quand tu seras en place. Un autre enregistreur est posé au début de ton allée. Il se déclenche au bruit. *Estate tranquila*, ça enregistrera.

Gaëlle ajoute :

– Et puis, tu laisseras ton téléphone allumé, en ligne avec moi. Toi, ton job, c'est de laisser faire et de tenir le plus longtemps possible. On doit entendre que tu n'es pas d'accord, que tu le repousses et que tu refuses. C'est essentiel. Mais, si je peux me permettre un conseil, reste calme et fais en sorte qu'il parle au maximum. S'il franchit la ligne jaune, on sera là. Je te rappelle qu'on entendra tout. Mais il nous faut un enregistrement qui soit sans ambiguïté. C'est bon pour toi, Pauline ?

– Oui, de toute façon, il est trop tard pour reculer. On n'a pas fait tout ça pour renoncer maintenant. Et puis, je veux qu'il soit démasqué. Et qu'il arrête de faire des victimes.

Pauline prend une grande inspiration et relève la tête, prête à affronter Christian Dufossé.

Elles se dispersent chacune dans leur rayon. Leur responsable débarque bientôt pour son tour d'inspection. Au moment où il arrive près de Marlène, celle-ci saisit son téléphone comme convenu. Gaëlle regarde la scène de loin, en coin, pour ne pas alerter Dufossé. Elle voit Érica intervenir et Dufossé se diriger d'un pas leste vers la réserve.

Elle colle son oreille à son téléphone pour écouter la conversation entre Pauline et Dufossé.

Elle entend d'abord des bruits d'objets qu'on déplace, la porte, des pas.

– Besoin d'aide, chère Pauline ?

– Je…

En entendant la voix fragile de sa collègue, Gaëlle craint que Pauline ne renonce ou craque. Elle retient son souffle. Dufossé enchaîne.

– Ah, je vois, je vois. Ces colis sont trop lourds ?

– Non, je vais y arriver…

Dufossé a un rire gras. Gaëlle en frissonne rien qu'à l'entendre.

– Mais je suis là, ma petite Pauline. Je suis là. Vous savez bien que vous pouvez tout me demander.

La voix du responsable est plus forte, preuve qu'il est maintenant très proche de Pauline.

– Voyons voir ! Laissez-moi vous aider…

On entend des bruits de frottement, il doit se coller à elle pour lui prendre les cartons.

– Vous avez de si jolies mains !

– …

– Alors, vous avez réfléchi à ma proposition ?

– Laquelle ?

– Oh, ne faites pas celle qui a oublié ! Vous savez bien, boire un verre et puis se connaître plus… amplement.

– Monsieur, vous êtes mon responsable, je ne pense pas que ce soit une bonne idée. Non merci.

– En quoi serait-ce mal ? Vous m'attirez…

La voix de Dufossé est plus étouffée, comme si le téléphone de Pauline était comprimé dans sa poche.

– Vous le savez que vous me plaisez, n'est-ce pas ? Pourquoi vous n'acceptez pas mon invitation ? Vous aimez vous faire désirer, c'est ça ?

– Laissez-moi, gémit Pauline.

– Voyons, ma petite…

– Vous m'écrasez, monsieur !

– Christian. Appelez-moi Christian.

– S'il vous plaît. Laissez-moi partir maintenant.

– Allez, arrête de faire ta coincée.

– Pardon ?

– On sait tous les deux qu'au fond, t'es comme les autres, rien qu'une traînée…

La voix de Dufossé s'est faite menaçante.

Il montre enfin son vrai visage. Ne craque pas, Pauline, supplie Gaëlle intérieurement.

– Je ne suis pas une traînée et je ne vous permets pas de me dire des choses pareilles.

– Tu sais, j'en ai connu des comme toi… Et je peux te dire que tu finiras par me dire oui.

– Non !

– Oh si. Parce que tu sais, une faute professionnelle, c'est vite trouvé…

– Vous me faites du chantage ?

– Absolument pas. Je t'informe de ton intérêt.

Il y a à nouveau des bruissements, puis un coup violent dans le téléphone.

– Reviens là ! crie Dufossé.

Gaëlle voit Pauline qui sort en trombe de la réserve, pâle et échevelée.

Elle lui murmure au passage :

– C'est bon, on a enregistré !

– Tant mieux, dit Pauline dans un sanglot, parce que je ne le referai pas !

Gaëlle la regarde essayer de se remettre au travail. Ses mains tremblent violemment, elle s'y reprend à plusieurs fois pour ouvrir un carton et finit par se prendre la tête entre les mains.

Gaëlle jette un coup d'œil vers la réserve pour vérifier que Dufossé n'en sort pas et s'approche de Pauline, mais avant qu'elle arrive jusqu'à elle, la jeune femme s'est brusquement redressée et se dirige droit vers la sortie.

– Mais qu'est-ce qu'elle fait ? demande de loin Érica.

Marlène, qui se trouve non loin de la porte du magasin, voit Pauline s'enfuir comme si elle avait le diable à ses trousses et, laissant là son client, lui emboîte le pas.

– Pauline ! l'entendent-elles appeler sur le parking. Pauline, attends !

Érica rejoint Gaëlle. De là où elles sont, elles essaient de voir ce qui se passe dehors.

– C'est bon hein, murmure Érica, j'ai tout, il est foutu ce gros porc !

– Vous faites quoi, là ? Je ne vous paye pas pour discuter ! tonne la voix de Dufossé derrière elles.

Il est visiblement de très mauvaise humeur après s'être fait éconduire par Pauline.

– Et Pauline, elle est où ? Non mais vous vous croyez au Club Med ou quoi ?

Gaëlle voit la moutarde qui monte au nez d'Érica. Elle essaie de couper court avant que son amie s'énerve :

– Elle est sortie faire un tour, répond-elle sèchement. Elle avait besoin de prendre l'air, apparemment.

Dufossé fait mine de ne pas comprendre.

– Sortie faire un tour ? Et puis quoi encore ? Elle n'est pas payée pour aller faire des tours, non mais je rêve ! Je vais la ramener vite fait bien fait dans le droit chemin, moi !

Il esquisse un pas en direction de l'entrée, mais Érica se glisse devant lui, lui barrant la route.

– *Mierda !* Vous ne croyez pas que vous en avez fait assez pour aujourd'hui ? Ça ne vous suffit pas ?

– De quoi vous parlez ? demande Dufossé. Non, mais il se passe quoi aujourd'hui ? Vous aussi, vous voulez avoir des problèmes ?

– *Yo también ?* Manquerait plus que ça ! Alors, maintenant, écoutez-moi bien, espèce de *perverso* ! Vous fichez la paix à Pauline, parce qu'on a tout enregistré de votre dernière petite conversation et ça va remonter haut, très haut ! Vous ne vous en sortirez pas comme les fois précédentes, je vous le promets !

Gaëlle se fige. Érica a tout balancé. Ce n'est pas du tout ce qui était prévu. Dufossé ne doit pas être mis au courant tout de suite. Pas avant qu'elles aient transmis à la hiérarchie et déposé plainte.

Dufossé est devenu blême. Il les dévisage l'une après l'autre.

– Érica, balbutie-t-il, je ne comprends pas votre comportement. Tout s'est toujours bien passé entre nous, non ?

– *Sí.* Mais vous vous en êtes pris à mes collègues.

Il se tourne vers Gaëlle et pointe sur elle un doigt rageur.

– C'est vous, n'est-ce pas ? La nouvelle avec son air de pas y toucher, vous avez monté toute mon équipe contre moi ! Je vous préviens, ça se paiera !

Il fait demi-tour, s'éloigne à grandes enjambées et va s'enfermer dans son bureau.

– Désolée, dit Érica, j'ai pas pu me retenir.

– Ce n'est pas grave, répond Gaëlle en haussant les épaules. Au moins, il laissera Pauline tranquille pour de bon, maintenant. Je ne pense pas qu'il la harcèle à nouveau.

– Il va chier de trouille dans son froc ! rit Érica.

Gaëlle ne peut s'empêcher de rire avec elle.

– En attendant, j'espère que Pauline va bien, elle était tellement bouleversée ! C'est bizarre que Marlène et elle ne soient pas encore revenues.

Elles envoient un SMS à Marlène, qui leur répond aussitôt :

[C'est bon, je suis avec elle,
je la calme et je la ramène
au magasin.]

Gaëlle et Érica regagnent leur poste de travail. Il y a des clients à servir et deux vendeuses en moins.

Pauline et Marlène reviennent un quart d'heure plus

tard. Pauline a les yeux rouges mais est effectivement plus calme.

Elle rassure ses amies.

– Ça va, je vous promets ! C'était dur, mais je suis contente que ce soit fait. J'espère qu'il va prendre cher, ce salopard !

La journée passe dans une ambiance étrange.

Gaëlle se sent épuisée nerveusement quand elle quitte le magasin à dix-neuf heures.

Trop d'émotions.

Elle a convenu avec André qu'il emmènerait Tom manger un morceau avec lui à la fin de leur journée et qu'elle les rejoindrait. Il lui a envoyé l'adresse par SMS, un petit établissement de restauration rapide non loin du club, le *Virginia*.

Il n'est pas loin de dix-neuf heures trente quand elle franchit la porte et avant même d'apercevoir André et Tom, elle s'arrête net, surprise, en voyant l'homme qui se tient derrière le comptoir : Iban Larrano.

– Oh non, c'est pas vrai, pas lui ! lâche-t-elle entre ses dents.

Il la salue d'un signe de tête. Évidemment, André et Tom sont installés au comptoir, juste devant le maître des lieux. Elle traverse la pièce pour les rejoindre, tout en observant la décoration très épurée. Le blanc domine, sur le parquet au sol, sur les boiseries murales. Les tabourets et le comptoir sont également immaculés. Les seules touches de couleur se trouvent dans les dizaines d'ailerons de surf fixés au mur. Une grande planche de surf en bois clair ajoute une touche californienne à l'ensemble.

– Bonsoir, bonsoir ! leur lance-t-elle en s'efforçant

d'ignorer Larrano, alors comment s'est passée cette journée ?

– Très bien, dit Tom, André dit que je suis le meilleur moniteur qu'il ait jamais eu !

Il est à moitié affalé sur le comptoir.

– Je crois qu'il est complètement cuit, ce petit bonhomme, rit André. Gaëlle, tu veux prendre quelque chose avec nous ? C'est un super petit resto, ici. Je te présente Iban Larrano…

– On se connaît ! répliquent-ils en même temps.

André les regarde l'un après l'autre d'un air intrigué.

– Ah d'accord… Je ne savais pas. Tu es déjà venue manger ici ?

– Non.

– Eh bien, c'est le moment d'essayer, tu vas voir, c'est délicieux !

– Merci, mais je n'ai pas très faim. Je suis crevée et je vois que Tom aussi, alors je crois qu'on va rentrer. Merci pour tout, André.

– Oh ne me remercie pas, il nous a bien aidés, ton garçon !

Il ébouriffe les cheveux de Tom.

– Au dodo, maintenant, hein ?

Gaëlle et Iban échangent un bref au revoir.

André raccompagne Tom et Gaëlle jusqu'à la porte.

– Je ne voudrais pas que tu restes sur une mauvaise impression, murmure-t-il, d'habitude, Iban est plus chaleureux, c'est un garçon très sympathique. Mais il est un peu ours parfois. Il a eu des moments difficiles dans sa vie et…

– Quoi comme moments difficiles ? l'interroge Gaëlle un peu abruptement.

André la regarde avec acuité.

– Quand il est arrivé ici, il y a une quinzaine d'années, il venait de perdre ses parents dans un crash d'avion. Il s'est retrouvé tout seul. Il n'a pas d'autre famille. Je crois que c'est toujours resté douloureux pour lui et ça le rend parfois ombrageux.

– Ça peut se comprendre, opine Gaëlle en regardant en arrière à travers la porte vitrée.

Larrano est en train d'essuyer des verres. Comme s'il sentait qu'elle l'observe, il relève les yeux vers elle. Elle se détourne aussitôt et fait la bise à André.

– Allez, on y va ! Merci encore et à demain !

– À demain ! Bonne nuit, Tom !

Il retourne à l'intérieur.

Gaëlle le suit des yeux un instant, tandis qu'il regagne le comptoir en parlant à Larrano, puis elle s'éloigne, en portant à moitié Tom.

Elle parie avec elle-même que son fils ne pleurera pas dans son lit ce soir.

Si les journées au club peuvent avoir ne serait-ce que cet effet-là, elle signe tout de suite pour toute la saison.

10

Gaëlle ouvre les volets et s'accoude un instant à la fenêtre, offrant sa peau au soleil déjà chaud. Le mois de mai avance et les beaux jours sont de plus en plus nombreux. L'été semble arriver à grands pas. Elle est prise d'une soudaine envie de se baigner. Après des premières tentatives un peu frisquettes au mois d'avril, elle redécouvre, ces dernières semaines, le plaisir de nager dans l'océan pour se réchauffer ensuite sur le sable de la plage. Mais on est mercredi et comme tous les mercredis, elle va au club avec Tom et André. Elle se baignera un autre jour. Elle aime ces journées au club, ils partagent de bons moments tous les trois. Gaëlle a l'impression de revivre sa jeunesse à travers son fils. Les quinze jours qu'il a passés à aider André pendant les vacances de printemps lui ont fait un bien fou. Il a gagné en assurance. Lorsqu'il a repris l'école après les congés, il semblait moins renfermé. Certains enfants l'ont vu aux côtés d'André. Il a pris du galon dans la hiérarchie de la cour de récré. Et si Fabrice n'est pas descendu à Saint-Jean-de-Luz, il a au moins invité Tom et Lola à le rejoindre le dernier week-end des vacances.

Françoise a sermonné Gaëlle à ce sujet :

– Et toi, pourquoi tu ne viens pas voir ton mari ?

Gaëlle a esquivé. Elle n'avait pas envie de confier à sa mère qu'elle n'a aucune envie de remonter. Elle est tellement bien où elle est. Et il faut croire que Fabrice ne lui manque pas assez pour qu'elle laisse derrière elle l'océan et retrouve la grisaille pour quelques jours.

– Je te rappelle que je travaille le samedi, maman.

– Et alors, tu ne pouvais pas poser un jour ?

– Euh, vu l'ambiance au boulot en ce moment, non, pas vraiment !

Dufossé ne s'en est plus pris à Pauline, ni à personne d'autre. Il semble ruminer dans son coin. Gaëlle est sûre qu'il prépare sa défense et peut-être aussi sa vengeance. Ce type est dangereux. Pauline a déposé plainte, elles ont transmis les preuves de harcèlement à leur hiérarchie, maintenant elles attendent.

Gaëlle descend dans la cuisine. Lola est déjà là en train de se fabriquer un smoothie, sa passion du moment.

– Bonjour ma chérie ! Aux fourneaux de si bon matin ?

– Pour profiter de la marée, avec les copains, on doit être à la plage dans une heure !

– Quels fruits tu as mis aujourd'hui ? demande Gaëlle en s'approchant de sa fille.

– Mangue, pomme, banane, grenade.

– Intéressant.

– C'est Iban qui m'a donné la recette.

– Ah alors, si c'est Iban…

Pendant les vacances, Lola a pris l'habitude de se joindre à André, Tom, Gaëlle et parfois Barbara pour dîner au *Virginia* après sa journée à la plage avec ses amis. Iban a sympathisé avec Lola. Ils parlent de surf ensemble. Il lui donne des conseils. Et maintenant, il la convertit aux smoothies.

Fabrice s'en est agacé quand il a téléphoné à Gaëlle, après avoir remis les enfants dans le train le dimanche :

***

– C'est qui cet Iban dont parle Lola ?

– Il tient le restaurant qui sert à André de quartier général. Et il aime le surf, comme Lola, alors ils discutent. Gentiment, ne t'inquiète pas.

– Tu ne vas pas la laisser sortir avec un type qui a deux fois son âge !

– N'importe quoi, ce n'est pas du tout ça !

Elle manque d'évoquer Zacharie mais se retient. Si Lola n'en a pas parlé à Fabrice, ce n'est pas à elle de le faire.

– De toute façon, reprend Fabrice, je ne suis pas très fan de cette obsession qu'elle a pour le surf. Je trouve qu'à son âge, il y a mieux à faire que de passer sa journée avec ses copains sur le sable ou dans l'eau, à ne rien faire comme ça…

– Ah oui et que suggérerais-tu qu'elle fasse ?

– Je ne sais pas, moi, elle ne pourrait pas aller à la bibliothèque ?

Gaëlle se mord la lèvre pour ne pas éclater de rire.

– Lola, à la bibliothèque ?

– Oui, pourquoi pas ?

– Eh bien tout simplement parce que ce n'est pas son truc. Tu devrais le savoir, quand même.

– Tu ne fais rien pour la pousser, c'est surtout ça le problème.

– Mais mon chéri, si tu veux la pousser, toi, viens, viens donc nous rejoindre et occupe-toi un peu de tes enfants !

Il marque un temps de silence.

– Ce serait mieux que ce soit vous qui reveniez.

– Ah oui ? demande Gaëlle, le cœur soudain battant. Et pourquoi ?

– Tu sais que je suis toujours en pourparlers pour ce poste à Paris. J'ai vraiment très envie de le prendre.

– Rassure-moi, tu m'avertiras avant de dire oui ?

– Évidemment. On en reparlera. Je ne vais pas décider tout seul.

***

Mais elle n'en est pas si sûre. Fabrice semble si loin d'elle. Elle se demande s'il va accepter le poste malgré elle. Elle ne veut pas retourner à Gagny. Que se passera-t-il si elle reste ici et lui à Paris ? Se sépareront-ils ? Elle est inquiète malgré tout. C'est comme si une partie d'elle souhaitait qu'il la quitte et une autre le craignait. Sa mère dirait : « Tu sais ce que tu perds Gaëlle, mais pas ce que tu gagnes ! Prudence ! » Une boule d'angoisse se forme dans sa gorge. Elle tente de se concentrer sur le visage de sa fille. Lola a tellement grandi ces derniers temps. Elle est jolie.

Lola avale son smoothie et embrasse sa mère sur la joue.

– Bon, je vais me préparer ! Tu veux que je réveille Tom en passant ? Je vous ai laissé de mon smoothie, goûte, il est trop bon !

Elle s'échappe dans les escaliers.

Peu de temps après, Tom fait son apparition, les yeux encore à moitié fermés. Gaëlle ne peut s'empêcher de rire.

– Houla, c'est dur, ce matin !

Tom hoche la tête d'un air faussement désespéré.

Gaëlle le regarde, attendrie.

Il a gagné de belles couleurs à passer tant de temps en extérieur, cela lui donne bonne mine.

– Au fait maman, dit-il, j'ai oublié de te dire hier soir : Simon m'a invité chez lui cet après-midi.

– Hé, s'exclame-t-elle, super !

C'est sa première invitation d'un camarade de classe depuis qu'ils sont à Saint-Jean-de-Luz.

– Mais du coup, ça veut dire que je ne pourrai pas aider André l'après-midi…

– Ne t'inquiète pas, je suis sûre qu'André va arriver à se débrouiller. Au pire, je resterai l'aider, moi !

Une voiture klaxonne dans la rue. C'est la mère de Justine qui passe prendre Lola.

– À ce soir, m'man ! crie-t-elle en claquant la porte.

Gaëlle fait un signe à la mère de Justine par la fenêtre de la cuisine, puis se retourne vers Tom.

– Bon, mon Tommy, il va falloir penser à y aller nous aussi ?

Désormais, quand Tom arrive en vue du club, il presse le pas. Il a déjà ses petites habitudes. Il commence par se planter devant le grand tableau noir sur lequel André inscrit le programme de la journée. Puis il dépose son sac et ses baskets au portemanteau et galope dans le sable dire bonjour à André et Mario qui s'affairent déjà à installer le club.

Mario interpelle le garçon au vol.

– Bonjour Tom ! Tiens, accroche-moi les ressorts à la toile, s'il te plaît, ça me fera gagner du temps.

– OK, Mario, je vais chercher le sac.

Gaëlle, qui est restée sur la jetée à l'observer de loin, regarde, amusée, Tom repartir en sens inverse vers les coffres en bois blanc dans lesquels est stocké le petit matériel. André a déjà sorti tout le nécessaire sur le sable. Le petit garçon s'arc-boute et traîne le sac sur quelques mètres, mais c'est beaucoup trop lourd pour lui. Il aperçoit un copain qui arrive, son skimboard sous le bras. Il lui fait signe de venir :

– Eh Victor, viens m'aider ! On va monter les deux grands trampolines. Comme ça, on sera les premiers à grimper dessus.

À deux, ils réussissent à arracher le sac jaune du sol et à l'approcher des armatures métalliques.

– Les gars, les félicite Mario, vous êtes chaque jour de plus en plus costauds. Bravo ! Allez, deux pistoles pour qui accrochera le plus de ressorts. Attention… top !

Les pistoles sont la monnaie du club, avec les écus d'argent et les louis d'or. Il y a chaque jour des occasions d'en gagner et Tom en a déjà plein les poches. Il a même déjà pu s'offrir un porte-clefs au « magasin du club » grâce à son petit magot.

– Tu as vu le concours de cet après-midi, Tom ? lui dit Victor. Le ballon sauteur. Je suis sûr que je peux remporter l'or !

Gagner un louis d'or est la récompense ultime, il faut être le premier au concours de l'après-midi pour le rafler.

– Moi, je suis invité chez un copain de ma classe, je ne vais pas pouvoir le faire. Je croise les doigts pour toi !

– J'espère juste que Tarzan ne sera pas là. Il est énervant, celui-là, à tout gagner !

– Le jour où André fait le jeu des bouteilles, Tarzan ou pas Tarzan, le louis d'or est pour moi, crie Tom en frappant son poitrail comme le héros de la jungle.

Mario, qui écoute la discussion des deux garçons, rit de bon cœur.

– Dorian, ou Tarzan, comme vous l'appelez, fait de l'athlétisme. Normal qu'il ait un bon niveau. Mais il se peut que samedi, ses muscles ne lui soient pas d'une grande utilité.

– Ah bon ? André a prévu quel concours ? demande Tom plein d'espoir.

Mario fait mine de chercher :

– C'est un concours en équipe de deux !

Victor et Tom échangent un regard complice.

– Ton arrière-grand-père adorait ce jeu, il paraît. Il l'a appelé « Perds pas la boule » !

– Mince, je suis nul au ballon, gémit Victor, déçu.

– Non, il ne s'agit pas de ça. Vous devez fabriquer une montagne de sable et poser une petite boule au sommet. Il faudra façonner un circuit pour que la boule descende le plus longtemps possible. C'est chronométré. Si la boule passe sous un pont, tu as des points bonus. Dans un tunnel aussi. Mais si elle quitte la route, alors c'est terminé. Bref, André vous expliquera tout ça. Mais une chose est certaine. Pas besoin de muscles pour gagner. Juste une super équipe motivée.

Tom hurle d'excitation et court rejoindre André dans la cabine pour lui poser mille questions techniques sur ce fameux concours. Victor lui emboîte le pas. Les deux enfants veulent mettre toutes les chances de leur côté.

Gaëlle laisse les garçons à leurs jeux et s'éloigne. À peine a-t-elle fait quelques pas qu'une voix masculine l'appelle par son prénom. Un homme barbu, à l'allure de hipster, et accompagné d'une petite fille qu'il tient par la main, s'avance vers elle.

– Gaëlle ? C'est bien toi ?

Elle l'observe avec attention tandis qu'il s'approche d'elle. Elle a beau fouiller dans sa mémoire, elle ne le reconnaît pas. L'homme sourit franchement. Gaëlle remarque ses dents du bonheur et grâce à ce détail, elle le reconnaît enfin.

– Matthieu ! Matthieu Lefort !

Il hoche la tête, satisfait.

Mon Dieu, songe Gaëlle en se rappelant que vingt ans auparavant, ce barbu a été son amoureux au club pendant plusieurs étés de suite.

De sa main libre, Matthieu désigne la fillette à ses côtés.

– Voici ma fille Violetta. Elle a 8 ans. Et devine où je l'emmène ?

– Au club, j'imagine ! s'exclame Gaëlle. C'est incroyable de te retrouver ici. Figure-toi que je viens de déposer mon fils à l'instant. Il s'appelle Tom.

– C'est fou ça ! Nous risquons de nous croiser régulièrement alors ! dit-il avec un clin d'œil. Mais je ne savais pas que tu vivais ici ?

– C'est tout récent, je viens de déménager.

– Ah d'accord ! Moi, je n'ai jamais bougé ! Toujours à Saint-Jean-de-Luz depuis le temps… Bon, après, ma vie n'a pas été un long fleuve tranquille non plus… Je viens de divorcer, confie-t-il à voix plus basse.

Gaëlle prend un air désolé et regarde la fillette. Elle

a le regard un peu éteint et ne paraît pas du tout intéressée par cette conversation d'adultes.

– Je dépose Violetta et je te paye un café. On a vingt ans à rattraper !

– Euh…

– Allez, dis oui !

Sous son grand sourire, elle détecte une infime crispation. Elle se souvient brusquement pourquoi elle a rompu avec lui à l'époque. Il n'aime pas qu'on lui dise non.

Elle sent instinctivement qu'il n'a pas changé et qu'il vaut mieux qu'elle garde ses distances.

– Une autre fois peut-être mais là, je suis un peu pressée.

Matthieu masque du mieux qu'il peut sa déception.

– D'accord… On se recroisera, de toute façon. Tu ne peux pas refuser un café à ton ancien chéri !

Elle lui dit au revoir en lui assurant qu'ils le prendront ce café, tout en pensant que si, elle peut refuser, et que les amours de jeunesse sont faites pour rester à leur place, dans les souvenirs.

Elle s'engage sur la jetée, qu'elle longe vers le centre-ville. Elle a quelques courses à faire avant de revenir chercher Tom à midi pour le faire déjeuner, puis l'emmener chez Simon.

Il y a bien longtemps qu'elle n'a pas pris le temps de se promener dans les rues. Il fait tellement beau qu'un air de vacances flotte sur la ville. Les badauds, nombreux, se promènent en tee-shirt. Les terrasses sont pleines.

Elle continue sa balade en marchant jusqu'au port. Elle a toujours adoré regarder les bateaux de pêche multicolores dont les coques se balancent doucement, attendant le prochain départ. Elle se laisse tant et si bien happer par la douceur du moment qu'elle arrive un peu en retard pour récupérer Tom. Celui-ci court vers elle dès qu'il la voit.

– Allez maman, vite, on va manger ! J'ai trop hâte d'aller chez Simon ! Je peux emmener mon *hand spinner* lumineux pour lui montrer ? Il sait pas faire le « tour du monde », lui !

– OK, si tu veux !

Simon habite dans un quartier périphérique, comme eux. Sa mère, qui leur ouvre la porte, est une petite femme ronde et avenante, en tablier. Elle a visiblement préparé des gâteaux, à en croire la bonne odeur de pâtisserie qui règne dans la maison.

– À tout à l'heure mon Tommy, amuse-toi bien ! lui dit Gaëlle en lui ébouriffant les cheveux, tandis qu'il s'échappe déjà avec son copain vers sa chambre.

Cela lui fait plaisir de le voir aussi joyeux.

Elle reprend sa voiture pour retourner au club. Elle a promis à André et Mario de leur donner un coup de main. Elle arrive à la plage sur le coup de trois heures et demie, pour les aider à préparer le concours de l'après-midi, avant que les parents ne déposent leurs enfants. À l'époque où elle aidait son grand-père au club, il était intraitable sur ce sujet. Il était hors de question que tout ne soit pas installé quand les enfants arrivaient. Bixente était très exigeant sur tout ce qui concernait la tenue de son club en général. Ses moniteurs, tout comme lui, n'avaient par exemple pas le droit de s'asseoir pendant la journée. « Vous devez être comme vos yeux, toujours en mouvement.

On ne surveille pas des statues ici, mais des enfants. Et la plage n'a pas de limites, donc vous devez être vigilants en permanence. » Le club de Bixente n'était pas devenu le premier club de Saint-Jean-de-Luz par hasard, mais parce qu'il y avait déployé une énergie de chaque instant, jour après jour, pendant toutes ces années, parce qu'il avait fait preuve d'une inventivité permanente pour proposer des jeux toujours plus originaux et, enfin et surtout, parce que pour Bixente, ces enfants qui fréquentaient son club et qui souvent revenaient d'année en année, faisaient partie de la famille. Il avait une réelle affection pour eux. Comme André aujourd'hui.

Elle passe la tête par la porte de la cabine. André est là, ses lunettes de soleil relevées sur son front, à classer ses petites fiches d'inscription. Pour le moment, il en a peu, mais lorsque la saison commencera vraiment, il ne saura plus où donner de la tête.

Elle remarque que de la sueur coule sur ses tempes. Il est encore une fois un peu blanc, comme souvent ces temps-ci.

– Tu vas bien, André ? lui demande-t-elle. Pas trop fatigué ?

– Oui, oui, ça va, merci, lui répond-il d'un ton qu'il veut ferme, sans parvenir à cacher l'essoufflement dans sa voix.

– Laisse Mario animer le concours. Il a l'habitude. Tu dois te ménager, tu sais.

– Oh dis donc, pitchoune, tu me crois bon pour la casse ou quoi ?

Gaëlle ne peut s'empêcher de rire.

– C'est vraiment gentil à toi de venir m'aider,

poursuit-il. Mais tu as des semaines déjà bien fatigantes entre le magasin et tes enfants. Tu devrais te ménager aussi.

– L'hôpital qui se moque de la charité ! ironise-t-elle. Non, mais tu sais que ça me fait du bien d'être là. C'est pas la grande joie au boulot et quand je suis ici, ça me fait oublier tout ça. D'ailleurs, quand je viens au club, je n'ai pas l'impression de travailler. Je suis heureuse. Cela me rappelle les meilleurs moments de ma jeunesse, avec Gure Etxea qui nous regarde... (Elle désigne la maison d'un geste de la main.) Comme si ma grand-mère était encore à l'intérieur à nous attendre en nous préparant un bon repas.

André hoche la tête, ému.

– Ah oui, sacrée Madeleine...

– Et puis, qui ne serait pas heureux avec le sable sous ses orteils, la mer en face ?

– C'est vrai, on est bien là, je n'ai jamais eu envie de changer de boulot, moi, tu sais.

– Je sais, André... Et je te comprends très bien !

– Et puis, il y a les enfants, c'est une chance de s'occuper d'enfants.

– Oui, dit Gaëlle, c'est un plaisir de s'occuper de ces pitchouns comme tu dis. Ils sont bien plus rigolos que les clients de *Homerama*, crois-moi ! Non, franchement, si c'était moins la course, je serais là tous les mercredis et les samedis !

– Tu es bien la petite-fille de Bixente, toi !

– Je crois, oui, fait-elle en lui adressant un clin d'œil.

Ils installent le concours de l'après-midi avec Mario. Bientôt, les premiers enfants arrivent. Ils sont tout excités et motivés à l'idée de gagner un louis d'or. La guerre est acharnée entre Victor et Tarzan, mais si Tarzan est le plus fort et le plus rapide, Victor a pour lui son habileté et sa connaissance du terrain – il a testé le parcours le matin, en toute discrétion.

– Eh bien, le petit Victor a remporté une jolie victoire ! dit André, le soir venu, en tournant la grande clé de fer dans la serrure de la cabine. Dommage que Tom n'ait pas vu ça !

– Il attend samedi avec impatience pour faire le jeu en équipe avec lui. Il paraît que tu fais « Perds pas la boule » ?

– Eh, oui, rit André, ça te rappelle des souvenirs, hein ?

– Ah, oui, qu'est-ce qu'on a pu le faire, celui-là ! Grand-père l'adorait !

Ils remontent tranquillement vers la jetée.

– Ma petite Gaëlle, dit André en posant une main lourde sur son épaule, je suis un peu fatigué ce soir, ça ne t'ennuie pas si je ne viens pas avec toi chez Iban pour attendre Lola ? Je vais aller retrouver Barbara et me reposer un peu.

– Oui, bien sûr, je comprends bien ! Repose-toi ! Quant à moi, je vais essayer de trouver quelque chose à dire à notre surfeur restaurateur en attendant ma fille.

– C'est un bon gars. Tu finiras par le voir, toi aussi.

Elle lui fait un petit signe d'au revoir et ils partent chacun de leur côté.

André est un fidèle du restaurant d'Iban, et Gaëlle s'est retrouvée bien malgré elle entraînée chaque soir là-bas. Elle a suggéré plusieurs fois à André de varier leur point de chute, mais il n'en démord pas. C'est chez Iban et rien d'autre. Elle supporte comme elle peut les sarcasmes du maître des lieux, lui répliquant sur le même ton, tout en essayant de ne pas avoir l'air de fixer ses muscles, ses cheveux, ses yeux. Il sait déjà bien assez qu'il est beau, il est hors de question qu'elle le conforte dans son arrogance.

Lorsqu'elle entre dans le restaurant, elle cherche des yeux Lola, dans l'espoir que celle-ci soit déjà arrivée, mais ce n'est pas le cas. Elle répond au salut d'Iban et se hisse sur un des tabourets de bar.

– Très bonne, la recette de smoothie que vous avez donnée à Lola, dit-elle pour engager la conversation.

– Normal ! affirme Iban en s'accoudant au comptoir. Ici, vous trouverez les meilleures recettes de Saint-Jean-de-Luz.

– Ou de toute la côte, tant que vous y êtes ?

– Peut-être bien, rétorque-t-il en riant.

– Ça va les chevilles ?

Elle a essayé d'être amicale, mais il n'y a pas moyen, il est trop agaçant.

– Hé, il ne s'agit pas de moi ! Ce sont les recettes de ma mère. Virginia. D'où le nom du resto.

En l'entendant évoquer sa mère, Gaëlle sent un courant d'air glacial passer dans sa nuque et frissonne.

J'aurais dû prévoir un gilet, se dit-elle distraitement.

Avec son simple chemisier à fleurs et son jean clair, elle s'est vêtue pour la journée, pas pour le soir.

Elle voit Iban retirer son gilet blanc et faire le tour du comptoir.

– Tenez, dit-il en le lui posant sur les épaules.

– Euh, merci…

Il reste juste devant elle, avec un sourire en coin. Elle essaie de détacher ses yeux de ses fossettes, mais son regard tombe ensuite sur les muscles de ses bras et cela ne l'aide pas à reprendre ses esprits.

– Désolée, articule-t-elle, pour votre mère, je ne voulais pas… (Elle déglutit.) Vos smoothies sont très bons et… je pensais…

– C'est bon, arrêtez de vous enfoncer, la coupe-t-il d'un air moqueur. Je vous propose quelque chose, Gaëlle.

– Oui ?

Elle se maudit elle-même en entendant l'espoir dans sa voix.

– On fait une trêve, vous et moi.

Elle fait mine de réfléchir avant de répondre.

– D'accord.

– Et on s'appelle par nos prénoms, OK ? Tout le monde fait ça ici.

– OK.

– Et on se tutoie aussi.

Elle hoche la tête. Il a un large sourire.

– Comme ça, tu pourras te dire officiellement que je ne te considère plus comme une touriste.

– C'est trop d'honneur ! ne peut-elle s'empêcher de répliquer.

Elle se mord la lèvre. Elle ne peut décidément pas se retenir.

Il rit et se penche vers elle.

– Gaëlle… Tu n'es pas du genre facile, facile, hein ?

– Si, pourtant.

– Ça vient de moi alors ?

– …

Il lui tend la main.

– Allez, on arrête nos petites guéguerres et on passe en mode « *peace and…* »

– Oui, OK, répond Gaëlle sans le laisser finir sa phrase.

Elle saisit sa main et ils restent ainsi quelques secondes. Elle sait qu'il faut qu'elle retire sa main, mais elle n'y arrive pas.

Tout à coup, la porte du restaurant s'ouvre sur Justine qui soutient Lola, boitant et pleurant.

Iban et Gaëlle se redressent d'un bond.

– Que se passe-t-il, ma chérie ? demande Gaëlle en courant vers sa fille.

– Elle s'est fait mal au surf, répond Justine. Elle s'est fait plaquer au sol par une vague.

– Où as-tu mal ?

– Ma cheville…, gémit Lola.

Elle est toute pâle et tremble.

Iban la guide vers un siège et examine sa cheville, la faisant tourner doucement.

– Il faudra aller voir un médecin, mais comme ça, ça n'a pas l'air cassé, dit-il. J'ai l'impression qu'elle a surtout eu une grosse frayeur, murmure-t-il à Gaëlle. Ça peut être terrifiant de se retrouver plaqué sous une vague.

Il pose une main sur l'épaule de Lola et la regarde avec bienveillance.

– Lola… Tu as eu peur, n'est-ce pas ?

– Oui, balbutie Lola en pleurant de plus belle. Je ne pouvais plus respirer, c'est comme si mes poumons étaient bloqués… J'avais l'impression que j'allais me noyer !

Gaëlle serre sa fille contre elle et lui frotte le dos

pour la calmer. Iban s'en va à la cuisine chercher une poche de glace qu'il dépose délicatement sur la cheville de Lola, puis il lui prépare un chocolat chaud. Gaëlle est touchée de voir comme Iban prend soin de sa fille. Peu à peu, Lola cesse de trembler.

– Bon, ça va un peu mieux, on va rentrer, dit Gaëlle, en plus c'est l'heure que je récupère Tom. Merci pour tout, Iban. Justine, je te raccompagne ?

Au moment de se coucher, la cheville de Lola est encore un peu douloureuse, mais pas enflée.

Iban avait raison, il y a eu plus de peur que de mal, se rassure Gaëlle.

De son côté, Tom est ravi d'apprendre que Victor a mis « la pâtée à Tarzan » et espère bien que ce sera son tour samedi. Son après-midi chez son copain Simon s'est bien passé. Il lui a tellement parlé du club qu'il est certain qu'il y aura un nouvel inscrit en fin de semaine. Comme à son habitude, Tom demande à téléphoner à son père avant d'éteindre la lumière. Gaëlle le laisse tranquille et descend se préparer une infusion. Blottie dans son canapé, la tasse fumante posée sur ses genoux, elle ne peut s'empêcher de penser à Iban. Elle s'est peut-être complètement trompée sur lui finalement. Elle le pensait prétentieux, il s'est montré humble en avouant qu'il s'agissait des recettes de sa mère. Elle le trouvait sauvage et solitaire, or c'est lui qui lui a tendu la main et proposé la paix. Elle l'imaginait rude et il a fait preuve d'une grande douceur auprès de Lola.

Tom interrompt ses réflexions en lui tendant le téléphone.

– Papa veut te parler. Il est pas content pour la cheville de Lola.

Gaëlle fait les gros yeux à son fils. Pourquoi a-t-il fallu qu'il parle de cela ? Elle l'envoie se coucher et prend Fabrice au téléphone.

– Qu'est-ce que c'est que ces histoires encore ! Tu veux que je te rappelle combien l'océan est dangereux ?

Gaëlle est estomaquée par le ton agressif de son mari. Elle tente de désamorcer le conflit qui se profile.

– Bonsoir, chéri. Tu vas bien ?

– Oui. Bonsoir. Tom vient de me dire que Lola a failli se noyer. Une histoire de vague qui l'a fracassée et de cheville cassée.

Effectivement, il est nécessaire de rétablir la vérité, car Tom a été quelque peu alarmiste.

– Alors, déjà, la cheville n'a rien. Ensuite, la vague l'a juste un peu secouée. Enfin, Lola a eu peur mais elle ne s'est absolument pas noyée, je te rassure.

Gaëlle a beau employer un ton calme, elle sent bien que Fabrice bouillonne à l'autre bout du fil. Elle songe qu'il a dû avoir une mauvaise journée pour être dans un tel état.

– Le surf, c'est une idée stupide. Je n'arrête pas de vous le dire. Mais évidemment, Lola n'en fait qu'à sa tête et toi, tu cèdes. Si j'étais là…

– Oui, mais tu n'es pas là, Fabrice.

– Justement. Je crois qu'il est temps d'arrêter les conneries maintenant.

– Comment ça ?

– Je veux que tu rentres.

– Pardon ?

– Tu as bien entendu. On arrête cette expérience débile et tu reviens à Gagny avec les enfants.

– Il n'en est pas question !

C'est sorti tout seul, malgré elle. Mais c'est vrai. Elle ne veut pas repartir. Fabrice entre dans une rage incontrôlable.

– Je ne descendrai pas à Saint-Jean-de-Luz, Gaëlle, mets-toi ça dans la tête ! Je reste ici ! Maintenant, c'est toi qui choisis la suite des événements ! Mais je te préviens, si tu décides de rester là-bas, tu seras responsable de ce qui se passera ensuite. Et tu l'expliqueras aux enfants.

Elle est tellement stupéfaite qu'elle ne trouve rien à répondre. Elle a l'impression qu'une tempête totalement imprévue s'abat soudain sur elle. Un soir de ciel bleu.

– Et je ne veux plus que Lola remonte sur un surf, JAMAIS, est-ce que c'est clair ?

Il raccroche brutalement. Gaëlle reste interdite pendant un instant. Puis elle inspire lentement, repose son téléphone d'une main tremblante et déglutit pour tenter de retenir les larmes qui montent. Comment ont-ils pu en arriver là en si peu de temps ? Elle ramène ses genoux sous son menton et se berce elle-même pour essayer de se calmer. Que ne donnerait-elle pas pour avoir une épaule amie sur laquelle s'épancher ce soir… Mais elle est seule dans le salon silencieux. Plus seule que jamais. Et Tom qui dort là-haut ne lui pardonnera jamais si à cause d'elle, il est séparé de son père. Fabrice le sait bien.

11

Par un beau vendredi de la fin du mois de mai, peu avant midi, alors que Gaëlle commence à penser avec envie au déjeuner, tout en finissant de réorganiser la présentation des lampes de chevet, son téléphone sonne. Le numéro de Barbara s'affiche. Elle jette un coup d'œil rapide autour d'elle et décroche.

– Allô ? murmure-t-elle.

– Bonjour Gaëlle, c'est Barbara…

– Que se passe-t-il ?

– André a fait un malaise. Il est à l'hôpital.

– Oh, mon Dieu ! C'est grave ?

– Il va bien, mais ils ne le laissent pas ressortir. Il va être opéré. Et, évidemment, la seule chose qui l'inquiète, c'est le club.

– Mario est au courant ?

– Oui, oui, je l'ai appelé, on va s'organiser, il va récupérer les clés pour ouvrir demain matin, mais tout seul, il ne pourra pas s'occuper de tout et… Ce serait bien si tu venais voir André. Il a confiance en toi, tu pourrais le tranquilliser.

– Bien sûr que je vais venir le voir ! Ma pause

déjeuner est dans une demi-heure, je peux venir à ce moment-là ?

– Oui ! Je serai avec lui. On t'attend !

Gaëlle ronge son frein pendant le temps qu'il reste, elle n'arrive plus à travailler, trop soucieuse. Dès que c'est l'heure, elle fonce à sa voiture et roule jusqu'à l'hôpital. Elle se rend directement à l'étage où se trouve André, Barbara lui a indiqué le numéro de chambre. André est très pâle. Il fait une grimace en la voyant.

– Ah, Barbara t'a appelée ! Il ne fallait pas…

– Tu plaisantes ? Elle a très bien fait ! Eh bien, alors, dit-elle en s'asseyant sur une chaise près du lit, que s'est-il passé ?

Barbara, qui est assise près de l'oreiller, sa main tenant celle d'André, secoue la tête.

– Cette tête de mule m'avait caché que le cardiologue lui avait donné l'ordre de se ménager !

Gaëlle échange un regard coupable avec André.

– Il m'avait aussi dit que ce n'était pas une urgence, bougonne André.

– Tu es tombé dans les pommes ?

– Oui, en tirant un bête sac.

– Et donc maintenant ?

– Eh ben, ils veulent que je me fasse opérer tout de suite, alors que la haute saison s'annonce !

– C'est pour ta santé, André ! observe Gaëlle.

– De toute façon, renchérit Barbara, le médecin a dit que maintenant, à chaque effort, tu risquais de perdre connaissance, très intéressante comme option ! Tu n'as pas le choix, mon chéri. Et puis, ajoute-t-elle à l'adresse de Gaëlle, ce n'est que l'affaire d'un ou deux mois, ensuite, il sera exactement comme avant !

– Un ou deux mois ! rugit André. Mais ce n'est pas possible !

– Ne t'énerve pas, dit doucement Gaëlle en lui caressant le bras. On va trouver une solution pour le club, ne te tracasse pas. Ta saison ne sera pas gâchée. Il y a Mario, il y a moi…

André soupire en regardant le plafond.

– C'est une catastrophe.

– Mais non ! Bon, dis-moi plutôt à quelle jolie opération tu vas avoir droit ?

– Chirurgie de la valve aortique. On va me remplacer la valve défaillante par une toute neuve.

Ils discutent un peu de l'intervention, puis Gaëlle doit les laisser, elle doit retourner à *Homerama*.

– On se revoit bientôt ! Courage André, tout va s'arranger !

Elle sort de la chambre et referme la porte derrière elle, quand une silhouette familière apparaît au bout du couloir.

– Iban ?

Elle lui fait un signe de loin et attend qu'il se rapproche.

– Salut Gaëlle. (Il s'immobilise devant elle et se passe une main nerveuse dans les cheveux.) Mario m'a prévenu pour André. Comment il va ?

– Plutôt pas mal, je dirais. Un peu secoué et Barbara aussi forcément.

– C'est cardiaque ?

– Oui, un rétrécissement aortique. Ils l'opèrent lundi *a priori*.

– OK… Bon, je vais aller le saluer.

– Par contre, tu vas voir, il est très stressé. Il est très inquiet pour le club en fait.

– Oui, j'imagine…

Il semble réfléchir quelques secondes.

– Mais, je pourrais l'aider, moi.

– Toi ? Comment ?

– Je peux m'occuper du club au moins pendant le mois de juin, le temps de trouver comment s'organiser pour l'été.

– Mais… et ton restaurant ?

– J'ai une très bonne amie qui acceptera de s'en occuper si je le lui demande, j'en suis sûr.

– Une très bonne amie ?

Gaëlle ne peut empêcher sa voix de grincer en répétant ces mots. Il la regarde de son air moqueur habituel.

– Oui, tout à fait.

– C'est très gentil à toi. Ça enlèverait une sacrée épine du pied d'André.

– Mario ne peut pas tout gérer.

– Non, c'est sûr… Moi aussi, je donnerai un coup de main.

– Ah oui ? demande-t-il, les yeux pétillants.

– Oui. (Elle se sent rougir et se maudit encore une fois.) Je peux être là au moins le mercredi. Et pour l'ouverture du lundi en fin d'après-midi, aussi.

– Super ! Je suis sûr qu'on va faire du bon boulot ensemble !

– Bon, il faut que j'y aille. Je vais être en retard.

– Attends ! la retient-il. Donne-moi ton numéro de téléphone. On risque d'avoir besoin de se contacter.

Ils échangent leurs numéros, puis elle file aussi vite

que possible pour que Dufossé ne puisse pas la prendre en faute. Il ne rêve que de ça.

Depuis qu'il a été démasqué, Christian Dufossé se montre froid et autoritaire avec son équipe. Il reste à distance, mais a toujours les yeux rivés sur chacune d'elles. Il ressemble à un fauve qui attend que sa proie baisse la garde. Il est particulièrement à l'affût de tous les gestes de Gaëlle. Il est clair qu'elle est devenue pour lui l'ennemie à abattre, la responsable de toute cette affaire. Depuis quelque temps, il est passé à l'action. Gaëlle a eu raison de penser qu'il préparait une vengeance. Elle doit dorénavant contrôler son rayon avec minutie tous les matins. Son travail est saboté délibérément : ampoules dévissées, prises débranchées, marchandises bousculées. Gaëlle a d'abord voulu croire au hasard mais très vite, elle a soupçonné Dufossé. Ces petites brimades qui se répètent chaque jour commencent à l'affecter et, même si elle refuse de se l'avouer ouvertement, elle arrive maintenant au travail la boule au ventre.

Justement, Dufossé est là, debout dans l'allée centrale du magasin. Lorsqu'il aperçoit Gaëlle revenir de sa pause repas, il regarde sa montre avec insistance.

Eh non, chef! pense-t-elle. *Je suis à l'heure ! Je n'ai rien mangé, mais je suis à l'heure !*

Elle se force à lui sourire en passant près de lui. Hors de question qu'elle lui montre une faille quelconque. En arrivant dans son rayon, elle n'en croit pas ses yeux. Des centaines de chips de calage jonchent le sol. Elle sursaute en entendant la voix de Dufossé derrière elle.

– J'ai déballé des marchandises tout à l'heure. Pas de chance, le vent a tourné et tout est arrivé dans votre secteur !

Gaëlle se retourne lentement et fait face à son responsable.

– Eh oui, dit-il tout bas, qui sème le vent récolte la tempête ! Et ce n'est qu'un début, croyez-moi !

Gaëlle ne répond rien. Après son passage à l'hôpital et son inquiétude pour André, les bassesses de Dufossé lui semblent encore plus minables que d'habitude. Elle marche aussi calmement que possible jusqu'à la réserve, attrape un balai et revient nettoyer le rayon des luminaires. Pauline lui adresse un sourire triste et résigné lorsqu'elle passe devant elle.

Le reste de la journée se passe sans incident. Il faut seulement qu'elle ne s'absente jamais de son rayon. Même une pause toilettes est mise à profit par son patron pour lui causer du tort. Alors, elle est en permanence aux aguets. C'est le seul moyen d'échapper à ses manœuvres, mais c'est également épuisant. Elle rentre exténuée le soir et se dit que ce sera repas réconfort pour tout le monde. Elle en a bien besoin et les enfants aussi quand ils sauront pour André.

– On mange bientôt, maman ? demande Lola alors qu'elle passe à peine la porte. Zach vient me chercher pour m'emmener au ciné dans une heure !

– Oui chef, ce sera bon ! ironise Gaëlle.

Elle met en œuvre sa botte secrète et vingt minutes plus tard, elle appelle ses enfants.

– À table !

– Ouais, des hamburgers ! Maman, je t'adore ! s'exclame Tom en s'attablant.

Gaëlle dépose un saladier empli de frites au centre de la table. Lola entre dans la cuisine, tout apprêtée pour son rendez-vous du soir.

– Tu as racheté de la mayo ? demande-t-elle à sa mère.

– Oui, chérie. Prends-la dans le frigo, s'il te plaît.

Tom gigote sur sa chaise, impatient de croquer dans son repas préféré.

– On peut y aller ? Lola dépêche !

– Bon appétit, mes amours !

Gaëlle regarde Tom se jeter sur son hamburger. Il respire la joie de vivre. Depuis quelques semaines, le petit garçon a vraiment changé. Fini les heures de solitude dans sa chambre à caresser Minou. Fini les clignements d'œil nerveux. Fini aussi ses chagrins du soir au moment d'aller se coucher. Son père lui manque toujours, mais Tom grandit et surtout s'épanouit. Même sa maîtresse l'a remarqué et en a fait la réflexion à Gaëlle. André et le club ont été un déclencheur de bonheur, il n'y a aucun doute là-dessus.

Gaëlle sait qu'elle doit parler de l'état d'André aux enfants, mais elle préfère attendre la fin du repas pour ne pas gâcher le plaisir de Tom. Lola mange à toute vitesse.

– Eh, du calme ma chérie, tu as encore le temps !

– J'ai faim !

– Si tu manges trop vite, tu vas être ballonnée, c'est pas le top pour un rendez-vous galant.

Tom rit sous cape. Lola roule des yeux furieux.

– La seule mère qui dit à sa fille de ne pas manger, c'est la mienne !

– Mais non. Mange. Mais moins vite. Je peux inviter Zacharie à prendre un jus de fruits avant que vous partiez ?

– NON !

– OK, OK… Ne rentrez pas trop tard quand même… Tu surfes demain ?

Gaëlle voit Lola se raidir instantanément. Elle s'en veut d'avoir abordé le sujet du surf. C'est devenu un problème depuis le soir où Lola s'est fait mal à la cheville. L'accident lui a laissé des traces. Pas physiquement, sa cheville va bien, mais dans la tête, ce n'est plus pareil. La passion de Lola pour le surf s'est muée en peur. Elle essaie de continuer à y aller, Gaëlle la voit se battre contre son angoisse, suivre ses amis dans l'eau. Mais une fois arrivée au line-up, alors que Zacharie ou Justine prennent les vagues avec fougue, elle reste assise sur sa planche et passe son tour, encore et encore. Gaëlle est attristée de la voir ainsi. Surfer la rend tellement heureuse. Elle se demande comment elle pourrait aider sa fille.

Iban, songe-t-elle soudain. *Iban, avec son côté rassurant, pourrait peut-être faire quelque chose pour Lola.*

– Papa sait que tu surfes toujours ?

– Tom, mêle-toi de tes fesses, grogne Lola. Je te conseille pas d'en parler sinon…

Gaëlle profite de cette énième chamaillerie pour intervenir.

– Comme je te l'ai déjà dit Tom, lorsque tu téléphones à ton père, tu n'as pas à parler de ce que fait ta sœur. Elle est assez grande pour le faire toute seule.

Tom hausse les épaules en mordant dans la deuxième moitié de son hamburger.

– Et comme tu le sais aussi, papa ne vit pas encore avec nous et donc, ce n'est pas facile pour lui de comprendre que Lola est passionnée.

– Elle est passionnée de Zach aussi. Ça non plus,

j'ai pas le droit d'en parler ? fait Tom avec un air faussement naïf.

Lola frappe la table de sa main, prête à bondir. Gaëlle l'en empêche.

– J'ai quelque chose à vous dire, les enfants.

– Vous divorcez ? demande Lola du tac au tac.

– Quoi ? Mais non, pas du tout ! crie presque Gaëlle, médusée par les paroles de sa fille. Enfin, Lola, quelle idée !

– T'es bête, toi, dit Tom à sa sœur. Qu'est-ce que tu voulais nous dire alors ? se dépêche-t-il d'ajouter, avant que Lola ne soit reprise de l'envie de l'étrangler.

– André est à l'hôpital. Il va se faire opérer.

Tom reste figé, la bouche ouverte.

– C'est grave ? s'enquiert Lola.

– Non, ce n'est pas grave, mais il va devoir se reposer après.

– Il ne pourra plus s'occuper du club ? demande Tom.

– Pas pendant quelques semaines, non.

– Qu'est-ce qui va se passer, alors ?

– Mario sera là et Iban va l'aider. Moi aussi, j'irai les jours où je ne travaille pas. On va faire en sorte que le club continue à bien fonctionner le temps qu'André se remette.

– Et moi, je pourrai toujours aider ? s'inquiète Tom.

– Euh, oui, bien sûr !

Elle envoie rapidement un message à Iban pour lui demander s'il veut bien que Tom vienne l'aider le lendemain matin, comme il faisait avec André. « OK », répond aussitôt Iban.

Ouf ! songe Gaëlle. *Le club a pris une telle importance pour Tom !*

La sonnette de la porte retentit. Lola bondit de sa chaise.

– C'est pour moi ! J'y vais ! À tout à l'heure !

– Mais attends…

– Non, non ! J'y vais !

Gaëlle et Tom échangent un regard et se précipitent à sa suite dans le couloir. Zacharie a un sourire hésitant en les voyant tous les trois quand Lola ouvre la porte. Lola jette un œil assassin à sa mère et son frère.

– Bonjour, Zacharie, dit Gaëlle.

– Bonjour, madame.

– Vous allez au cinéma ?

– Oui.

– Soyez prudents sur la route.

– Pas de souci.

– Maman ! gronde Lola entre ses dents, tout en décrochant son manteau.

Gaëlle leur fait un petit signe d'au revoir. Lola referme la porte derrière eux. Gaëlle se retourne vers Tom.

– Il a l'air bien gentil, ce Zacharie, non ?

– Oh oui ! Lola, elle dit que c'est un cœur.

Gaëlle rit.

– Dessert ? demande-t-elle à son fils.

– Ouiii ! dit Tom en se précipitant dans la cuisine.

Avec lui, au moins, elle a encore le temps de voir venir.

12

– Tu veux bien aller chercher les plots rouges dans le grand coffre ? On va délimiter le terrain.

– D'accord, Iban, répond Tom.

– Pendant ce temps-là, je commence le trou.

Armé d'une pelle, Iban entreprend de creuser la large tranchée qui séparera les deux équipes. C'est un travail harassant. Gaëlle s'approche, une petite fille dans les bras.

– Iban, je te présente Valentine. C'est son premier jour au club. Valentine, voici Iban.

Visiblement, la petite a pleuré. Elle s'accroche au cou de Gaëlle comme à une bouée de sauvetage.

– Bonjour, jolie princesse ! dit Iban en lui adressant une révérence et son plus beau sourire.

– Tu prépares le Grand Canyon à ce que je vois.

– Oui et c'est un sacré boulot, répond Iban en essuyant la sueur qui commence à ruisseler sur son front. Quand je pense que c'est André qui s'occupe de cette corvée en temps normal. Pas étonnant que le médecin lui ait interdit de reprendre.

Leur ami est désormais en convalescence. L'opération

s'est très bien passée, mais il a interdiction de fournir le moindre effort physique avant plusieurs semaines et une récupération adaptée. Gaëlle, Iban et Mario vont le voir à tour de rôle à l'hôpital où il commence à s'ennuyer ferme. Il continue à suivre les affaires du club et à donner ses consignes et appelle Mario tous les matins pour faire le point. Gaëlle et Iban ont ouvert les paris sur le temps qu'il tiendrait avant de revenir faire un tour au club à sa sortie de l'hôpital.

Tom revient déjà en courant, tenant un plot dans chaque main.

– Bravo, Tommy, l'encourage Gaëlle, mais un terrain a quatre côtés. Il faut donc que tu retournes chercher deux plots supplémentaires.

– Désolé, mon garçon ! Ta mère a raison.

– OK.

Tom n'est jamais fatigué et ne se plaint jamais. Il prend son rôle d'assistant très à cœur. Iban se remet à creuser activement. Gaëlle le regarde à la dérobée. Il est torse nu et sa musculature saille à chacun de ses coups de pelle. Elle est troublée par sa beauté, encore une fois. L'avoir sous les yeux toute la journée relève de l'épreuve. Parfois, elle surprend son regard à lui sur elle. Elle se demande ce que cela signifie. Que pense-t-il d'elle ? Rien, sans doute. Il a toutes les filles à ses pieds. Quant à elle, il n'y a que Matthieu Lefort pour la poursuivre de ses assiduités. Depuis qu'il a compris qu'elle travaille régulièrement au club, il fait plusieurs apparitions « fortuites » par jour. Ce matin encore, il a réclamé son café en amenant Violetta.

– Eh, l'a interpellé Iban, vous pouvez laisser ma monitrice bosser ? Les cafés, on n'a pas le temps pour ça.

Matthieu a grommelé dans sa barbe et a laissé tomber. Gaëlle s'est retournée vers Iban en haussant les sourcils. Il lui a adressé un clin d'œil et s'est remis à la préparation des trampolines.

Gaëlle se reconcentre sur les enfants qui s'activent dans le club. Il a vraiment fière allure avec son triple portique en acier, qui domine la plage de ses cinq mètres de haut. Deux petites filles s'y balancent en cadence, une autre escalade le filet comme une araignée. Un garçon tente de monter à la corde lisse. Ce n'est pas facile. Petite, Gaëlle a dû énormément s'entraîner pour parvenir à se hisser jusqu'en haut. Chaque enfant qui parvenait à réaliser cette ascension et à toucher la poutre du portique gagnait une pistole.

Mais ce garçon va devoir s'entraîner encore un peu avant de réussir, songe-t-elle.

Des adeptes de gym réalisent des figures sur le trapèze, la poutre ou les barres parallèles. Les plus téméraires aiment tester leur vertige en grimpant jusqu'à la passerelle pour emprunter le toboggan couvert. De là-haut, la vue est splendide. On embrasse du regard la baie de Saint-Jean-de-Luz du fort de Socoa jusqu'à Sainte-Barbe. Enfant, Gaëlle adorait rester postée là-haut à observer avec les jumelles que son grand-père lui prêtait, telle une vigie perchée sur son mât. Elle s'imaginait être une corsaire à la recherche d'une île perdue. Elle adorait aussi la grande poulie qui propulsait les enfants à toute allure, leur arrachant des hurlements de peur délicieuse. Bixente a vraiment réussi à faire de son club un paradis pour les enfants. Gaëlle en est tellement fière.

Elle baisse les yeux sur un enfant qui réalise des pâtés

de sable en attendant son tour aux trampolines, l'activité préférée des enfants. Ils ne désemplissent jamais. Tarzan tente des saltos arrière et réussit de plus en plus souvent. Mario veille à ce que tout se passe bien. Gaëlle pose la petite Valentine sur le sol et lui prend la main. Il est temps d'organiser un petit jeu en attendant qu'Iban termine de préparer le concours. Elle se place devant la cabine et décroche le tambourin pour sonner le rassemblement. Mais avant qu'elle ait pu frapper le premier coup, Tom, Tarzan, Victor et quelques autres enfants accourent en dérapant dans le sable.

– Je peux le faire ?

– Non, moi !

– C'est mon tour !

– S'il te plaît, maman !

Gaëlle regarde la petite Valentine, qui ne dit rien, debout à côté d'elle.

– Non, aujourd'hui, c'est Valentine qui le fait, dit-elle.

Elle met sa main sur celle de la petite fille et accompagne son mouvement pour que le son soit assez fort. Valentine se prend au jeu et, riant aux éclats, se met à taper non-stop sur le tambourin. Iban, amusé, surgit de sa tranchée, fait semblant de se boucher les oreilles et simule la douleur en tombant à genoux. Gaëlle rit en le voyant faire son numéro de clown et lui tire la langue. Elle est chaque jour étonnée de voir comme ils s'entendent bien. Elle ne l'aurait jamais cru. Dire que quelques semaines auparavant, elle trouvait que c'était le type le plus désagréable de Saint-Jean-de-Luz…

Il donne même des cours de surf à Lola le soir. Elle lui a expliqué la peur de la jeune fille depuis son accident et il a été immédiatement partant pour essayer de l'aider à reprendre confiance. Chaque mercredi et chaque samedi, quand il a fini son travail au club, Lola le rejoint et ils se font une session au calme.

Tom vient voir sa mère à la fin du concours que Tarzan a encore une fois remporté.

– Je peux aller avec Iban et Lola au surf ?

– Quoi ? Mais Iban ne peut pas s'occuper de vous deux.

– Si, si, je peux, intervient la voix chaude d'Iban.

Leurs regards se croisent.

– Euh... bon... OK, pourquoi pas. Tu veux aussi apprendre le surf, Tom ?

– Ouais, je veux être cool comme Iban !

– Quelle star ! ironise Gaëlle en adressant un regard espiègle à Iban.

Il fait un signe d'impuissance.

– Et je n'y peux rien !

Gaëlle éclate de rire.

– Je viendrai vous regarder.

Elle préfère aller nager un peu puis s'asseoir dans le sable et les observer plutôt que d'attendre au *Virginia*. La vue est bien plus agréable et, par ailleurs, elle n'accroche pas du tout avec l'amie d'Iban qui le remplace depuis qu'il aide au club. Roxane a un corps bronzé de surfeuse, d'interminables cheveux blonds délavés, elle mâche du chewing-gum en permanence et prend Gaëlle de haut. Et surtout, elle touche Iban avec des gestes que seule l'intimité permet. Sa main se promène régulièrement le long de son épaule, de son torse. Iban ne semble pas répondre à ses invites, mais Gaëlle se demande ce qu'il y a entre eux. Car il y a forcément quelque chose. Enfin, cela ne la regarde pas… Elle se sent stupide, d'ailleurs, de se poser ces questions.

Ce soir-là, la leçon de surf dure longtemps. Iban doit s'occuper de Tom en plus de Lola et puis, la soirée est chaude, on a envie de rester dehors à en profiter. Beaucoup de promeneurs s'attardent longtemps après le coucher du soleil sur la jetée et sur le sable. L'air est caressant, le ciel sublime. Gaëlle a eu envie de dormir sur le toit de Gure Etxea comme dans sa jeunesse. Quand elle met finalement tout le monde dans la voiture pour rentrer à la maison, ils sont tous épuisés par cette longue journée.

– Alors, ce cours de surf ? demande-t-elle à Lola tout en conduisant.

– Iban est un super prof. J'ai de moins en moins peur. En fait, j'avais appris un peu n'importe comment. Lui, il m'explique tout et du coup, j'ai la bonne manière de faire les choses.

– C'est dur de se mettre debout, quand même, marmonne Tom qui s'endort à moitié, la tête contre la portière de la voiture.

– Ah oui, c'est sûr ! rit Gaëlle.

– Tu savais que c'est les parents d'Iban qui ont fondé la marque LW ? dit Lola tout à trac.

– Non, je ne savais pas, répond lentement Gaëlle. Mais lui n'y travaille pas, si ?

Elle a du mal à relier la marque à la mode au surfeur un peu sauvage, mais avec Iban, elle n'en est plus à une surprise près.

– Ben, non, je ne pense pas, dit Lola, il a son restaurant. Mais il doit y être un peu quand même, parce que tu sais quoi ? Il m'a promis qu'il me ferait visiter les coulisses d'un événement un jour ! C'est pas trop la classe ?

– Si, si, acquiesce distraitement Gaëlle.

Quand ils se garent devant la maison, aucun de ses deux enfants ne parle.

– Eh bien, tout le monde est crevé, on dirait ! Allez, un bon dîner et au lit !

Gaëlle ne tarde pas non plus à se coucher. Elle sait que demain, une journée difficile l'attend au travail. Dufossé l'a prévenue qu'elle profite bien de son mercredi, car le jeudi ne serait pas une bonne journée pour elle. Il avait l'air particulièrement content de lui en lui disant cela.

Effectivement, le lendemain matin, elle est à peine arrivée à *Homerama* qu'un homme en costume surgit devant elle et l'invite à le suivre dans les bureaux.

– Bonjour, madame Roche, vous savez pourquoi nous nous rencontrons aujourd'hui ?

– Non.

– Ceci est un entretien préalable.

– Je vais être licenciée ? s'exclame Gaëlle avec stupéfaction. Mais pourquoi ?

– Nous n'en sommes pas là, madame. C'est pour cela que nous avons cet entretien. Votre responsable, monsieur Dufossé, estime que vous n'avez pas une attitude professionnelle.

– Quoi ? Mais c'est lui qui…

– Attendez, madame, dit l'homme en levant une main pour la couper. Laissez-moi exposer les faits.

– Certainement pas ! Tout cela est monté de toutes pièces ! C'est une vengeance de sa part, parce que nous avons mis au jour le harcèlement qu'il exerçait sur une jeune collègue !

L'homme la regarde d'un air pensif.

– C'est votre version des choses. Lui dit l'inverse. Que vous avez monté cette histoire de harcèlement contre lui parce que vous ne remplissiez pas correctement vos obligations professionnelles et que vous étiez sur la sellette.

– Mais ce n'est pas vrai ! Il a un passif dans votre chaîne, je vous signale ! Vous avez regardé ça ?

– Nous allons vérifier, madame. Ceci dit, comment savez-vous cela ? Vous vous êtes renseignée ? À quelles fins, si ce n'est pour lui faire du tort ?

Gaëlle se prend la tête entre les mains. C'est un cauchemar. Tous les éléments qui auraient dû mener à une mise à pied de Dufossé se retournent contre elle.

– Bon, reprend l'homme, en attendant, revenons à ce qui vous est reproché. Votre rayon serait mal entretenu. Votre responsable a pris un certain nombre de photos…

– Il a pris des photos ?! C'est incroyable… Vous savez comment ça se passe ? dit-elle en se penchant vers son interlocuteur. Dès que je tourne le dos, que je vais aux toilettes, que je réceptionne une livraison, que je m'occupe d'un client, il sabote mon rayon.

– Ce sont des accusations graves.

– Vous trouvez ? Moi, ce que je trouve grave, c'est ce qu'il fait… et que vous laissez faire ! finit-elle en criant.

– Calmez-vous, madame.

– Non ! C'est trop facile ! Ce type est une pourriture ! Il a harcelé ma collègue pendant des mois. Il n'en est pas à son coup d'essai. On vous l'a signalé, vous ne faites rien, on se demande pourquoi, vous couvrez les harceleurs chez Homerama ?

– Pas du tout, madame. Une enquête interne est certainement en cours.

– Eh bien, ce n'est pas du rapide ! Et maintenant, il s'en prend à moi, il veut me faire virer et vous prenez encore son parti !

– Mais enfin, madame, je ne prends aucun parti, je fais juste mon travail, enfin j'essaie, en menant à bien cet entretien préalable. J'ai bien noté tout ce que vous m'avez dit et je vérifierai. Votre dossier sera traité avec la plus grande impartialité, je vous le promets.

– Mais bien sûr…

Gaëlle est soudain au bord des larmes. Elle a l'impression de se battre contre des moulins à vent. Le piège va se refermer sur elle et elle ne peut rien faire.

Quand elle sort de l'entretien, au bout d'une heure à écouter des accusations infondées, elle a juste envie de rentrer chez elle et de tout laisser tomber. Elle aurait dû savoir qu'on ne gagne jamais contre ce genre de types.

Dufossé l'observe de loin, goguenard. Elle a envie de lui faire avaler son sourire triomphant à coups de poing. Érica vient vers elle et lui entoure les épaules de son bras.

– Ils ne vont pas te virer, ne t'inquiète pas. Même s'ils essayaient, on ne les laisserait pas faire. On alerterait la presse, on ferait un blocage du magasin… *Este podrido*[1] de Dufossé ne nous aura pas, promis !

Gaëlle lui adresse un faible sourire de remerciement. Elle aimerait la croire. Mais elle a du mal. Quand elle

1. « Ce pourri ».

rentre chez elle ce soir-là, elle donnerait tout pour pouvoir se rouler en boule sur son canapé et tout oublier. Elle est accueillie par des hurlements de Tom.

– Pourquoi tu m'as pas dit que papa ne venait pas avec nous ? Pourquoi on reste ici s'il ne vient pas ? Pourquoi ?

– Attends, attends, une minute, qui t'a dit ça ?

– Papa ! Au téléphone !

– Calme-toi, Tommy, je rappelle papa pour qu'il m'explique parce que là, je ne comprends pas tout, et on reparle après. Assieds-toi là, prends Minou avec toi, respire mon chéri, respire…

Le petit garçon est dans tous ses états.

Gaëlle prend le téléphone et va s'enfermer dans sa chambre.

– Tu peux m'expliquer ? demande-t-elle à Fabrice quand il décroche enfin, au bout de trois appels.

– Écoute Gaëlle, j'ai accepté le poste que Rémi me propose, voilà. Je crois que maintenant, il faudrait que vous remontiez à Gagny.

– Et tu peux me dire pourquoi tu le dis à Tom avant de m'en parler à moi ?

– Je ne voulais pas que tu prennes seule une décision qui vous concerne tous. Tom a le droit de savoir ce qui se passe pour donner son point de vue.

– Il n'a que 9 ans ! Il ne donne pas son point de vue, là, il est en pleine crise d'angoisse à l'idée de ne pas te revoir !

– Eh bien, ça devrait te montrer la voie à suivre. Reviens. Revenez.

Gaëlle raccroche et balance son téléphone à travers la pièce. Ce n'est pas possible une journée pareille. Tout se ligue contre elle. Elle marche de long en large près de son lit. Elle a sur la poitrine un cri de rage qui brûle de sortir. Mais Tom est à côté. Il a besoin d'une mère calme et rassurante. Elle va faire comme d'habitude, prendre sur elle. Le réconforter. Il faut qu'elle tienne, pour lui, pour Lola, mais elle ne sait pas combien de temps encore elle pourra donner le change. Elle va finir par craquer, elle le sent. Elle inspire profondément et appuie sur ses yeux de ses mains tremblantes pour empêcher les larmes de couler, puis elle rouvre la porte de sa chambre. Tom, épuisé par sa crise, s'est endormi sur le canapé, Minou dans les bras. Elle l'observe un instant. Il a la bouche entrouverte, les cheveux en bataille, les vêtements tout chiffonnés. Elle caresse sa joue et pose son front contre le sien.

– Qu'est-ce que je vais faire, mon Tommy, hein ? Je n'en sais rien du tout, rien du tout, chuchote-t-elle.

Elle ferme les yeux et se laisse aller à son tour, le nez dans l'odeur douce de son petit garçon.

13

Gaëlle regarde prudemment autour d'elle, cherchant le sabotage du jour. À première vue, il n'y a rien. Elle allume l'ordinateur de son poste de renseignement clientèle et tape le mot de passe. « Erreur ». Elle recommence. « Erreur ». Elle soupire. Voilà, elle a trouvé ce que Dufossé a imaginé pour la tourmenter aujourd'hui. Elle va perdre du temps, devoir appeler le dépannage informatique, elle ne pourra pas vérifier ses stocks… La matinée commence mal. Comme chaque jour.

Elle se demande depuis combien de temps elle n'est plus venue le cœur léger au travail. Dufossé a réussi à faire de sa vie à *Homerama* un enfer. Heureusement qu'elle peut compter sur ses collègues, qui tentent tant bien que mal de lui remonter le moral et font barrage chaque fois qu'elles le peuvent aux mauvais coups que Dufossé lui prépare. Le soutien d'Iban, également, lui fait du bien. Elle sourit en songeant à ce qu'il lui a dit quelques jours auparavant, alors qu'il s'est mêlé à sa conversation avec ses collègues à ce sujet, chez Miguel.

***

– Je vais venir lui casser la gueule, moi, à ton connard de responsable.

Son léger accent américain rend la menace tout simplement sexy. Ses amies lui adressent des clins d'œil envieux qu'elle fait semblant de ne pas voir. Elle lui rétorque qu'elle est assez grande pour se défendre toute seule, mais elle ne l'est pas, en réalité, et même s'il ne peut rien faire pour elle, elle apprécie qu'il ait envie de mettre son poing dans la figure de Dufossé. Fabrice, lui, n'a pas du tout réagi comme ça quand elle lui a raconté ce que son chef lui faisait subir. Tout ce qu'il a trouvé à lui dire, c'est qu'elle aurait mieux fait de faire profil bas alors qu'elle venait d'arriver, au lieu de monter une action avec ses collègues. C'est sûr, se dit-elle amèrement, elle aurait dû laisser Pauline se faire harceler chaque jour, jusqu'à ce qu'elle soit détruite. Ça aurait été bien mieux. Elle a répondu à Fabrice qu'elle avait besoin de pouvoir se regarder dans la glace tous les matins. Au moins, elle avait sa conscience avec elle.

Fabrice s'est énervé et lui a demandé quand elle comptait revenir. Elle n'a toujours pas pris de décision, elle ne sait pas quoi faire. Enfin, si elle est honnête avec elle-même, la seule chose qui pourrait la pousser à retourner à Gagny, c'est Tom et sa tristesse de ne pas voir son père. Même Iban a remarqué que Tom avait changé depuis le traître coup de fil de Fabrice.

– Il est bizarre, a-t-il dit à Gaëlle, on dirait qu'il n'a plus le même entrain, il s'est passé quelque chose ?

Elle lui a expliqué. Il a secoué la tête et a plongé ses yeux dans les siens.

– Donc, ton mec, c'est le genre de père qui n'hésite

pas à utiliser son fils pour avoir ce qu'il veut, quitte à lui faire de la peine ?

Elle s'est sentie rougir. Effectivement, vu comme ça…

Il s'est remis au rangement du matériel et a ajouté, sans la regarder :

– Je peux te dire quelque chose ?

– Vas-y toujours.

– Il est très con, ton mec, de ne pas venir vous rejoindre. Très con, a-t-il répété en relevant les yeux vers elle.

Ils sont restés ainsi un instant, sans bouger. Le cœur de Gaëlle battait à toute vitesse. Elle avait l'impression étrange que tout pourrait basculer. Elle s'est arrachée à leur échange silencieux et a repris ses activités sans un mot. Elle sentait son regard qui ne la lâchait pas. Iban est de ces hommes qui ne vous lâchent pas. Ne vous abandonnent pas toute seule à l'autre bout de la France avec vos enfants et vos problèmes.

Quand ils ont eu fini de ranger, Iban s'est occupé tout particulièrement de Tom pendant leur leçon de surf. Gaëlle le voyait faire le clown pour essayer de le faire rire. Et malgré l'abattement de Tom, Iban a fini par faire sourire le petit garçon. Gaëlle en a eu la gorge serrée.

***

Elle revient au présent en voyant Dufossé s'approcher.

– Pourquoi votre ordinateur n'est toujours pas allumé, Gaëlle ? Vous comptez vous mettre au travail bientôt ?

– J'ai un problème avec mon mot de passe, monsieur.

– Vous l'avez oublié ? Vous oubliez tout, n'est-ce

pas ? Quand vous m'avez dit, lors de votre entretien de recrutement, que vous étiez un peu étourdie, je ne pensais pas que c'était à ce point ! Ça devient grave, vous savez ! Grave !

Il la regarde d'un air sévère. Gaëlle sait très bien qu'elle n'a pas oublié son mot de passe, mais elle ne lui fait pas le plaisir d'essayer de se défendre. Par-dessus son épaule, à quelques mètres derrière lui, elle voit Érica lui adresser un magistral doigt d'honneur. Elle se retient de rire.

La journée se passe malgré tout péniblement. Le service informatique met du temps à la dépanner, Dufossé a évidemment plein de demandes impliquant de se servir de l'ordinateur et les clients ont l'air de s'être donné le mot pour être tous de mauvaise humeur.

En fin d'après-midi, Gaëlle n'a qu'une hâte : rentrer chez elle. Alors qu'un nouveau client s'approche d'elle, elle sent son portable vibrer dans sa poche. Le client vient lui parler, elle ne peut pas regarder qui essaie de la joindre. Mais le correspondant insiste encore et encore. Discrètement, Gaëlle regarde sa montre. Il est dix-sept heures quinze. Elle doit s'assurer que ce n'est pas Lola qui a un souci. Elle invente un prétexte et se réfugie au bout du rayon. Son cœur bondit dans sa poitrine quand elle voit les quatre appels en absence de sa fille.

– Tom n'est plus là, maman.

– Comment ça ? Tu es où ?

– À la maison. Je suis passée le chercher à l'école comme d'habitude et on est rentrés, on a goûté… et puis, comme je ne l'entendais plus, je l'ai appelé et… je ne le trouve pas.

– Mais tu as cherché partout ?

– Maman, je ne te dérangerais pas si je n'étais pas inquiète.

Gaëlle commence à trembler. Elle s'efforce de penser calmement, mais la panique est en train de l'envahir comme un poison.

– Le jardin ? Le garage ?

– Maman, il est parti. J'en suis sûre.

– Mais… comment ça ?

– Il a dit qu'il pouvait pas laisser papa tout seul. Que c'était pas juste que toi, tu nous aies nous et que papa soit tout seul.

– Tu penses qu'il est où ?

– Je ne sais pas…

Lola se met à pleurer. Gaëlle marche déjà en direction de la salle de repos pour récupérer son sac et ses clés de voiture. Elle doit rassurer sa fille. Lui donner des missions précises est probablement la meilleure chose à faire pour qu'elle ne s'affole pas.

– OK, Lola. Calme-toi et écoute-moi attentivement. Un, tu appelles Iban pour voir si Tom n'est pas au club. Deux, tu vérifies auprès de Barbara et d'André. Il est peut-être à l'hôpital.

– Zach est là, maman. Il dit qu'il va faire le tour du quartier à vélo.

– Super.

Gaëlle traverse la grande allée de *Homerama*. Dufossé n'est pas en vue. Tant pis, elle n'a pas le temps d'expliquer quoi que ce soit ni de demander à partir à la recherche de son fils. Érica a dû sentir que quelque chose n'allait pas. Elle court derrière Gaëlle.

– *Qué pasa ?*

Gaëlle répond en franchissant les portes automatiques du magasin :

– Tom a fait une fugue, je crois. Je dois partir. Je te laisse prévenir le chef.

– *Madre de dios !*

Où peut-il bien être ? Et pourquoi cette crise si soudaine ? Fabrice a-t-il encore dit quelque chose dont Tom ne lui a pas parlé ? Gaëlle fait démarrer sa voiture et part à vive allure vers le centre-ville. Son cœur s'emballe lorsqu'elle aperçoit un petit garçon à l'angle d'une rue. Mais ce n'est pas Tom. Celui-là est avec un homme. Son père probablement.

– Mais qu'est-ce qu'on a fait ? gémit-elle. Tout ça est de notre faute.

Maintenant, Gaëlle roule au pas, ses warnings allumés. Elle regarde à droite et à gauche sans cesse, mais rien. Faut-il qu'elle prévienne Fabrice ? Il va tout lui mettre sur le dos et lui hurler dessus. Et s'il arrive quelque chose à Tom… Elle s'empêche d'y penser. Non, il n'arrivera rien à son petit garçon, ce n'est pas possible, pas envisageable, elle ne pourra pas le supporter. Elle n'a pas de nouvelles de Lola. Cela veut dire que ni Iban, ni André n'ont pu lui dire où était Tom. S'il n'est pas avec eux… Où peut-il être allé ? Chez un copain ? Non. Ce qui importe à Tom, c'est son père. Il voudra le rejoindre. Elle se dirige vers le quartier de la gare. Il y a des bouchons en cette fin de journée. Elle se contorsionne pour voir par-dessus les voitures devant elle, quand soudain, elle reconnaît la silhouette de Tom, portant un sac à dos bien rempli. Elle se gare tant bien que mal, serre son frein à main brutalement et court derrière son fils. Elle ne l'appelle pas de peur qu'il s'enfuie. D'une main, elle attrape son poignet et de l'autre, elle agrippe l'anse de son sac. Tom ne résiste pas. Des larmes ont séché sur ses joues. Il regarde sa mère avec une sorte de dureté qu'elle ne lui a jamais vue auparavant. Elle doit trouver les mots justes.

– Pardonne-moi, chéri. Pardonne-nous.

Tom attend la suite.

– Au départ, tout cela était une belle idée, qui devait déboucher sur une belle aventure. Mais je vois bien que tout n'est pas…

– … beau.

– C'est vrai, tout n'est pas aussi beau que je l'espérais. Désolée, chéri. Mais pour le moment, rien n'est encore définitif. Je veux que vous finissiez l'école avant tout. On prendra une décision quand l'année scolaire sera terminée.

Tom semble avoir envie de dire quelque chose mais n'ose pas. Gaëlle l'encourage.

– Tu peux tout me dire, Tommy. Tout.

Le petit garçon pousse un profond soupir.

– Papa est tout seul. Ce n'est pas juste.

Gaëlle a bien envie de répondre à Tom que son père n'a que sa carrière en tête. Que son ambition compte plus que sa famille. Et qu'il ne paraît pas si seul que ça puisqu'il semble passer tout son temps avec Rémi. À croire qu'ils deviennent inséparables, ces deux-là. Elle aimerait pouvoir dire à Tom qu'en revanche, elle se sent bien seule à gérer les devoirs, les corvées domestiques, *Homerama* et maintenant le club. Et qu'elle aurait bien besoin de son mari pour l'épauler. Oui, elle aussi se sent bien souvent très seule malgré ses deux amours d'enfants auprès d'elle. Mais ce n'est pas ce qu'elle va dire à son fils. Soudain, un miaulement plaintif se fait entendre derrière Tom. Gaëlle ouvre de grands yeux. Puis, elle comprend.

– Mon Dieu, tu n'as quand même pas fourré Minou dans ce sac à dos ?

Tom s'offusque.

– Je n'allais quand même pas abandonner mon meilleur ami, maman !

Gaëlle sourit tendrement à son fils et l'enlace avec précaution. Minou s'agite de plus en plus.

– Rentrons à la maison, chéri. Lola doit être morte d'inquiétude.

Quand Tom et Gaëlle passent la porte de la maison, Lola, qu'elle a prévenue par SMS, se jette sur son petit frère et le serre à l'étouffer.

– Me refais plus jamais ça, espèce d'abruti !

– Seulement si tu me lâches, sorcière !

Ils échangent un sourire mouillé.

– On a eu très peur tu sais, Tommy, dit Gaëlle. S'il te plaît, quand ça ne va pas, parle-moi, parle-nous à ton père et moi. Comme je te l'ai dit, aucune décision n'est encore prise et on ne décidera rien dans votre dos. D'accord ?

Tom hoche la tête.

Tandis que les enfants se remettent de leurs émotions et qu'elle prépare le repas, Gaëlle répond aux messages inquiets d'Iban, André et Érica.

Au moment de coucher Tom le soir, elle lui dit :

– Demain, c'est samedi, normalement Martine t'emmène au club et tu aides Iban et Mario toute la journée… Est-ce que tu veux faire comme d'habitude ou rester à la maison ?

– Oh non, maman, je veux aller au club, tu sais que j'adore ça !

– Vraiment ?

– Mais oui… (Les yeux du petit garçon s'emplissent de larmes.) Papa me manque, mais j'aime trop le club, je veux y aller !

– D'accord, d'accord, dit-elle en lui caressant les cheveux. Allez, bonne nuit, mon Tommy !

Ils font donc comme d'habitude, mais le lendemain soir, elle a une petite appréhension en venant récupérer Tom et Lola sur la plage, où ils prennent leur leçon de surf avec Iban. Elle craint que la journée ne se soit pas bien passée, que Tom soit encore abattu, mais de loin, elle le voit rire avec Iban, allongé sur sa planche.

Elle se laisse tomber dans le sable, soulagée, et les regarde évoluer dans l'eau.

Quand ils reviennent vers elle, Tom se précipite :

– Maman, maman, Iban nous invite à manger avec lui dans son resto, on y va ?

– Euh… Oui, OK, dit Gaëlle en croisant le regard souriant d'Iban.

Ils s'installent tous les quatre à une table. Iban s'occupe de leur amener à manger, discutant au passage avec Roxane. Gaëlle ne peut s'empêcher de les observer du coin de l'œil. Roxane rejette ses cheveux en arrière, rit à gorge déployée, fait danser ses bras bronzés pleins de bracelets juste devant le visage d'Iban. Gaëlle s'oblige à regarder ailleurs.

– Et voilà ! annonce Iban en amenant des paninis au Serrano, au fromage de brebis et aux herbes.

– Miam ! s'enthousiasme Tom en se jetant sur son assiette.

– Tu sais que Tom a fait d'énormes progrès en surf, dit Iban à Gaëlle.

– C'est vrai ?

– Ah oui, il se débrouille comme un chef !

Tom se rengorge.

– Et toi, Lola, poursuit Iban, tu es vraiment douée, il y a un *contest* la semaine prochaine à Erromardie, ça ne te dirait pas de t'inscrire ?

– Je ne suis pas assez forte pour ça...

– Ah si, je t'assure. Franchement, tu peux le faire. Après, à toi de voir si tu en as envie.

– OK, sourit Lola.

Ils passent le dîner à discuter tranquillement. Gaëlle se sent bien. Tout cela semble si naturel. Elle en oublie tout ce qui ne va pas dans sa vie. Elle aimerait prolonger ce moment encore, mais il faut rentrer.

Iban la retient par le bras au moment où elle passe la porte.

– J'aimerais bien t'inviter à boire un verre chez moi demain soir, murmure-t-il pour que Lola et Tom ne l'entendent pas.

Le cœur de Gaëlle fait un bond. Elle prend quelques secondes avant de répondre. Elle sait que si elle accepte, cela n'aura rien d'innocent. Mais elle en a tellement envie.

– D'accord, souffle-t-elle.

Il sourit et elle s'éloigne.

Elle a du mal à s'endormir ce soir-là. Elle culpabilise par rapport à Fabrice. Elle essaie de se rassurer en se disant que de toute façon, Iban ne peut pas s'intéresser vraiment à elle. Qu'elle se fait des films et que sa belle blonde doit le combler. Elle se sent tellement moins attirante que Roxane.

La journée du dimanche passe mollement, il pleut et aucun d'entre eux n'a envie de faire grand-chose.

En fin d'après-midi, Gaëlle prend possession de la salle de bains pour se préparer. Elle a dit aux enfants qu'elle retrouvait ses collègues pour dîner. Après la crise de Tom, elle ne peut décemment pas dire qu'Iban l'a invitée chez lui. En plus, il y a fort à parier que Lola et Tom la supplieraient de les emmener. Le mystérieux Iban les intrigue eux aussi. Surfeur, américain, membre de la famille des créateurs de la marque LW : il y a de quoi susciter l'intérêt de ses deux enfants.

Elle applique un soin nourrissant sur ses cheveux et s'attaque à l'épilation de ses jambes. Elle prend conscience que cela fait une éternité qu'elle n'a pas pris soin d'elle. Elle s'est jetée à corps perdu dans cette nouvelle vie, ce nouveau travail et en a perdu le goût de se chouchouter un minimum. Il est vrai que loin de son mari, elle n'en voit pas trop l'intérêt. Iban réveille tant de sentiments en elle que cela lui donne parfois le vertige. Un vertige coupable mais délicieux. Elle grimace en faisant aller et venir l'épilateur sur son mollet. « Il faut souffrir pour être belle » était une injonction maternelle fréquente dans la famille de Gaëlle. Elle pense à sa mère qui s'évertuait à se faire des brushings tous les matins pour lisser ses cheveux. C'était dommage, songeait Gaëlle, qui au contraire cherchait à mettre en valeur ses boucles brunes. Une fois ses jambes nettes, elle étale sur tout son corps une huile vanillée. Ce parfum est un délice de sensualité. Sur son visage, elle préfère déposer une crème à l'amande. Là aussi, elle se délecte de cette odeur sucrée. Gaëlle ne met jamais de maquillage. Tout au plus, un rouge à lèvres cerise les grands soirs et une touche de mascara. Ce sont ses cheveux qui lui demandent le plus de temps. Elle a toujours voulu les garder longs, alors que Fabrice l'encourage souvent à les raccourcir. Penser à son mari alors qu'elle se fait belle pour un autre la met à nouveau mal à l'aise. Mais elle éprouve de la colère contre Fabrice depuis le soir où il lui a fait cet affreux chantage. Il a changé les règles du jeu et Gaëlle lui en veut énormément. Elle rince ses cheveux, agenouillée devant la baignoire, puis enroule une serviette autour de sa tête. Face au miroir, elle observe son visage, son cou, son décolleté. Elle se trouve encore acceptable malgré les marques du temps. Est-elle encore désirable ? Matthieu Lefort semble penser que oui. « Jolie Gaëlle, j'attends toujours ce café ! » Elle a pourtant bien insisté sur le fait qu'elle est mariée et que Fabrice va les rejoindre, dans l'espoir de le décourager, mais cela ne l'empêche pas une seconde d'espérer plus. Il est lourd et collant, comme il y a vingt ans.

Gaëlle suit de son doigt une ride qui trace son sillon de l'aile de son nez jusqu'au coin de sa bouche. Elle a tout de même 40 ans. Elle songe encore à Roxane, sa jeunesse mince et musclée, face à qui elle ne peut pas rivaliser. Cependant, c'est avec elle qu'Iban a envie de passer du temps. Leur complicité n'a cessé de grandir ces dernières semaines. Elle sent que quelque chose peut se passer entre eux. Elle aurait dû refuser cette invitation, mais elle est incapable de résister au charme de cet homme.

Elle ouvre la porte de la salle de bains. Il est l'heure de partir.

Elle embrasse ses enfants et se met en route vers l'adresse qu'Iban lui a envoyée par SMS.

On ne peut pas aller en voiture jusque dans la résidence où il vit. Elle se gare dans la rue près de l'allée privée et continue à pied, après avoir cherché en vain sur le siège passager la bouteille de vin qu'elle a prévu d'amener. Évidemment, elle l'a oubliée.

L'endroit est joli sans être prétentieux. Les petits chalets, aux volets rouges ou verts, ne sont pas trop près les uns des autres, ils semblent enchâssés dans le petit bois privé qui entoure la résidence. Une agréable odeur de forêt flotte, mêlée à l'iode de la plage d'Erromardie qui n'est qu'à quelques pas.

Elle cherche le numéro 9 sur les boîtes aux lettres. Enfin, elle y est. Elle hésite un instant à s'engager sur le petit chemin vers le perron. L'intérieur du chalet est illuminé, les fenêtres ouvertes. Elle s'avance, le cœur battant un peu trop fort.

Elle s'apprête à frapper à la porte quand elle entend une voix féminine à l'intérieur. Elle suspend son geste. Il lui semble reconnaître la voix de Roxane.

Elle se déplace sans bruit vers la fenêtre la plus proche. Elle donne sur un petit salon décoré à la californienne, comme le restaurant d'Iban. L'ensemble, chaleureux et cosy, donne une impression décontractée et élégante à la fois.

Comme Iban, songe-t-elle.

Elle voit au mur en face d'elle une grande photo en noir et blanc d'un couple âgé d'une quarantaine d'années, pris en portrait. Ils sont sur une plage, en Californie sans doute, on distingue des palmiers en arrière-plan, ils sourient, le vent fait voler les cheveux de la femme. Ils ont l'air heureux. La femme a les yeux et la bouche d'Iban.

Ses parents, pense-t-elle, émue.

L'homme, lui, ne ressemble pas à Iban, pourtant il a quelque chose de familier, il lui rappelle quelqu'un, mais elle ne saurait dire qui. Des voix l'arrachent à sa contemplation. Iban et Roxane arrivent dans la pièce, venant de l'arrière de la maison.

La chambre ? se demande-t-elle la gorge nouée.

– Bon, si je comprends bien mon chou, je dois te laisser, dit Roxane.

– Oui, ce serait mieux ! rit Iban.

– Quel dommage…, gémit-elle en se collant contre lui et en posant ses lèvres contre les siennes.

– Roxane…, gronde Iban en attrapant ses épaules pour l'éloigner.

Gaëlle, horrifiée, a un mouvement de recul et son pied cogne dans du matériel de surf qui se trouve entreposé là. Iban et Roxane se figent et tournent en même temps la tête vers elle.

– Merde ! lâche Iban en se précipitant vers la porte.

Mais Gaëlle n'attend pas qu'il la rejoigne, elle s'est déjà enfuie à toutes jambes dans l'allée. Elle voit à peine où elle va, les yeux embués de larmes qu'elle refuse de laisser couler.

– Mais comment ai-je pu être aussi conne ! jure-t-elle entre ses dents, pleine de rage.

Elle se sent tellement stupide dans sa robe à fleurs, parfumée et coiffée comme pour le rendez-vous de sa vie !

Elle entend ses pas derrière elle, il la poursuit. Il ne dit rien, ne l'appelle pas. Elle accélère. Elle veut arriver à sa voiture avant qu'il la rattrape. Elle se sent terriblement humiliée. Il est hors de question qu'elle lui parle.

Au moment où elle atteint l'entrée de l'allée, elle sent sa main se refermer sur son poignet.

– Stop ! la conjure-t-il. Arrête-toi !

Il est essoufflé. Elle essaie de se dégager, mais il maintient sa prise.

– Non, attends... Laisse-moi t'expliquer.

Elle se retourne et lui fait face. Elle aussi doit reprendre son souffle après sa course, même si ce n'est sûrement pas l'effort qui lui donne cette sensation d'oppression dans la poitrine.

Ils se regardent un moment, chacun respirant fort.

– Lâche-moi, dit-elle froidement.

Il desserre ses doigts. Elle croise les bras.

– Je ne sais pas ce que tu as vu exactement, mais ce n'est pas ce que tu crois.

– La vieille phrase toute faite ! ironise Gaëlle. « Ce n'est pas ce que tu crois. » Tu n'as rien de mieux en magasin ? C'est tout ce que tu trouves à dire ?

– Je...

– En même temps, j'aurais dû m'en douter, enchaîne-t-elle sans lui laisser le temps de répondre. Tu te prends tellement pour un dieu vivant, tu dois avoir une petite copine pour chaque soir de la semaine, non ? Peut-être même plusieurs ?

– N'importe quoi ! Pour qui tu me prends ?

– Je ne sais pas ! Pour qui, toi, tu te prends ?

– Si c'est ce que tu penses de moi, qu'est-ce que tu fais là ?

– Justement, je partais ! rétorque-t-elle en faisant un pas vers sa voiture.

– C'est ça ! Fuis ! siffle-t-il dans son dos. C'est tellement plus facile, hein ! Tu es bien une Sarda, tiens !

Elle se retourne brusquement vers lui, furieuse.

– Pardon ? Tu as dit quoi, là ?

– Rien ! Je vais retourner me prendre pour un dieu vivant et te laisser tranquille avec ton connard de mec !

La main de Gaëlle part toute seule. Iban l'arrête à quelques centimètres de son visage, en lui attrapant le poignet au vol. Elle tortille son bras pour essayer de se dégager. Il avance sur elle, l'obligeant à reculer. Gaëlle se retrouve coincée entre lui et le pilier marquant l'entrée de l'allée.

Il se penche sur elle, les yeux dans les siens. Elle est hypnotisée malgré elle par son regard.

– En fait Gaëlle, ce que tu me fais là, ce ne serait pas une crise de jalousie ? murmure-t-il.

Elle veut répondre vertement, mais il pose ses lèvres sur les siennes. Elle ne peut s'empêcher de frissonner. Il a une bouche chaude et douce. Elle se sent fondre sous son baiser. Elle est incapable de lui résister. Elle ferme les yeux. Il se rapproche encore, son corps venant se plaquer contre le sien, et appuie plus fort ses lèvres contre les siennes, la forçant doucement à les entrouvrir. Tout son corps est parcouru d'une décharge électrique quand leurs langues se rencontrent. Elle est consciente de chaque parcelle de son corps en contact avec le sien et chacune de ces parcelles l'embrase. Ce type lui fait un effet comme cela ne lui est jamais arrivé. Elle ne peut retenir un gémissement tandis que sa langue caresse la sienne avec une langueur insoutenable.

À cet instant, son téléphone sonne.

C'est sans doute Fabrice qui veut dire bonne nuit à Tom, réalise-t-elle.

C'est comme une douche froide. Elle pose ses mains

sur le torse d'Iban et le repousse. Il la regarde, l'air interrogateur.

– Non, je ne peux pas, dit-elle, le souffle court. Je ne peux pas !

Elle se glisse hors de son étreinte et court à sa voiture. Il ne fait pas un geste pour la retenir.

Elle met le contact et démarre.

Elle ne sait pas vraiment comment elle rentre chez elle. Elle est en mode automatique, complètement ailleurs, le goût d'Iban encore sur ses lèvres.

Une fois dans sa maison, elle tourne en rond, incapable de se poser, de s'asseoir, toutes ses terminaisons nerveuses encore sous le coup de l'excitation. Elle ne peut pas rappeler Fabrice tout de suite. Elle a l'impression qu'il entendra forcément le tremblement dans sa voix. Elle touche ses lèvres du bout des doigts. Jamais elle n'a ressenti quelque chose d'aussi fort avec son mari. Jamais aucun de ses baisers ne lui a coupé le souffle, coupé les jambes.

Elle a franchi la ligne rouge, elle le sait. Plus rien ne sera comme avant.

14

Gaëlle regarde sa montre. Si André, Barbara et Iban n'arrivent pas, elle va rejoindre le bord de la plage sans eux. Il est hors de question qu'elle rate le passage de Lola.

La jeune fille est stressée par cette compétition. Elle vient d'aller récupérer son maillot au stand, sa première série est dans moins de dix minutes maintenant. Gaëlle vient de voir Zacharie la rejoindre. Ils discutent tous les deux et Gaëlle devine, au sourire de Lola, que le garçon essaie de la détendre.

– Bon, on y va, tant pis, ils nous rejoindront ! dit Gaëlle à Tom.

Ils se détournent et commencent à avancer vers la plage, mais Gaëlle entend qu'on l'appelle. André, suivi de Barbara et d'Iban, lui fait de grands gestes et se hâte vers elle.

– Ne cours pas, André ! lui crie-t-elle de loin. C'est bon, on est à l'heure, ne cours pas, s'il te plaît !

Il arrive à sa hauteur, un peu essoufflé.

– Tu sais bien que tu ne dois pas faire d'efforts !

– Tu veux que je meure de sédentarité ?

– Comme si ça risquait de t'arriver ! rit-elle en l'embrassant.

André est rentré chez lui depuis l'avant-veille et il a déjà bien du mal à rester tranquille.

Gaëlle fait la bise à Barbara. Arrivée devant Iban, elle hésite, mais il se penche vers elle et lui fait la bise de l'air le plus naturel du monde.

Toute la semaine, au club, ils ont dansé une valse-hésitation, ne sachant plus trop comment se comporter l'un avec l'autre. Leur dispute et leur baiser flottaient entre eux, souvenir palpable et troublant.

Ils s'installent tous ensemble sur les bancs posés sur la plage, non loin du chapiteau sous lequel se trouvent les juges.

Gaëlle s'assied le plus loin possible d'Iban, mais il demande à André d'échanger leurs places pour être à côté d'elle. Elle lui jette un regard embarrassé. Il lui sourit en retour.

– Tu ne veux pas que je t'explique comment ça se passe ? lui demande-t-il de sa voix chaude.

– Euh… si, bien sûr, ça m'intéresse.

Lola se retourne vers eux avant d'entrer dans l'eau. Ils lui adressent des signes d'encouragement.

Iban colle son épaule contre celle de Gaëlle. Elle essaie de ne pas frissonner. Au moment où il va parler, elle l'interrompt :

– Au fait, merci pour la combinaison de Lola. Ça a failli tourner au drame tout à l'heure !

– Remarque, tu as fait fort. J'espère que le jour de son mariage, tu n'oublieras pas sa robe à l'autre bout de la France, parce que des combis de surf, j'en ai plein mon garage, mais au niveau robes en dentelle, je vais avoir du mal !

– Tu sais, je me fatigue toute seule à être comme ça !

– Allez ! Lola a une combinaison toute neuve. C'est réglé. Bon, je t'explique ?

– Oui. Je t'écoute.

– Ils ont un quart d'heure dans l'eau pendant les séries, commente-t-il. Tu vois, elles sont quatre. Les juges vont les observer et noter différents critères. Ils garderont à la fin les deux meilleures vagues pour chacune. Et les surfeuses les mieux notées passeront à la série suivante et ainsi de suite jusqu'à la finale demain.

– Quels sont les critères de notation ? demande Gaëlle.

– Les manœuvres qu'elle va réaliser… Ah, tiens, regarde, elle a réussi son take-off et je pense qu'elle va tenter… Oui, bravo Lola ! crie-t-il. Tu as vu le magnifique roller qu'elle a fait ? s'exclame-t-il tout excité en se tournant vers Gaëlle.

Elle le regarde, amusée par son emportement. Il est passionné par sa discipline et par son rôle de professeur. Il est à fond derrière Lola et semble croiser les doigts en l'observant évoluer. Le regard de Gaëlle est attiré par Zacharie, debout près des vagues, qui hurle des encouragements.

– Tu le connais un peu, Zacharie ? demande-t-elle à Iban.

– Ah, la maman est inquiète, je vois !

Gaëlle le pousse de l'épaule.

– Ne te moque pas !

– Je le connais depuis… je dirais deux ou trois ans. Il surfe à Erromardie, alors on se voit souvent. Quand il était plus jeune, son père l'accompagnait. Un monsieur très gentil, je crois qu'il travaille à l'université de Bordeaux. Le papa de Zacharie est nigérien et sa mère est basque, un beau mélange n'est-ce pas ?

– Oui. Zacharie est un magnifique jeune homme.

– Et pour répondre à ta question sous-jacente, Zach est un bon gars et tu n'as rien à craindre. OK ?

– OK.

Elle retient un soupir. Pourquoi se sent-elle toujours aussi bien quand il est à côté ? Elle se secoue. Elle ne doit pas oublier qu'Iban ne voit certainement en elle qu'une copine avec qui coucher, parmi d'autres. Et ce n'est pas ce qu'elle veut, elle. Que veut-elle vraiment, d'ailleurs ? Elle se le demande tandis que son regard est irrésistiblement attiré par ses mains, le bracelet tressé noir à son poignet, l'échancrure de sa chemise.

Gaëlle, arrête, on dirait une ado ! pense-t-elle.

Lola sort de l'eau, les quinze minutes sont écoulées. Ils applaudissent tous chaleureusement et attendent qu'elle vienne les rejoindre une fois son maillot déposé.

– Bravo jeune fille, lui dit André, c'est incroyable ce que tu as progressé !

– Oui, bravo, la félicite à son tour Barbara en lui donnant une accolade.

– Tu peux être fière de toi ! lui lance Iban. Tes manœuvres étaient parfaites ! Tu n'as pas eu peur de prendre des risques, tu auras aussi une bonne note sur l'engagement… Vraiment super passage !

Lola rougit avec un grand sourire. Gaëlle est heureuse de la voir retrouver son plaisir à surfer. Elle a enfin surmonté les peurs engendrées par son accident.

– Il faut dire que j'avais une bonne planche, plaisante Lola pour taquiner Iban.

– Évidemment, répond-il tout sourire. Rien de mieux qu'une LW.

– Lola m'a dit que ce sont tes parents qui ont fondé cette marque ? intervient Gaëlle.

– Oui, c'est vrai, dit-il en se tournant vers elle, plongeant ses yeux dans les siens. Ils ont lancé LW il y a vingt-huit ans maintenant. Mais ils ne s'en sont occupés que onze ans, avant de mourir dans un accident d'avion. Ils avaient quand même eu le temps de faire de LW une belle réussite en Californie et ils commençaient à développer la marque en France. Ils venaient d'ailleurs en France en voyage d'affaires quand ils sont décédés.

Le regard d'Iban semble se perdre à l'intérieur de lui, ses yeux trahissent une douleur toujours présente.

– Je suis désolée, c'est terrible…, murmure Gaëlle.

– Oui, ça l'est…, reconnaît-il, le visage sombre.

Il se reprend et se tourne vers Lola.

– En tout cas, ils ont effectivement créé une super marque. Les plus grands champions de surf ont des planches de chez nous ! Alors, avec ta LW, tu vas gagner ce premier *contest*, j'en suis sûr !

– Tu sais, je rigolais, dit Lola. C'est grâce à toi que j'ai réussi mes manœuvres et que je n'ai pas eu peur d'y aller. Grâce à tous les cours que tu m'as donnés. Tu m'as redonné confiance en moi. Sans toi, je crois que je n'aurais pas pu continuer à surfer. Et ça m'aurait manqué ! Merci, Iban.

Il incline la tête et lui offre sa main pour qu'elle tape dedans, puis ils vont tous manger un morceau. Le prochain passage de Lola n'aura pas lieu avant plusieurs heures.

– Il y a toujours une longue période d'attente, observe Iban tandis qu'ils mangent leurs frites. Et encore, là c'est un *contest* local, c'est sur un week-end, mais les grands *contests* peuvent durer jusqu'à dix jours. Le matin, il y a le *call*, on te dit s'il va y avoir compète ou pas, ça dépend de la houle… Et parfois, il ne se passe rien de la journée, on remet au lendemain.

– Ça doit être frustrant ! dit Lola.

– Oui. Il faut savoir gérer l'attente, l'impatience.

Lola arrive en tête des séries suivantes.

Ils vont fêter cela en dînant tous ensemble au *Virginia*. Le petit groupe se sépare assez tôt dans la soirée. Lola a besoin de récupérer avant le lendemain.

André et Barbara ne peuvent pas venir assister à la finale, ils sont invités chez leur fils ce dimanche. Gaëlle, Iban et Tom arrivent ensemble pour encourager Lola et sont rejoints sur la plage par Zacharie. L'adolescent est à l'aise avec Iban et semble vouloir se faire apprécier de Gaëlle et Tom. Il apprend au petit garçon des devinettes que Tom essaie de retenir pour les replacer auprès de ses copains.

Gaëlle se laisse porter par le plaisir de l'instant. À force de passer des heures ensemble sur la plage à regarder le *contest*, la gêne entre Iban et elle se dissipe. Ils retrouvent leur complicité passée, même si par moments, elle ne peut s'empêcher de sentir des papillons danser dans son ventre quand il plonge ses yeux dans les siens et qu'elle devine que, comme elle, il pense à ses lèvres et au goût de leur baiser.

Alors qu'ils attendent le résultat de la finale, il serre sa main. Elle ne se dégage pas.

– Lola Roche, première ! annonce le speaker.

Ils hurlent de joie.

Lola, rayonnante, s'avance pour recevoir sa médaille.

Tom est fier comme un paon.

– Ma sœur, c'est la meilleure ! répète-t-il.

Zacharie siffle entre ses doigts. Lola le regarde en rougissant.

En rentrant ce soir-là, Gaëlle est sur un petit nuage. Ça a été une belle journée. Si ce n'est pas ça le bonheur, ça y ressemble beaucoup.

Elle dort comme une masse et le lendemain, lundi, comme elle ne travaille pas, elle prend son temps pour se lever et savourer son café tranquillement. Elle est surprise quand le facteur sonne. C'est très rare.

– Un recommandé, lui dit-il.

Elle signe, rentre et décachette l'enveloppe. Elle lit la lettre, puis la relit une deuxième fois. Les mots semblent ne pas vouloir s'imprimer dans son cerveau.

Madame,

Suite à notre entretien qui s'est tenu le 5 juin, nous vous informons de notre décision de vous licencier pour les motifs suivants...

Ce n'est pas possible, c'est un mauvais film ! Gaëlle secoue nerveusement la tête en signe de dénégation. Elle est abasourdie de ce qu'on lui reproche : un rayon mal entretenu, une mauvaise gestion de ses stocks, des clients mécontents, l'instauration d'une mauvaise ambiance dans l'équipe. Le dernier motif lui assène le coup fatal. « A quitté le magasin pour des raisons personnelles sans l'accord de sa direction. » Gaëlle ne peut s'empêcher de maudire Dufossé à voix haute.

– Le pourri ! Il m'avait dit qu'il ne le signalerait pas. Que la sécurité de mon fils était prioritaire. Que j'avais bien fait de faire vite ce jour-là ! Mais il a menti évidemment. Il a juste gagné du temps pour parvenir à ses fins. Alors, c'est donc comme ça que le monde tourne, s'indigne-t-elle, les méchants finissent toujours par gagner ?

Dufossé le harceleur s'en sort une fois de plus ! À force de coups bas et de sabotages en tout genre, il est probablement parvenu à monter un dossier à charge contre Gaëlle. Il a réussi à l'éliminer de son petit royaume dans lequel il veut rester le seul maître. Gaëlle sent la nausée l'envahir comme une puissante lame de fond. Elle court jusqu'aux toilettes et vomit à plusieurs reprises. Heureusement que les enfants sont partis pour l'école il y a une demi-heure.

Elle qui pensait passer un lundi agréable, traverse la journée comme un zombie, n'arrivant toujours pas à comprendre ce qui lui tombe sur la tête. Le soir, quand elle va aider au club, Iban, qui semble heureux de la revoir après le week-end passé ensemble, voit aussitôt que quelque chose ne va pas.

– Qu'est-ce qu'il y a ? demande-t-il. C'est tes enfants ?

Elle secoue la tête.

– Ton mari ?

– Non… C'est le travail, mais là, je ne peux pas en parler. Plus tard.

Elle sent bien que sinon, elle va s'écrouler instantanément. Elle s'enfuit dès la fermeture du club, sans dîner au *Virginia* comme d'habitude. Elle a besoin d'être seule.

Le mardi matin, toujours dans un état second, elle

prend la route comme d'habitude pour *Homerama*. Il est stipulé en fin de courrier qu'elle est autorisée à passer sur son lieu de travail pour récupérer ses affaires personnelles et qu'au vu des fautes qui lui sont reprochées, elle est dispensée de tout préavis. Elle tient à faire ça vite avant de s'effondrer.

Le paysage défile devant ses yeux. Elle connaît par cœur ce trajet. Est-il possible qu'elle le fasse réellement pour la dernière fois ? Elle n'arrive pas à réaliser. Elle est venue s'installer à Saint-Jean-de-Luz pour cet emploi. Elle a quitté sa vie d'avant et forcé ses enfants à la suivre. Elle a mis son couple en danger. Tout ça pour se faire jeter comme une malpropre, après douze ans dans cette entreprise ! Évidemment, Dufossé est la cause de toute cette affaire. Fabrice a raison, elle n'aurait pas dû s'en prendre à lui. Il va bien rire son mari. Il va lui dire de rappliquer immédiatement à Gagny en sous-entendant qu'elle a fait assez de dégâts comme ça. Elle soupire.

– Bravo Gaëlle ! Tu peux être contente de toi ! C'est un beau gâchis !

Elle a parlé à voix haute et son ton amer lui glace le sang.

Le ventre broyé, elle entre dans le magasin. Même aujourd'hui, elle ne réussit pas à être en retard. Les salariées ne sont pas encore en poste. Elles doivent se trouver aux vestiaires en train de revêtir leur uniforme ou de prendre un café avant de débuter la journée. Elle est prête à subir mille questions. De toute façon, elle n'a absolument rien à se reprocher.

– *Pero quien es ? La bella Gaëlle*[1] *!*

---

1. « Mais qui est-ce ? La belle Gaëlle ! »

– Moi aussi je suis *bella*. Pourquoi tu me dis jamais ça le matin, Érica ?

– Tu vas pas faire ta jalouse, Marlène. Tu sais bien que c'est la Parisienne ma préférée. Tu n'y peux rien.

Gaëlle ne répond pas, elle est incapable de parler. Elle se contente d'ouvrir son cadenas et de tirer la porte de son armoire. Elle déplie un grand sac de courses et commence à débarrasser ses affaires. Ses amies n'ont toujours pas compris ce qui se passe. Elles continuent à se chicaner et à rire des bêtises que raconte Érica. C'est Pauline la première à comprendre que quelque chose ne va pas.

– Mais qu'est-ce que tu fabriques, Gaëlle ?

Gaëlle se retourne, attrape son sac à main et tend sa lettre de licenciement vers le groupe de filles. Marlène est la plus rapide. Elle saisit les feuilles et les déplie. Elles parcourent toutes les trois la lettre en même temps, serrées les unes contre les autres pour lire. Érica, qui ne maîtrise pas encore la langue française aussi bien que les deux autres, lit à voix basse avec son accent chantant. Gaëlle regarde ses amies, le cœur lourd.

– Non, je ne peux pas le croire, c'est impossible ?

Marlène tient sa main devant sa bouche, effarée. Érica, qui n'a pas fini de lire, empoigne la lettre en jurant dans sa langue maternelle. Pauline, elle, commence à pleurer en silence. Elle se laisse tomber sur une chaise en gémissant :

– Dans ce cas, je pars avec toi. Je ne reste pas avec cette pourriture !

Gaëlle sort aussitôt de sa torpeur. La colère l'envahit. Elle s'accroupit devant Pauline.

– Ah non, Pauline. Hors de question qu'il gagne

encore. Il a déjà fait assez de mal comme ça. Tu as besoin de ce travail, comme nous toutes ici.

Marlène se place derrière Gaëlle et pose ses mains sur ses épaules.

– Mais tu ne vas pas laisser faire ça ?

– *Hijo de puta*, il va le payer !

– Écoutez les filles. Je ne sais pas si je peux faire quoi que ce soit. Demander un entretien pour avoir… je ne sais pas… un droit de réponse au moins. Mais là, tout de suite, je prends mes affaires et je me barre loin de Dufossé. Sinon… je risque de lui arracher les yeux.

Ses amies sont effondrées. D'autres collègues se sont jointes à la conversation et découvrent avec angoisse et colère le pouvoir de Christian Dufossé. Gaëlle termine ce qu'elle a à faire et leur fait un petit signe de la main.

– On se tient au courant. Courage les filles.

Sa voiture la mène droit vers l'océan.

Regarder la danse des vagues l'aide à se calmer. Elle inspire profondément l'air marin et laisse la force du vent entrer dans ses poumons en espérant que cela lui donnera l'élan nécessaire aux batailles qui l'attendent sûrement.

Elle pense à Iban qui a proposé de casser la figure à son chef pervers. Il sera furieux d'apprendre qu'elle a été virée. Peut-être qu'il ira vraiment refaire le portrait à Dufossé. Elle a soudain une violente envie de le voir. Il saura trouver les mots pour la réconforter. Il sait toujours. Et puis, elle a besoin qu'on la prenne dans les bras. Ça aussi, il saura faire.

Elle marche jusqu'au *Virginia*. C'est Roxane qui se trouve derrière le comptoir.

– Bonjour, Iban n'est pas là ? lui demande-t-elle.

– Non. Tu voulais quoi ?

Le ton de Roxane est sec. Le message subliminal est clair : « Iban est à moi. Pas touche. »

– Lui parler de quelque chose.

– Tu sais, c'est un homme très occupé. Toujours à courir par monts et par vaux.

– Il est au club ?

– Non.

– OK… Merci pour ton aide, hein. Je vais lui passer un coup de fil, je crois que ce sera plus simple.

Gaëlle sort son téléphone en se dirigeant vers la porte.

– Eh, oh !

Gaëlle se retourne, surprise que Roxane l'interpelle de cette façon familière.

– Tu es bien Gaëlle Sarda ?

– Oui, enfin… c'est le nom de ma mère.

– C'est ton grand-père qui possédait le club de plage et la belle maison sur la jetée ?

– En effet. Pourquoi ? Tu veux en venir où, au juste ?

Roxane a un sourire mauvais.

– Tu n'es pas au courant, hein…

– Au courant de quoi ? la coupe Gaëlle d'un ton sec, franchement agacée par l'agressivité de la jeune femme.

– La personne qui a racheté ta maison, qui l'a prise à ta famille…

Elle marque un temps d'arrêt, pour savourer son effet.

– C'est Iban.

15

Lola n'a quasiment pas ouvert la bouche de tout le trajet. Ses écouteurs dans les oreilles, elle s'est recroquevillée vers sa portière. Elle dort ou fait semblant. L'ambiance est lourde dans la voiture. Les miaulements plaintifs des chats ajoutent à l'atmosphère morose. Gaëlle a la sensation de revivre en sens inverse le trajet effectué sept mois plus tôt. À l'époque, elle partait vers son paradis, le cœur plein d'espoir. Aujourd'hui, elle revient à un endroit où elle n'a pas du tout envie de revenir et son cœur est lourd.

Gagny n'est plus qu'à une heure de route environ, sans compter les embouteillages. Gaëlle se remémore la discussion qui a eu lieu trois jours auparavant dans la chambre de Lola.

***

– Je te crois pas, maman. Tu peux pas faire ça. T'as pas le droit.

– Ma chérie, je sais que c'est brutal, mais j'ai eu ton père au téléphone et la décision est prise, on repart vivre à Gagny.

– Tu avais dit que tu ne ferais rien dans notre dos. C'est dégueulasse.

– J'ai perdu mon travail Lola. Que veux-tu que je fasse ? Déjà qu'avec mon salaire, on s'en sortait à peine.

– Mais tu peux trouver autre chose, merde, alors !

– Et ton père ? Il ne veut pas nous rejoindre. Donc, on divorce ?

– Ben, oui, faites ça. De toute façon, t'as jamais été aussi bien que depuis que vous ne vivez plus ensemble.

– Ce n'est pas vrai, Lola.

– Ici, tu es heureuse, maman. Tu crois que je l'ai pas remarqué ? Y a pas photo, tu as carrément changé. Même physiquement.

Gaëlle ne répond rien. Il est vrai que son nouveau rythme de vie, au soleil, souvent à l'extérieur et avec beaucoup plus d'activité physique, l'a amincie et qu'elle a un visage plus lumineux, bronzé, qui fait ressortir l'éclat sombre de sa chevelure bouclée. Quand elle se regarde dans la glace, elle aime ces changements. Elle se sent plus femme, plus elle-même. Mais ce n'est pas le problème, là tout de suite.

– Lola, soupire-t-elle, ne fais pas semblant de ne pas comprendre. Tu es une jeune fille très mature pour ton âge. Au fond, tu sais très bien que je n'ai pas le choix.

– Si, tu l'as. Tu es de mauvaise foi.

Gaëlle accuse le coup. Lola est effectivement une jeune fille maintenant et elle ne s'en laissera pas conter. Elle toise sa mère avec une expression de défi, qui montre clairement qu'il faut arrêter de la prendre pour une idiote. Gaëlle bat en retraite et va annoncer la nouvelle à Tom.

Le petit garçon, quant à lui, prend les choses beaucoup mieux. Il dit que ça a été de « trèèèès longues vacances » à Saint-Jean-de-Luz, mais que la vraie vie, c'est d'être avec ses deux parents. Gaëlle voit que Lola reçoit cette remarque en plein cœur. Elle a confiance en sa fille, elle finira par comprendre. Mais pas tout de suite.

***

Gaëlle passe la main derrière le siège de Lola et tente de calmer Minou et Surfcat qui gémissent de plus en plus fort. Ça en devient difficile à supporter, il est temps qu'ils arrivent. Mais la circulation se densifie maintenant qu'ils sont en région parisienne. Depuis de nombreux kilomètres, ils n'ont plus croisé un champ, ni même un arbre. Ce sont des immeubles grisâtres, des enchevêtrements de voies ferrées et d'autoroutes urbaines, d'immenses zones commerciales glauques. Tout ce qui a constitué leur univers pendant des années, mais qui semble à Gaëlle hideux en comparaison des paysages qu'elle a eus sous les yeux ces derniers mois.

Elle retient un soupir et reprend son volant bien en main, tentant de se concentrer sur sa conduite. Mais les souvenirs des trois derniers jours reviennent sans cesse la submerger, comme la réaction de Fabrice qui l'a complètement désarçonnée. Elle s'attendait à ce qu'il soit heureux de les voir revenir, lui qui n'a eu de cesse de lui demander de rentrer à Gagny. Mais ce n'est pas ce qu'elle a ressenti quand elle lui a annoncé leur retour.

***

– Comment ça, tu t'es fait virer ! C'est une plaisanterie ?

– Tu crois que j'aurais envie de rire avec ça ? Dufossé a réussi à faire croire à la direction que j'étais négligente et incompétente.

– Mais tu vas le laisser faire ? Je veux dire que c'est faux, n'est-ce pas ?

– Non, non, Fabrice. Je suis un vrai boulet et ils me gardent depuis plus de dix ans par charité.

– Oh, arrête avec ton ironie ! J'essaie juste de comprendre.

– Je t'ai déjà expliqué que mon responsable était un sale type. Il a eu ma peau, voilà tout. Et je n'ai plus envie de me battre, si tu veux savoir. Donc, on va remonter et fin de l'histoire.

– Remonter ?

– Oui, rentrer quoi ! Revenir ! C'est ce que tu voulais, n'est-ce pas ?

– Oui, évidemment, Gaëlle. Évidemment !

– Bien. Je vais en parler aux enfants aujourd'hui. Nous ne prendrons que le strict nécessaire. Je gérerai le déménagement de Gagny.

– D'accord. Eh bien, quelle nouvelle… Tu me tiens au courant, hein ? Que je fasse des courses, au moins.

***

Plus elle pense à cette conversation téléphonique avec son mari, plus elle le trouve anormalement distant. Il ne semble pas particulièrement enthousiaste de voir sa famille revenir dans sa vie. A-t-il quelqu'un d'autre ?

Elle ne pourrait pas lui en vouloir. Elle a bien failli succomber au charme d'Iban. Ce menteur. Il s'est bien fichu d'elle, depuis le début. D'abord, la traiter comme une touriste opportuniste, puis la séduire alors qu'il savait très bien qui elle était. Parce que oui, il l'a séduite avec son numéro de grand cœur et sa gentillesse envers ses enfants. C'est juste un menteur et un voleur par-dessus le marché. Il leur a pris Gure Etxea. Comment a-t-il pu entrer en possession de leur maison ? L'a-t-il rachetée au fameux héritier ? Bien sûr, il a de l'argent, c'est certain ! Un restaurant à Saint-Jean-de-Luz, sa maison design à deux pas de l'océan, des liens avec la marque LW… mais de là à pouvoir s'offrir une telle maison sur la jetée Thibaud ! Une maison dans laquelle il ne vit même pas ! Une fois de plus, cet homme est nimbé de mystère…

Ils sont maintenant dans Gagny. Devant elle, le feu passe au vert, mais les voitures ne bougent pas d'un centimètre. Maudits embouteillages. Elle veut ouvrir sa fenêtre, mais l'air pollué qui s'engouffre aussitôt dans l'habitacle la fait renoncer. Enfin, la file s'ébranle et elle peut avancer. Excédée, elle fait craquer sa boîte de vitesses, ce qui réveille soudainement Lola. Sa fille rabat sa capuche sur ses épaules et regarde la cohue qui cerne la voiture.

– Bienvenue en enfer ! dit-elle avec rage.

– Bien dormi, ma chérie ?

Lola lui jette un regard noir et ne se force même pas à répondre. Gaëlle n'insiste pas. Elle comprend tout à fait que sa fille soit furieuse contre elle. Elle l'a entendue pleurer dans son lit tous les soirs depuis l'annonce de leur départ. Son désespoir est flagrant, tout comme celui de Zacharie quand il est venu leur dire au revoir. Gaëlle s'en veut tellement d'avoir brisé le cœur des deux adolescents. Mais comment aurait-elle pu faire autrement ? À l'arrière, Tom a discrètement allumé sa console de jeux. C'est toujours ça de gagné avant que sa mère ne l'encourage plutôt à colorier ou à lire. Si le petit garçon n'a pas caché sa joie de rentrer vivre avec son père, il a tout de même un regret : le club. D'autant que Mario l'a présenté à la nouvelle équipe de moniteurs comme l'assistant en chef. La haute saison va finalement avoir lieu sans lui et sans Gaëlle. Elle a tellement aimé retravailler au club. Comme dans sa jeunesse. Sous le regard de leur maison. C'était comme de faire revivre le souvenir de Bixente et de Madeleine, ses meilleurs souvenirs, les périodes de sa vie où elle a été la plus heureuse.

Et puis, il y a André. Gaëlle est passée le voir pour lui expliquer qu'elle repartait sur Paris. Elle n'est pas entrée dans les détails et n'a pas du tout évoqué Iban. Elle a simplement prétexté que les enfants avaient besoin de leur père et que de toute façon, sans travail, elle n'avait plus aucune raison de rester à Saint-Jean-de-Luz. André, très peiné, a proposé à Gaëlle de travailler au club. Il a de l'argent de côté, il peut se permettre d'avoir une monitrice en plus.

Travailler auprès d'Iban ! a-t-elle songé, amère, mais elle n'a rien montré au pauvre André, il était tellement déçu de la perdre à nouveau.

– Les enfants du club vont me manquer, tu sais ! lui a-t-elle avoué. C'est un tel bonheur de travailler avec ces petits anges.

Elle est repartie rapidement avant que Barbara ne

rentre. Elle n'avait plus suffisamment de courage pour s'expliquer une fois de plus devant qui que ce soit. Oui, c'était une fuite. Mais il lui semble que tout ce qui touche à Saint-Jean-de-Luz est maintenant sali et douloureux. Elle voulait partir. Elle y a cru et s'est trompée. Terminé.

Elle n'a pas prévenu Iban de son départ et s'est arrangée pour ne pas le recroiser après les révélations de Roxane. Elle avait peur de sa propre réaction si elle se retrouvait face à lui. Il lui a envoyé plusieurs SMS inquiets, ne la voyant pas au club. Elle n'a pas répondu. Elle s'est dit, lâchement, qu'André se chargerait de lui apprendre qu'elle était partie.

Les miaulements désespérés des chats à l'arrière la ramènent au présent. Les pauvres bêtes ont atteint leurs limites et vocalisent en chœur en espérant que l'on déclare la fin de leur captivité.

– On est arrivés, les matous, ça y est. Tom, prends leur caisse et sors-la dès que je me gare, ils n'en peuvent plus et moi non plus !

Elle parvient à se garer non loin de leur immeuble. Elle envoie un SMS à Fabrice pour lui dire qu'ils sont là et entreprend de sortir leurs affaires du coffre. Elle a juste fait leurs bagages comme pour des vacances. Ils ont pris leurs vêtements, leurs objets du quotidien. Elle n'a pu se résoudre à refaire les cartons pour l'instant. Et puis, elle ne voulait pas rester une minute de plus à Saint-Jean-de-Luz. Elle s'est dit qu'elle reviendrait, plus tard, pour s'occuper de ce nouveau déménagement. Fabrice apparaît sur le trottoir. Tom galope jusqu'à son père et se jette dans ses bras. Lola, le visage triste, regarde autour d'elle. Gaëlle a hâte de se blottir elle aussi dans les bras de son mari. Elle a tant besoin de se sentir en sécurité auprès d'une personne fiable. Fabrice est un mur porteur sur lequel elle rêve maintenant de s'appuyer afin de ne pas s'écrouler. En lui, elle peut avoir confiance. Fabrice est son mari, le père de ses enfants, pour le meilleur et pour le pire. En tout cas, c'est ce qu'elle veut croire coûte que coûte. Il s'approche, portant Tom dans ses bras. Elle passe ses bras autour d'eux et enfouit son visage dans le cou de Fabrice. Retrouver son odeur familière lui fait du bien. Mais ni elle ni lui ne font un geste pour embrasser l'autre. Gaëlle ne peut s'empêcher de penser que reprendre leur vie là où elle en était avant ne sera pas si simple. Elle relève les yeux vers Fabrice et lui sourit, mais au même instant, elle se demande douloureusement comment elle pourrait oublier les yeux d'Iban, ses lèvres, ses cheveux, son corps, comment elle pourrait oublier sa détermination, sa générosité, son humour ? Et penser cela lui fait l'effet d'un uppercut au creux de l'estomac. Elle n'a pas voulu comprendre, elle n'a pas voulu voir, mais maintenant qu'Iban est à des centaines de kilomètres, maintenant qu'il l'a trahie de la pire des manières et qu'elle ne le reverra sans doute jamais, elle comprend qu'elle est tombée amoureuse de lui. Elle comprend aussi qu'elle n'a plus que de l'affection pour son mari. Rien de plus.

Elle se détourne et saisit son sac.

– On rentre ?

Quand elle passe la porte de l'appartement, elle a la sensation bizarre de ne plus être chez elle. Bien sûr, elle connaît les lieux par cœur. Rien n'a changé. Mais tout semble sentir le rance. C'est une autre vie, une autre Gaëlle qui a vécu là. Elle a l'impression de suffoquer.

Elle ouvre la fenêtre. Le bruit de la circulation entre dans l'appartement. Tout autour, il n'y a que des immeubles. Tous gris. Cette vue, elle la connaît bien. Elle a toujours aimé regarder par la fenêtre. Mais d'un coup, elle lui est insupportable. Elle veut voir la baie. L'eau qui scintille. Le ciel au bleu profond. Elle se passe les mains sur le visage.

Je ne vais pas y arriver, songe-t-elle.

Tom se promène dans l'appartement en babillant avec son père. Il est content de retrouver sa chambre. Il libère les chats qui font quelques pas prudents sur le parquet. Fabrice fronce les sourcils. Gaëlle croise le regard de Lola. Comme elle, sa fille reste immobile et elle devine qu'elle non plus ne se sent plus à sa place ici.

Lola la surfeuse.

Lola l'amoureuse de Zacharie.

Elle ne peut pas lui en vouloir d'être en colère contre elle. Ce qu'elle lui fait vivre est dur. Lola détourne le regard d'un air haineux.

– Je vous ai préparé un bon petit repas, dit Fabrice d'un ton enjoué un peu forcé. Vous avez faim ?

Tom est le seul à répondre par un « Oui ! » enthousiaste. Ils passent à table et retrouvent leur configuration de quelques mois auparavant, chacun reprenant instinctivement la même place.

– Alors, demande Fabrice à la cantonade, le voyage s'est bien passé ?

– C'est une vraie question ? répond Lola.

– Oui, très bien ! se hâte de repartir Tom. C'est les chats qui ont eu plus de mal. Je crois qu'ils ont vomi, ça puait !

– On ne dit pas ça pue, on dit ça sent mauvais, le corrige Fabrice.

– Oui, ben ça sentait très mauvais.

– Et maintenant, ils vont mettre leurs sales pattes partout dans mon appartement, soupire Fabrice.

Gaëlle se raidit. Fabrice ne s'en est pas rendu compte, mais il a dit *mon* appartement.

Son regard rencontre à nouveau celui de Lola et elle voit qu'elle aussi a entendu. Le repas est laborieux. Fabrice fait des efforts louables pour animer la conversation, mais Lola continue ostensiblement de faire la tête et Gaëlle a beau essayer de jouer le jeu, elle a la sensation de traîner un boulet bien trop lourd pour elle, qui l'empêche de parler et de réagir normalement. Une fois le repas terminé, les enfants s'en vont dans leur chambre. Fabrice et Gaëlle se retrouvent tous les deux autour de la vaisselle.

– Il va nous falloir un peu de temps pour retrouver nos marques, hein ? dit Fabrice en souriant nerveusement.

Elle lui est reconnaissante de sa franchise.

– Oui, soupire-t-elle, c'est un gros changement. Lola ne le vit pas bien du tout. Merci d'ailleurs de te montrer si compréhensif avec elle. Et moi… eh bien, c'est un méchant revers, c'est dur à digérer.

– Je suis sûr que tu vas rebondir. Tes employeurs ont toujours été satisfaits de toi jusqu'ici. C'est juste un accident.

– Un accident…, grince Gaëlle. Non. C'était du harcèlement. Mais on ne va pas revenir là-dessus pour l'instant. On verra bien pour la suite. Je vais chercher du boulot.

– En attendant, avec le mien et tes indemnités, on s'en sortira, tu verras.

– Tu es à Paris VIP Immo alors, maintenant ?

– Oui, j'ai commencé depuis trois semaines. Ça se passe bien. Rémi est super, il sait motiver les gens, donner l'envie ! Il me booste, comme à l'époque.

– C'est ton coach, quoi !

– Ne te moque pas, il est formidable.

– Tu as commencé il y a trois semaines ? C'est bien ce que tu as dit ?

– …

– En fait, tu avais accepté avant de nous le dire, non ?

– Oui, reconnaît Fabrice. Je suis désolé, mais c'était une telle opportunité… Je suis vraiment content de ce nouveau travail, tu sais.

Elle hoche la tête. Fabrice aussi a le droit de réaliser ses rêves. Elle a tenté sa chance à elle, ça a raté… Maintenant, elle doit le soutenir lui, c'est son tour d'avoir son opportunité.

Quand ils se couchent ce soir-là, même si cela lui fait drôle de partager à nouveau le lit de son mari, elle se sent un peu apaisée. Ils arrivent à parler. Ils parviendront sans doute à reconstruire quelque chose.

Même si le fait qu'aucun des deux ne touche l'autre dans le lit pose quand même de véritables questions.

Son esprit dérive vers Iban. Elle frissonne au souvenir de son regard. Elle a tellement envie de s'y replonger, tellement envie de revenir avant la révélation de Roxane. Mais c'est impossible et tout est fini.

Demain, elle ira voir sa mère. Françoise lui doit une explication depuis trop longtemps. Elle doit lui dire ce qui s'est passé avec leur maison, avec leur famille.

Comment tout cela est arrivé. Comment Iban s'est retrouvé en possession de Gure Etxea. Les questions sont trop nombreuses et trop douloureuses, elles bourdonnent dans sa tête. Gaëlle se tourne et se retourne, cherchant en vain le sommeil. Elle sait qu'elle ne le retrouvera que lorsqu'elle aura des réponses. À moins que celles-ci ne l'empêchent de dormir pour longtemps.

16

Gaëlle n'a pas le temps de sonner. Son père, qui l'a sans doute vue arriver par la fenêtre de la cuisine, lui ouvre la porte avant, en tablier, torchon à la main. Une bonne odeur de blanquette flotte dans l'air. Il lui a préparé son plat préféré. Ils s'embrassent.

– Comment ça va, ma fille ?

– Comme quelqu'un qui vient de vivre un échec monumental.

– C'est des abrutis chez *Homerama*. Ils ne te méritent pas. Tu trouveras mieux ailleurs.

Gaëlle ne peut s'empêcher de rire.

– Merci papa ! Où est maman ?

– Dans le salon. Ça fait au moins une heure qu'elle est plongée dans ses vieilles photos. C'est moi qui ai dû me coller à la cuisine, du coup, grommelle-t-il.

Gaëlle sourit. Elle sait que son père adore faire la cuisine.

– Vas-y donc, ajoute-t-il en lui désignant le salon avec son torchon.

Assise sur le canapé, Françoise est absorbée par la contemplation des photographies étalées sur la table basse. Elle n'entend pas Gaëlle arriver.

– Bonjour, maman.

Françoise lève les yeux, voit sa fille, sourit et se lève pour la prendre dans ses bras.

– Ah, ma grande, ça fait plaisir de te voir !

Gaëlle sent que sa mère est malgré tout tendue.

Elle lui demande des nouvelles des enfants, de Fabrice, tout en se tordant nerveusement les mains. Gaëlle aussi se sent agitée. Elle n'a pas beaucoup dormi. La tempête dans son cerveau ne se calme pas.

– Bon, dit-elle à sa mère, si on entrait dans le vif du sujet ? Ce serait fait.

– Bien d'accord, crie son père depuis la cuisine, comme ça, vous pourrez déguster ma blanquette sans poids sur l'estomac.

Françoise se rassoit sur le canapé, Gaëlle s'installe à côté d'elle.

– C'est dur pour moi, tu sais, dit Françoise à sa fille, d'une voix mal assurée. C'est dur de me replonger dans tout ça. Tu sais comme j'ai mal vécu la perte de la maison.

– Oui, je sais, répond doucement Gaëlle. Mais j'ai besoin de savoir, maman, parce que moi aussi je suis mal, là.

– Pourquoi ? demande Françoise en regardant sa fille dans les yeux.

– C'est un peu compliqué… Raconte-moi d'abord et je t'explique après.

– Bon !

Françoise prend une grande inspiration.

– Tout a commencé quand on a ouvert le testament de ton grand-père. Comme tu le sais, il s'est avéré que je n'étais pas la seule héritière, contrairement à ce que je pensais. Il y avait quelqu'un d'autre.

– Oui. Un proche de grand-père qu'on ne connaissait pas, c'est ce que tu m'avais dit.

– Oui... Ce que je ne t'ai pas dit, c'est que cet héritier inattendu, ce n'était pas n'importe qui. C'était un fils que mon père avait eu avec une autre femme.

Françoise s'arrête et regarde Gaëlle, qui ne cille pas.

– Tu n'es pas surprise. Tu le savais, n'est-ce pas ?

– J'ai passé sept mois à Saint-Jean-de-Luz, maman, j'ai beaucoup discuté avec André... Oui, je l'ai su, forcément. Pourquoi tu ne me l'as pas dit ?

– Ça a été un choc pour moi. J'en ai énormément voulu à mon père de ne m'avoir rien dit pendant toutes ces années. Et puis...

– Et puis ?

– Cet autre héritier, c'était un garçon. Michel, il s'appelait. Et je savais que ton grand-père avait toujours voulu un fils. Je t'ai déjà expliqué que ma mère n'a pas pu avoir d'autres enfants après moi parce que l'accouchement s'était mal passé...

– Oui, je me souviens.

– Alors, j'ai eu le sentiment que Bixente le choisissait lui, qu'il regrettait que ça n'ait pas été lui son enfant « légitime ».

Françoise cligne des yeux. Gaëlle a l'impression qu'elle retient ses larmes.

– Je suis désolée, maman...

– Tu n'y es pour rien. Ce fils, cet héritier, s'appelait donc Michel Sarda.

– Sarda ? Il portait le nom de grand-père ?

– Oui, mon père l'a reconnu, même s'il ne l'a pas

élevé. Je pense que ma mère ne lui a pas laissé le choix. Tu sais, pour toi, Madeleine est une gentille grand-mère, mais quand j'étais petite, c'était surtout une maîtresse femme. Je suis convaincue qu'elle tenait mon père par le club qu'elle finançait. Elle lui faisait sentir qu'il n'avait pas intérêt à bouger. Je pense qu'elle a dû savoir pour Michel. Ça expliquerait beaucoup de choses dans son comportement. Elle surveillait mon père tout le temps.

Elle sourit et prend sur la table une photo de Bixente âgé d'une quarantaine d'années, qui pose en maillot de bain et lunettes de soleil devant le club.

– Il était très bel homme, n'est-ce pas ? C'était l'époque de la gymnastique, du culte du corps. Mon père a commencé comme moniteur de plage, le plus beau et le plus musclé ! Et puis, il a rencontré ma mère. Ils se sont mariés et comme elle venait d'une famille très fortunée, elle lui a acheté le matériel. Elle a investi ! Son portique est aujourd'hui encore le plus grand et le plus complexe de la plage. Il y a eu tout de suite beaucoup d'inscriptions. Très vite, le club de Bixente a été le seul à afficher toujours complet. Il s'occupait bien des enfants.

Elle a un petit haussement d'épaules triste.

– Il a été d'autant plus peiné de n'avoir qu'une fille.

Gaëlle détourne son attention de ce sujet qui la rend amère.

– Et les mères de famille le trouvaient beau, aussi, non ?

– Ah oui !

– Ça aide à faire le plein, plaisante Gaëlle en pensant à Iban.

– Bien sûr. Et il aimait jouer de son charme. Il

avait une réputation de séducteur. Ma mère se montrait jalouse et possessive, l'ambiance à la maison était toujours extrêmement tendue. Elle le questionnait sans cesse sur son emploi du temps, sur ce que lui avait dit unetelle ou unetelle. Elle n'était jamais sereine. Si mon père rentrait plus tard que prévu, elle le harcelait pour savoir ce qu'il avait fait. Si c'était un jour de club, elle allait et venait jusqu'aux fenêtres de Gure Etxea pour tenter de l'apercevoir sur la plage. Souvent même, elle sortait et observait le club du haut de la jetée. Cela devait être usant, aussi bien pour elle que pour mon père, d'ailleurs. Et moi, je souffrais de plus en plus de cette tension permanente.

Gaëlle hoche la tête avec compassion.

– C'est pour ça que tu es partie de Saint-Jean-de-Luz si jeune ?

– Oh oui ! Dès que j'en ai eu l'occasion, après le bac, j'ai pris la poudre d'escampette. C'était tellement pesant…

– Mais grand-père trompait vraiment grand-mère ou il s'amusait juste ?

– Je ne saurais pas te dire… Vu comme elle le surveillait, je ne vois pas trop comment il aurait pu, mais les hommes ont de l'imagination pour ces choses-là.

– Eh, dites donc ! intervient le père de Gaëlle depuis la cuisine. Merci de ne pas généraliser, hein !

Elles rient.

– En tout cas, ce qui est sûr, c'est qu'il y en a eu une, reprend Françoise. La mère de Michel. Elle s'appelait Eugénie, c'était écrit dans le testament. Mais tu sais, je crois que ce n'était pas qu'une aventure. Je pense que ton grand-père l'a aimée et qu'il aurait aimé son fils aussi s'il avait pu. Les quelques mots qu'il a mis à leur sujet dans le testament m'ont fait mal au cœur.

– Tu te souviens de ce qu'il avait écrit ?

– Oui… Il disait qu'elle était toujours restée dans sa mémoire, que leur histoire était un de ses plus beaux souvenirs. Qu'il aurait voulu connaître et élever leur fils…

– Mais ce Michel, alors, tu l'as rencontré ?

– Non. En fait, il est mort juste avant Bixente. Je n'ai jamais pu le connaître et c'est son fils qui a reçu l'héritage à sa place.

– Son fils ?

– Oui. Un petit-fils Sarda ! Je ne l'ai pas rencontré non plus. Il a envoyé son notaire pour gérer la succession. C'est lui qui s'est montré si intraitable, qui a refusé de rester en indivision et a réclamé sa part, en sachant très bien qu'il me forçait à vendre la maison de mon enfance. Et après ça, il l'a rachetée.

La voix de Françoise tremble encore de rage, des années après.

– C'est triste quand même pour grand-père, dit doucement Gaëlle, avoir un fils et ne pas avoir pu le connaître…

– Le pire, c'est qu'ils allaient se rencontrer au moment où ils sont morts tous les deux.

– Ah bon ? Comment tu le sais ?

– J'ai retrouvé une lettre dans les affaires de ton grand-père quand j'ai vidé la maison. Une lettre de Michel.

– Tu l'as encore ? Je peux la voir ? s'exclame Gaëlle.

Françoise opine et lui tend l'enveloppe défraîchie. Elle vient des États-Unis. Gaëlle a un coup au cœur.

Elle pense à Iban qui a vécu là-bas avec ses parents. À l'intérieur, il y a une feuille pliée en quatre. Gaëlle la déplie et commence à lire.

Santa Cruz
Le 2 novembre 2001

Je ne sais pas comment commencer cette lettre. Comment vous appeler ?

Vous surgissez dans ma vie brutalement et je devrais accepter que j'aie un père après en avoir été amputé toute ma vie, et que celui-ci demande à me voir !

Vous m'avez reconnu à la naissance. Mais c'est bien peu. Certes, je porte votre nom.

Mais c'est ma mère et elle seule qui a été là pour moi.

Ma mère, cette femme courageuse qui multipliait les emplois pour que nous puissions vivre dignement. Ma mère qui est parvenue à mettre de l'argent de côté pour me permettre de faire des études. Ma mère qui a tenu tant qu'elle a pu avec un cœur de plus en plus faible.

Non seulement j'ai une estime sans limites pour elle, mais j'ai nourri une forte rancune à votre égard.

Qui était responsable de son dénuement ? Qui avait brisé son cœur ? Qui l'avait laissée seule avec un enfant à élever ? Vous.

Où étiez-vous lorsque j'ai dû faire face à sa maladie, puis à sa mort ? Où étiez-vous lorsqu'on m'a placé en famille d'accueil ? Ailleurs.

Vous me dites que c'est votre épouse qui s'est opposée à ce que je fasse partie de votre vie, que vous avez toujours pensé à moi, que vous avez toujours rêvé d'avoir un fils, ce que votre femme n'a jamais pu vous offrir. Vous me dites que vous avez souffert.

Que pensez-vous que j'ai ressenti, moi, quand, à l'âge de 20 ans, armé de mon seul courage, j'ai frappé à la porte de votre grande et belle demeure ? Que croyez-vous que j'ai ressenti lorsque votre femme m'a chassé comme un moins-que-rien, un malpropre, éructant que ma mère n'était qu'une putain qui couchait avec tous les hommes du coin, que je n'étais qu'un bâtard dont on ne saurait jamais vraiment qui était le père ? Quand elle m'a jeté de son ton le plus méprisant que vous n'aviez jamais eu envie de me connaître et que ça ne changerait pas ? Quand elle m'a craché, pour finir, que si j'étais venu pour l'argent, je n'aurais rien ?

Pour l'argent… moi qui voulais juste une famille. Aujourd'hui, cette famille, je me la suis construite, tout seul, avec ma femme, mon fils.

Elle est tout pour moi.

Qu'ai-je à faire de vous ?

Évidemment, je suis troublé, ému par votre récit.

Mais je reste sur la défensive et ma colère ne peut pas s'évaporer par la seule force de quelques feuillets couverts de votre écriture.

Que dois-je faire aujourd'hui ?

Est-ce que je piétine votre douleur comme votre femme l'a fait avec la mienne ?

Ou bien je vous entrouvre la porte ?

« Il faut avancer. » C'est ce que me disait la femme que vous dites avoir tant aimée.

Et c'est ce que je m'efforce de faire depuis sa mort.

Si elle était encore là, elle voudrait que je vous offre une chance.

Alors, je vais essayer pour elle.

Je ne peux rien vous promettre, mais j'accepte de vous rencontrer.

Je dois prendre un avion pour la France dans une semaine pour affaires. Je viendrai vous voir.
Michel

Gaëlle se lève, les joues baignées de larmes. Elle fait un signe à sa mère pour demander un instant de répit. Puis elle ouvre la porte-fenêtre et va s'asseoir dans le jardin. Elle regarde autour d'elle la pelouse familière parsemée de pâquerettes. Elle se sent nauséeuse. Cette lettre est terriblement triste. L'histoire d'Eugénie et de Michel la bouleverse. Et elle découvre ses grands-parents sous un jour nouveau. Bixente, soumis et malheureux. Madeleine blessée et méchante.

Elle a voulu savoir, maintenant elle sait. Mais comme le prix de la connaissance est amer et laid !

Elle ferme les yeux et tente de toutes ses forces de se raccrocher à ses souvenirs d'enfance, au sourire tendre de Bixente derrière ses lunettes de soleil, à la main légère que Madeleine passait dans ses cheveux quand elle prenait son goûter sur la grande table de la cuisine. Elle revoit la fête pour leurs quarante ans de mariage, du temps de son adolescence, le diamant que Bixente a offert à Madeleine, leurs mains jointes sur la nappe brodée, tandis que l'assistance entonnait un chant basque pour fêter leurs quatre décennies d'amour. Comme il est difficile d'imaginer maintenant que leur couple reposait sur le chantage à l'argent de l'une et la peur de tout perdre de l'autre.

Non, se dit-elle en secouant la tête, *ce n'est pas possible, forcément avec les années, ils ont appris à s'aimer à nouveau, à passer par-dessus tous ces déchirements. Ils ont vieilli, se sont adoucis.*

Et pourtant. Bixente a repris contact avec Michel après la mort de Madeleine. Toute sa vie, bien qu'à ses côtés, il a pensé à Eugénie, à Michel, et il a souffert de leur absence. Et il est mort quelques jours après Michel, alors qu'ils s'apprêtaient à se retrouver. N'est-ce pas cela qui l'a tué ? Avoir cru retrouver son fils et le perdre à nouveau ? Elle essuie rageusement les larmes qui se sont remises à couler.

Il y a autre chose. La lettre vient des États-Unis. Michel parle de son fils. Elle se met à trembler malgré elle.

Et si Iban était le fils de Michel ? Elle se sent mal soudain. *Il serait mon cousin.*

Le goût de son baiser surgit dans sa mémoire. Elle enfouit son visage dans ses mains. Ses neurones fonctionnent à plein régime, cherchant à démentir cette possibilité. Soudain, la lumière se fait dans son esprit. L'évidence lui apparaît. Le fils de Michel s'appelle Sarda. Iban s'appelle Larrano. Il a peut-être un lien avec Michel, mais il n'est pas son fils. Elle ressent un grand soulagement et se redresse, le visage vers le ciel.

– Mais qu'est-ce qui t'arrive Gaëlle ? crie son père de la fenêtre du salon. Tu es toute blanche. Tu te sens bien ?

Elle s'oblige à prendre une expression neutre. Elle ne veut surtout pas inquiéter ses parents.

– J'arrive, papa. Je dois avoir un peu faim.

– Je sais que tu n'as jamais pu résister à notre blanquette, alors à table ma grande. Ta mère t'attend.

Pendant le repas, Gaëlle essaie de savourer sa blanquette et de participer à la conversation, mais une seule chose l'obsède : comprendre qui est Iban. Une personne saurait l'aider : André. Il connaît bien Iban, il en sait certainement beaucoup plus qu'il ne lui en a dit. Cette fois, elle ne va pas le laisser se défiler. Elle a besoin de réponses claires. Elle ne traîne pas chez ses parents à la fin du déjeuner. Elle les sent déçus de la voir repartir aussi vite, mais elle ne peut plus attendre. Quand elle remonte en voiture, Françoise et Pascal lui font, comme d'habitude, de grands signes d'au revoir jusqu'à ce qu'elle tourne au coin de la rue. Elle répond en agitant sa main par la fenêtre puis, dès qu'ils ont disparu de son rétroviseur, elle se gare brutalement et sort son téléphone.

– Allô, Gaëlle ? dit la voix lointaine d'André.

Sa voix chaleureuse, remplie de Sud, de soleil, de sable, de tous ces moments partagés au club et au restaurant d'Iban, lors de la compétition de surf de Lola ou juste assis sur la plage. Elle a envie de pleurer à nouveau.

– André.

– Comment ça va, pitchoune ? demande-t-il gravement.

– J'ai besoin que tu m'aides, André. J'ai besoin de voir clair dans toute cette histoire autour de la succession de grand-père. Jusqu'à maintenant, tu n'as pas voulu trahir Bixente. Ou Iban. Mais moi, alors ? Je ne compte pas ?

– Ne dis pas ça, Gaëlle. Tu comptes, tu le sais bien. D'ailleurs, depuis que tu es partie, j'ai le blues.

Gaëlle ne se laisse pas dévier de sa route.

– Moi aussi, André. Ici, il fait gris et moche et je suis perdue. Aide-moi. Raconte-moi ce que tu sais sur Iban.

17

Après un instant d'hésitation, Gaëlle lâche l'enveloppe et la laisse tomber dans la boîte aux lettres jaune de la Poste de Gagny. Les dés sont jetés. Elle ne peut plus les rattraper. Elle n'a mis dans l'enveloppe que la photocopie de la lettre de Michel, que sa mère a bien voulu lui confier. Elle espère qu'Iban y trouvera des réponses et surtout de quoi apaiser sa colère ancienne. Ils ne se reverront certainement pas, en tout cas pas avant longtemps, elle peut bien faire ça pour lui. Non qu'elle ait encore des sentiments pour lui, se défend-elle intérieurement. Mais elle est la seule à avoir en sa possession de quoi apaiser, au moins un peu, peut-être, ses démons. Il a essayé de la joindre plusieurs fois sur son téléphone ces derniers jours. Elle n'a pas répondu et ne compte pas lui répondre à l'avenir. Elle n'en a pas le courage. Il faut qu'elle l'oublie. Cette lettre sera leur unique et dernier contact. Elle a répété à André ce que Roxane lui a dit et il n'a pu que confirmer.

***

– Oui, Gaëlle, Iban possède Gure Etxea.

– Ce n'est pas possible, comment a-t-il pu…

– Attends ! Tu m'as demandé de te dire ce que je sais, alors, écoute-moi, s'il te plaît.

Un silence plane sur la ligne téléphonique. André attend le signal pour démarrer son récit.

– Je t'écoute, dit Gaëlle d'une petite voix.

– Iban est le fils de Michel.

Gaëlle se mord la lèvre, ferme les yeux et pose le front sur son volant. Les mots d'André lui font perdre pied complètement. Ce qu'elle craignait, ce qu'elle n'a pas voulu croire, se réalise. Iban est bien le fils de Michel. Ils sont, elle et lui, de la même famille. Elle se redresse brutalement et serre son téléphone portable contre son oreille en expirant tout l'air qu'elle a bloqué dans ses poumons.

– Son fils ? répète-t-elle dans un souffle.

André ne semble pas se rendre compte de l'impact de ses paroles sur Gaëlle. Il enfonce le clou.

– Oui, son fils. Sa mère est américaine. Michel est parti vivre aux États-Unis et a rencontré Virginia là-bas.

Gaëlle doit reprendre ses esprits pour poursuivre la discussion avec André. Elle doit comprendre pour la maison.

– Il a donc hérité de la part de Michel, de la moitié de notre maison ?

– Oui, Gaëlle. C'est bien ça.

– Maman m'a dit qu'il avait refusé les compromis et même de la rencontrer. Pourquoi un tel comportement ? On dirait qu'il nous déteste. Nous ne sommes pas responsables de tout ce drame !

– Iban non plus n'est pas responsable, Gaëlle. On évoque souvent les dommages collatéraux dans les conflits et c'est ce qui s'est passé. Finalement, et je suis désolé que tu entendes cela, c'est Madeleine qui a fait le plus de mal dans cette histoire. Les retrouvailles auraient pu avoir lieu plus tôt, malheureusement c'est elle qui a ouvert la porte de Gure Etxea ce triste jour où Michel est venu jusqu'à Saint-Jean-de-Luz.

– Tu es au courant de cela ? Je viens de l'apprendre par une lettre que ma mère a retrouvée dans les affaires de Bixente. C'est vrai que c'est affreux…

– Il était tellement empli d'espoir en arrivant devant cette maison. Il espérait trouver un père et il a été traité comme un voyou, un mercenaire cherchant de l'argent facile. Il a été terriblement blessé et il s'est juré de réussir et de gagner plus d'argent qu'il n'en faudrait pour acheter dix fois Gure Etxea. D'où sa décision de quitter la France et de tenter sa chance de l'autre côté de l'Atlantique.

André semble impliqué. Il veut vraiment défendre Iban et Michel. Montrer à Gaëlle comme tout cela a été difficile.

– C'est Iban qui m'a parlé de tout ça. Il est venu s'installer ici après la mort de ses parents, il a ouvert son restaurant. C'était il y a plus de quinze ans maintenant. Il était jeune, seul et perdu. On a sympathisé. Il m'a expliqué pourquoi il était venu en France. J'ai appris à le connaître depuis tout ce temps. C'est un chic type. Mais il a toujours eu mal pour son père, de savoir qu'il s'était fait rejeter aussi violemment par sa famille. C'était resté une souffrance pour Michel. Toute sa vie, ça l'est resté, malgré l'empire qu'il a construit et malgré le bonheur qu'il a trouvé avec sa femme et son fils. Et pour ça, Iban en voulait à ta famille.

Une question taraude encore Gaëlle.

– Et cette histoire de patronyme ? Pourquoi Iban dit s'appeler Larrano ?

– Mais c'est son nom, Gaëlle. Enfin, c'est celui de sa mère. Virginia était latino-américaine.

– Et pourquoi porte-t-il le nom de sa mère et pas celui de son père ?

Au moment où elle pose la question, la réponse lui apparaît d'elle-même et elle devine ce qu'André va lui dire.

– Iban a pris le nom de sa mère après la mort de ses parents. Il m'a expliqué qu'il n'aurait pas osé le faire du vivant de son père, de peur de le blesser. Mais qu'il en a toujours eu envie. Du moins depuis qu'il a été en âge de ressentir de la rancœur contre les Sarda.

– C'est une décision très… violente.

– Il ne voulait plus rien à voir avec cette famille, disait-il.

– Je ne sais pas quoi dire André. J'essaie de me mettre à sa place, mais ce n'est pas facile pour moi.

– Refuser l'indivision et obliger ta mère à vendre Gure Etxea était sa façon de rendre justice à Michel. Cette maison est devenue l'instrument de sa vengeance. Le moyen de faire du mal aux Sarda.

– Il faut croire que nous obliger à vendre ne lui a pas suffi, puisqu'il a fallu ensuite qu'il rachète notre maison. Et tout ça pour ne même pas y vivre. C'est pitoyable. Dépenser autant d'argent juste pour faire du tort.

– L'argent n'est pas vraiment un problème pour lui, il est propriétaire de la franchise LW depuis la mort de ses parents. Mais ne sois pas si dure avec lui, Gaëlle. Tu as vu comme il est renfermé et sauvage. C'est un homme blessé.

Gaëlle ne parvient pas à ressentir autre chose que de la colère envers Iban. Elle en devient presque méchante.

– Il doit être content aujourd'hui. La dernière Sarda a quitté définitivement Saint-Jean-de-Luz. Il a réussi à nous raser de la ville.

– Détrompe-toi, ma pitchoune. C'est une chose d'être en colère contre une famille qu'on n'a jamais connue. Ce n'est pas la même chanson quand on connaît et apprécie la personne.

Malgré elle, Gaëlle sent son cœur battre plus vite.

– Je ne devrais certainement pas te le dire, poursuit André, mais ton départ l'a beaucoup affecté.

– Ah oui ! rétorque-t-elle sèchement.

– Il parle souvent de Tom et de Lola aussi. Je pense qu'il aimerait avoir des nouvelles.

– Eh bien, rappelle-lui que mes enfants ont du sang de Sarda dans les veines. Cela devrait lui permettre de les oublier.

Elle clôt le sujet et demande ensuite à André des nouvelles de sa santé et du club. Il lui assure que tout va bien, mais ne peut pas lui jurer qu'il se repose.

Quand Gaëlle raccroche, la colère qu'elle ressentait envers Iban s'est peu à peu calmée. Il s'est conduit de manière cruelle envers sa famille, mais comment ne pas comprendre la souffrance qui est la sienne ?

Après quelques jours de réflexion, elle décide de lui envoyer la lettre retrouvée par Françoise. Il verra que Bixente a aimé Michel, même s'il l'a aimé mal et de loin. Peut-être que cela l'aidera.

***

De toute façon, que puis-je faire de plus ? soupire-t-elle en s'éloignant de la Poste.

Ils sont cousins. Il n'y aura jamais rien entre eux, même si Fabrice et elle finissent par se séparer – une éventualité qui lui semble de moins en moins fantaisiste. Peut-être qu'un jour, plus tard, ils pourront se retrouver autour d'un verre et évoquer leur famille. Mais ce n'est pas pour tout de suite.

Elle allonge le pas. La vie doit reprendre. Il faut qu'elle retrouve un travail, qu'elle avance. L'agence Pôle Emploi la plus proche se trouve à Clichy-sous-Bois, à quatre kilomètres de l'appartement. Elle n'a pas rendez-vous avant trois jours avec un conseiller, mais on lui a vivement suggéré au téléphone de venir consulter les offres d'emploi sur place. Fabrice lui demande chaque soir si elle a une piste pour un nouveau boulot. Il la stresse. Pour ne rien arranger, à la maison, l'ambiance reste lourde. Lola ne sort de sa chambre que pour aller jusqu'au frigo. À l'heure des repas, elle dit ne pas avoir faim, mais dès que la voie est libre, elle se faufile pour se ravitailler et repart aussi sec se réfugier dans sa tanière. Elle ne quitte jamais son tee-shirt et son short LW qu'elle a achetés avant son départ, comme pour emporter le maximum de Saint-Jean-de-Luz avec elle. Elle porte également en permanence un nouveau bracelet, fait de lacets en cuir ocre et de petites perles dorées, qu'elle touche souvent, l'air songeur. Il n'est pas difficile d'imaginer qui lui en a fait cadeau.

Au début, Gaëlle a tenté de dialoguer avec sa fille, lui assurant qu'elle comprenait que la situation était difficile et qu'elle s'en voulait de lui imposer tout ça, mais Lola ne desserrait pas la mâchoire. Elle refuse aussi de reprendre contact avec ses anciens amis, prétextant qu'elle a trop honte de revenir à Gagny, alors qu'elle a dit à tous qu'elle était au paradis et que sa nouvelle vie au soleil était « juste géniale ». La seule personne avec qui elle discute des heures, c'est Zacharie, sur Skype.

Tom commence lui aussi à s'ennuyer ferme. Sa sœur l'ignore, son père rentre vers vingt et une heures de son agence et Gaëlle, même si elle essaie de faire bonne figure, est préoccupée et triste. Lui qui a pris l'habitude de passer ses journées en extérieur, à se dépenser physiquement, tourne comme un lion en cage dans l'appartement, coincé entre le salon et sa chambre.

Ce soir, Tom et Lola partent pour trois jours chez leurs grands-parents. Gaëlle a décidé que cela leur ferait du bien à tous. Et puis, Françoise les réclame. Ils lui ont manqué ces derniers mois. Ils leur doivent bien un petit séjour en sa compagnie. C'est ce que Gaëlle a dit à ses enfants pour les amadouer. Tom avait envie de rester avec son père, mais Lola lui a lâché :

– Tu vois bien qu'il rentre au moment où tu vas dormir !

– Ne t'inquiète pas, l'a rassuré Gaëlle, vous rentrerez avant le week-end, comme ça, tu profiteras de papa les jours où il sera là !

Le petit garçon s'est laissé convaincre. Quant à Lola, elle râle pour tout, alors un peu plus ou un peu moins…

En réalité, Gaëlle a surtout besoin d'être seule pour faire le point sur sa vie. Elle se retrouve une fois de plus au bord du plongeoir. La dernière fois qu'elle a sauté, cela ne lui a pas réussi : un déménagement inutile, un boulot perdu et un couple en danger. Elle n'a plus le droit à l'erreur, ne serait-ce que pour ses enfants.

Gaëlle tourne le coin de la rue et aperçoit l'enseigne blanc et bleu de Pôle Emploi. Devant elle marche un homme grand et chauve, aux épaules larges. Il va vite comme s'il avait quelque chose d'urgent à faire. Il entre devant elle dans l'agence, ne s'apercevant même pas que quelqu'un le suit, et il laisse la porte vitrée se rabattre sur Gaëlle. Elle recule vivement pour éviter de se faire écraser le nez par la vitre.

Ça commence bien ! songe-t-elle.

Elle inspire fortement et pénètre à son tour dans l'agence, bien déterminée à repartir avec des pistes concrètes. Elle observe les différentes personnes qui se trouvent là, pour tenter de comprendre ce qu'elle doit faire. Le grand chauve attrape un ticket qui dépasse d'un boîtier gris. Elle fait de même sans réfléchir. Le petit papier indique le numéro cinquante-six. Elle lève le nez. Un écran affiche le numéro quarante-deux. Elle devra visiblement attendre un certain temps avant que ce soit son tour. Elle décide donc de poursuivre sa visite du lieu en s'inspirant de son guide involontaire, le grand chauve. Il s'est placé devant un ordinateur et semble particulièrement concentré sur ce qu'il lit. Elle passe derrière lui lentement pour apercevoir son écran. Il fait défiler des lignes en maugréant. Parfois, il tape rageusement sur les touches du clavier. Il n'a vraiment pas l'air content ni d'être là, ni de ce qu'il découvre sur son ordinateur. Gaëlle prend place près de lui et commence à naviguer sur le site de Pôle Emploi. Elle se demande bien pourquoi la personne qu'elle a eue en ligne l'a encouragée à venir ici, alors que le site est accessible de chez elle aussi. Mais puisqu'elle est là, elle décide de jeter un œil en attendant que son numéro s'affiche sur l'écran de l'accueil.

Elle inscrit vendeuse à Gagny, mais elle ne se fait

pas trop d'illusions. Les offres d'emploi s'affichent. Vendeuse en charcuterie, vendeuse en hypermarché, vendeuse en téléphonie. Gaëlle sent sa détermination s'effilocher peu à peu. Le grand chauve ronchonne. Gaëlle ose lui parler malgré tout.

– Bonjour. Dites-moi, ce ticket, il sert à quoi au juste ?

L'homme l'observe comme si elle tombait d'une autre planète.

– Ben, c'est pour les offres.

– Les offres qui sont là ? Sur le site de Pôle Emploi ?

– Ben, oui.

Il se remet à taper sur son clavier, pensant probablement que sa réponse lapidaire est suffisante. Mais Gaëlle n'a rien compris et ne renonce pas. Elle montre du doigt son écran et demande :

– Par exemple, cette offre-là, elle peut être intéressante, donc je fais quoi ?

Excédé, le chauve attrape la souris de la main de Gaëlle.

– Ben, tu cliques ici, sur employeur. Et tu vois quoi ?

– Rien ! Un code ?

– Et donc qu'est-ce que tu fais avec ce code ? Tu lui envoies ton CV… au code !

Gaëlle essaie de traduire le langage de l'homme, qui visiblement n'a pas de temps à perdre en pédagogie inutile.

– Ah ! Ce code est mis à la place de l'adresse de l'employeur, c'est ça ? On ne peut pas la voir directement ?

– Ben, oui. Tu crois pas qu'ils vont te donner tous les renseignements sur le site. Sont pas fous. Donc, quand ce sera ton tour, ajoute-t-il en tapotant le ticket, tu pourras savoir d'où vient cette offre. Et t'auras attendu trois plombes pour te rendre compte que c'est une boîte qui est à cinquante bornes de chez toi ou que tu as déjà postulé dix fois sans jamais être embauchée. Résultat, t'auras perdu ta matinée. C'est bon ?

– Oui, merci. C'est bon, j'ai compris. Désolée de vous avoir dérangé.

Il bougonne un « pas grave » pas très convaincant. Gaëlle reprend la souris de son ordinateur et fait défiler des pages et des pages d'offres. Parfois, elle note une référence au verso d'une vieille liste de courses qu'elle a retrouvée dans son sac à main.

Quelqu'un s'installe sur la droite de Gaëlle. Elle regarde à la dérobée. C'est un barbu, assez jeune, qui porte une veste en jean. Il ressemble vaguement à Matthieu Lefort, son ancien amoureux du club, qui n'obtiendra finalement jamais ce fameux café qu'il réclamait tant. Il a dû demander pourquoi il ne la voyait plus travailler sur la plage. Elle espère même qu'il s'est adressé à Iban, histoire de le faire enrager un peu. Un souvenir précis s'impose soudain à elle : Iban, agenouillé devant un enfant du club, lui expliquant avec fermeté et patience qu'il ne peut pas utiliser le trampoline indéfiniment et qu'il doit parfois laisser sa place aux autres qui attendent leur tour. Gaëlle a observé sa nuque bronzée, ses mèches blondes qu'il a coincées derrière son oreille où est planté un petit anneau argenté. Elle a eu tellement envie de le toucher, de caresser ses cheveux dorés, de laisser ses doigts courir sur sa peau cuivrée. Il la bouleversait et pas seulement à cause de sa beauté. Il y avait en lui un mélange de virilité et de douceur qui l'atteignait en plein cœur. Ce jour-là, ensuite, il s'est retourné vers elle et a plongé ses yeux dans les siens, lui faisant, comme à chaque fois, perdre tous ses moyens. Elle ferme les yeux un instant, écrasée par l'envie de retrouver cette sensation. Elle est en manque de lui jusqu'au vertige. Elle laisse, quelques secondes encore, les images d'Iban passer et repasser dans sa tête. Cet homme avec qui tout aurait pu être différent, qui l'a trahie et qui, pour finir, est son cousin. La vie est vraiment d'une ironie sans bornes, parfois.

Soudain, elle est tirée de sa rêverie par une voix masculine. Elle ouvre les yeux et découvre près d'elle le visage de l'homme barbu, qui la regarde avec l'air d'attendre une réponse.

– Vous me disiez quelque chose ? demande-t-elle, confuse. Excusez-moi, j'étais concentrée sur les offres d'emploi.

Il répète un peu plus fort, comme si elle était sourde.

– Je vous demandais si ça vous disait d'aller prendre un café avec moi, histoire de décompresser un peu.

Gaëlle sent un rire nerveux la gagner. Elle ouvre la bouche pour répondre, puis s'interrompt. L'homme attend toujours, un sourire qu'il veut engageant sur les lèvres. Elle fait non de la tête, se lève lentement, glisse son sac à main sur son épaule et sort de l'agence au moment où le numéro cinquante-six s'affiche.

18

Fabrice finit son petit-déjeuner au vol, empoigne sa veste et dépose un baiser sur la joue de Gaëlle en passant.

– À ce soir !

Elle n'a pas le temps de répondre, la porte a déjà claqué. Dire qu'elle comptait sur ces quelques jours sans les enfants pour essayer de se rapprocher de Fabrice… Elle a décidé qu'elle essaierait de sauver son couple, pour qu'ils puissent reformer une famille unie, même si elle n'est plus amoureuse de son mari. Mais force est de constater que Fabrice n'est pas du tout réceptif. Quand il rentre le soir, il commence par lui demander un compte rendu de sa recherche d'emploi puis, répondant à ses questions, lui raconte sa journée à l'agence. Les clients sont très fortunés et il faut se plier en quatre pour les satisfaire. C'est parfois ingrat. Heureusement, dit-il, il y a Rémi, qui est toujours là pour le soutenir et sait si bien s'y prendre avec cette clientèle exigeante.

Une fois le dîner terminé, ils font la vaisselle ensemble en parlant de choses et d'autres, après quoi ils appellent les enfants chez les parents de Gaëlle. Tom parle toujours longuement à Fabrice, lequel, écoutant d'une oreille les longs monologues de son fils, feuillette *L'Équipe* en même temps.

Au moment d'aller se coucher, Gaëlle se love contre son mari, mais il est toujours fatigué ou il a mal à la tête, ou froid aux pieds… Tout est bon pour l'éloigner. Elle commence vraiment à se demander pourquoi il voulait qu'elle rentre. Elle finit de débarrasser la table du petit-déjeuner et passe un coup de balai. Elle a enfin son rendez-vous à Pôle Emploi ce matin. Elle espère que le conseiller pourra l'aider à retrouver vite quelque chose. Dans les luminaires, ce ne sera pas évident. Mais si ça pouvait lui plaire au moins un peu, ce serait bien. Elle a quasiment fini de se préparer quand on sonne à la porte de l'appartement. Elle va entrouvrir la porte en laissant la chaînette de sécurité. Elle peste intérieurement, comme à chaque fois que quelqu'un sonne, contre l'absence d'œilleton.

– Oui ? demande-t-elle en tirant la porte de quelques centimètres.

Puis, elle relève les yeux et reste figée sur place. Il est là, sur son seuil. En jean et chemise, les mains dans les poches, ses boucles blondes attachées dans ce chignon masculin qu'elle aime tant et ses yeux… Ses yeux qui plongent instantanément dans les siens, la faisant frissonner.

– Qu'est-ce… Qu'est-ce que tu fais là ? bafouille-t-elle.

– Tu ne répondais pas à mes appels, répond-il d'un ton qui se veut léger, mais elle perçoit la tension dans sa voix. Je voulais te remercier. J'ai reçu ta lettre.

– Et tu as fait tout ce chemin pour ça ?

– Je peux entrer ? rétorque-t-il. Ou on va discuter de part et d'autre d'une chaîne tout le long ?

– Oui, bien sûr, entre.

Elle repousse la porte pour défaire la chaîne. Elle a du mal à l'enlever, ses doigts tremblent. Elle y parvient finalement et ouvre en grand. Il s'approche pour entrer. Elle a la tête qui tourne de le revoir enfin, si proche. Son corps frôle le sien en passant. Elle hume son parfum délicieux. Elle a une violente envie de le toucher.

Ton cousin, se dit-elle pour se reprendre, *c'est ton cousin.*

Il la suit dans le salon en regardant autour de lui.

– Alors, c'est ici que tu vis ?

– Oui.

– Ça te plaît ?

– Oui, pourquoi ? réplique-t-elle un peu sèchement, sur la défensive.

– Oh, pour rien, dit-il en haussant les épaules, puis il se dirige vers une fenêtre et regarde dehors. Moi, je ne pourrais pas, c'est tout.

Moi non plus, répond-elle en son for intérieur.

Mais elle ne le lui avouera pas. Il se retourne lentement vers elle et la regarde sans rien dire, les mains toujours dans les poches. Le cœur de Gaëlle s'affole. Elle sent l'électricité dans l'air entre eux. C'est dangereux de rester ainsi, seuls dans cette pièce, à se fixer sans rien dire.

– Tu veux un café ? demande-t-elle, ne pouvant empêcher sa voix de sonner éraillée.

Il continue de la dévisager en restant debout.

– Je suis désolé de t'avoir menti, dit-il finalement, de but en blanc.

– Ah oui ? grince-t-elle.

– Oui, vraiment, Gaëlle. J'aurais voulu que ça se passe autrement.

– Personne ne t'a obligé à mentir.

– Au début, je ne savais pas qui tu étais.

– Mais après, tu l'as su.

– C'était trop tard pour te le dire.

– Je ne vois pas pourquoi.

Il soupire et se passe une main nerveuse dans les cheveux.

– Tu me laisses t'expliquer ?

Elle bat en retraite et hoche la tête. Il est beau à se damner. Elle donnerait n'importe quoi pour poser ses lèvres sur les siennes et revivre leur unique baiser.

– Ta famille, pour moi, c'est le mal, Gaëlle, depuis que je suis petit. Mon père a tellement souffert à cause d'eux. Jamais il ne s'est remis d'avoir été rejeté par Madeleine. Et, croyait-il à l'époque, par Bixente. Maintenant je sais, grâce à la lettre que tu m'as envoyée, qu'avant de mourir, il a su que son père l'aimait. C'est un beau cadeau que tu m'as fait là.

Elle acquiesce sans rien dire, les lèvres pincées.

– Quand nous nous sommes rencontrés, je ne savais pas que tu étais une Sarda. Tu m'as plu tout de suite, Gaëlle. Dès ce premier jour où tu m'as traité d'abruti, dit-il avec un sourire en coin, en quittant la fenêtre et marchant vers elle, ses yeux toujours rivés aux siens.

– Tu m'as entendue ! s'exclame-t-elle, gênée.

– Eh, oui. Au moins, j'ai su tout de suite pour ton fichu caractère.

Il s'arrête juste devant elle. Il lui sourit et elle ne peut se retenir de lui sourire en retour. Il est trop près.

À portée de ses doigts. Les yeux de Gaëlle s'égarent sur le menton volontaire d'Iban, sur sa chemise entrouverte.

Ton cousin.

– Quand tu m'as dit que ton grand-père était Bixente, ce soir où on s'est vus à l'*Alegría*, j'ai été sonné. C'est moi qui t'ai pris la maison de ta famille, pour venger mon père. Si je t'avais dit qui j'étais, tu m'aurais haï. Et j'avais trop envie de te connaître pour prendre ce risque. J'ai été lâche, je l'avoue. Mais ça valait le coup, chuchote-t-il presque en tendant la main vers sa joue, qu'il effleure de sa paume.

Elle ferme les yeux une seconde, prise de vertige, et les rouvre aussitôt.

– Et plus on a passé de temps ensemble, continue-t-il, plus tu me plaisais. J'étais coincé. Je craignais le jour où tu apprendrais la vérité, parce qu'il était fatal que tu l'apprennes un jour.

Il se penche vers elle.

– Je regrette, Gaëlle. Pardonne-moi de t'avoir menti.

– Mais…, dit-elle en essayant de respirer, la poitrine oppressée, tes regrets ou mon pardon ne changeront rien au fait que je suis une Sarda.

– Gaëlle, je détestais ta famille pour ce qu'elle représentait pour mon père. Mais toi, depuis le jour où je t'ai vue, je ne te déteste pas, je ne t'ai jamais détestée, je ne le pourrai jamais. C'est même l'inverse…

Il se penche encore, jusqu'à ce que leurs visages se touchent, et sa bouche effleure celle de Gaëlle. Elle sursaute et s'oblige à le repousser même si elle doit se faire violence pour cela. Son cœur bat à toute allure, elle a le souffle court. Elle essaie désespérément de rassembler ses esprits.

– Ce n'est pas ce que je voulais dire, souffle-t-elle. Je voulais dire que je suis une Sarda et toi aussi. Nous sommes cousins, Iban.

Il la regarde un instant, les yeux ronds, puis rit.

– Ah, ainsi, c'est ce que tu crois ! Mais non, Gaëlle, nous n'avons pas le même sang. Je suis le fils de Michel, oui, mais son fils adoptif. Il a rencontré ma mère alors qu'elle avait 17 ans et était enceinte de son petit ami, qui l'avait abandonnée dès qu'il avait su qu'elle attendait un bébé. Ils sont tombés amoureux et Michel m'a adopté quand je suis né.

Il lui adresse un regard en biais.

– Sans doute pour que je ne vive pas la même chose que lui avait vécue avec Bixente.

Elle grimace.

– Oui, j'imagine…

Il est si près qu'elle sent contre son tee-shirt le tissu doux de sa chemise.

– Michel a été mon père pendant toutes ces années. Pour moi, il est mon père, mon vrai père, je n'en ai pas connu d'autre et il m'a aimé comme son fils. Nous avons vécu heureux toutes ces années à Santa Cruz. Mes parents ont créé leur marque de surf…

– LW…

– Oui… Ils ont développé des magasins aux États-Unis, puis quelques-uns en France, dont un à Saint-Jean-de-Luz, tu devines pourquoi.

Gaëlle opine, sans pouvoir résister plus longtemps à la tentation de jouer avec un des boutons de sa chemise. Il baisse les yeux sur ses doigts, puis les relève et la regarde avec un éclat nouveau au fond des pupilles.

– Gaëlle…, murmure-t-il.

– Pourquoi es-tu venu vivre à Saint-Jean-de-Luz ? demande-t-elle sur le même ton.

– Après la mort de mes parents, j'avais besoin de partir de Santa Cruz. Trop de souvenirs, ça faisait mal. J'ai eu envie de connaître le pays de mon père, la ville d'origine de sa famille. En plus, il y avait un magasin *LW* à Saint-Jean-de-Luz. Et des spots de surf.

– Oui, sourit-elle, il fallait surtout ça, tu ne peux pas vivre sans surfer, pas vrai ?

– C'est vrai…, admet-il à voix basse, ses lèvres presque contre celles de Gaëlle, les épaules tendues. Mais il y a autre chose sans quoi je ne peux plus vivre, maintenant.

– Ah oui ? Quoi donc ?

– Viens avec moi à Saint-Jean-de-Luz, Gaëlle.

Elle ferme les yeux pour savourer ces mots. Elle a envie de pleurer tant l'émotion qu'elle ressent est forte.

– Reviens, reprend-il, tu me manques. Et à André. Et à Érica. Et à Roxane.

Elle éclate de rire.

– Ah non, là, je ne te crois pas !

Il rit aussi.

– Non, effectivement, ça, ce n'était pas tout à fait vrai !

Ils se regardent. Leurs rires s'arrêtent. Les yeux d'Iban envoient des éclairs de désir. Gaëlle a l'impression de se liquéfier sous son regard. Il se penche à nouveau sur elle, lentement, sans la quitter des yeux. Alors qu'il s'arrête à quelques millimètres de sa bouche, elle comble le faible espace qui les sépare encore et se jette sur ses lèvres.

Elle laisse échapper un gémissement en retrouvant la douceur et la chaleur de sa bouche, telles qu'elle s'en souvenait. Comment a-t-elle pu s'en passer depuis leur premier baiser ? Elle s'agrippe à sa chemise. Leur baiser se fait de plus en plus intense. Iban la serre contre lui à l'en écraser, mais c'est si bon. Il passe sa main sous le tee-shirt de Gaëlle et elle commence à défaire les boutons de sa chemise. Elle a beau se dire qu'elle est dans l'appartement où elle vit avec Fabrice, son mari, elle est incapable de s'empêcher de continuer leur étreinte.

Enfin, elle a accès à sa peau, si suave, si bronzée, et aux muscles qui roulent dessous. Elle parcourt son torse de ses mains tandis qu'ils s'embrassent toujours, enivrée par la douceur et l'odeur de sa peau.

Il avance sur elle et la pousse jusqu'au mur du couloir contre lequel il la plaque, appuyant son corps contre le sien. À son tour, il entreprend de la déshabiller, impatiemment. Gaëlle ne voit plus rien en dehors de lui. Il occupe tout l'espace, il est tout ce qu'elle veut. Elle frissonne sous son corps, grisée à son parfum, noyée dans ses yeux. Elle n'a jamais désiré comme elle le désire lui. C'en est presque douloureux.

Elle se serre plus fort contre lui, à ne plus pouvoir en respirer. Et pourtant, il lui semble qu'elle respire pour la première fois depuis des jours. Il déboutonne son jean et elle a l'impression qu'elle va mourir de désir. Leurs peaux sont brûlantes l'une contre l'autre. Oubliant tout autour d'eux, ils se laissent emporter par l'envie qu'ils ont l'un de l'autre depuis si longtemps et Gaëlle le sait, le sent dans chaque fibre de son être, il n'y aura plus aucun retour en arrière possible. Ils s'appartiennent.

19

Le téléphone de Gaëlle vibre près de son assiette. Elle jette un coup d'œil. Elle a reçu un SMS de la part d'« Érica 2 ». Soit, en fait, Iban. Il est reparti depuis trois jours et ils ont déjà dû échanger des centaines de messages. Il lui envoie des photos du club, d'André, de la mer, de lui sur sa planche, de ses paninis et smoothies si appétissants. Il lui dit que si avec ça, elle n'a pas envie de le rejoindre…

Toujours aussi arrogant, songe-t-elle, amusée, quand il se prend en selfie, ses boucles sur ses épaules, les muscles de son torse bien visibles, un sourire sûr de lui-même aux lèvres.

Pourtant, elle n'a pas besoin de cela pour que l'envie de courir à sa rencontre la démange nuit et jour. Passer ses doigts sur sa peau douce. Se perdre encore dans ses bras. Mais elle ne veut pas agir de manière précipitée. Tant de choses sont en jeu…

Ce fameux jour où il a sonné à sa porte, ils ont parlé de l'avenir après leur étreinte passionnée, tandis qu'ils reposaient l'un contre l'autre, essoufflés et comblés. Gaëlle a dit à Iban qu'elle avait besoin de réfléchir, de tout mettre à plat, avant de prendre une décision qui bouleverserait définitivement sa vie. Il a accepté et est rentré à Saint-Jean-de-Luz en lui disant qu'il l'attendrait. Depuis, il la bombarde de photos qui, toutes, lui donnent atrocement envie de foncer vers le Sud, vers Saint-Jean-de-Luz, vers lui.

Gaëlle n'ouvre pas le message. Quand elle relève les yeux, elle voit que Fabrice jette un œil à son téléphone et se sent rougir, prise de la peur irraisonnée qu'il devine qu'il s'agit d'un autre homme.

– C'est ta collègue ? demande-t-il.

Gaëlle acquiesce, mal à l'aise. Elle n'aime pas mentir.

Fabrice se tourne vers Rémi, qu'il a invité à dîner pour le présenter à Gaëlle.

– Figure-toi que les autres vendeuses de *Homerama* ont réussi à faire virer le manager qui harcelait Gaëlle.

Érica a appelé la veille pour annoncer la bonne nouvelle à Gaëlle. Après son renvoi, elles se sont toutes mises en grève et n'ont accepté de reprendre le travail qu'à la condition que Dufossé parte. Et elles ont réussi. Le dossier que se traînait Dufossé commençait à être trop lourd pour que la direction continue à le soutenir et puis, a déclaré Érica en riant :

***

– On leur a dit qu'on allait avertir les médias, ça leur a fait un effet fou, *madre de dios* ! Tu vas être contactée par *Homerama*, ajoute-t-elle fièrement. Ils vont te rendre ton poste.

– Mon poste… Tu veux dire celui à Saint-Jean-de-Luz ?

– Oui, évidemment ! De quel poste veux-tu que je parle, *querida* ?

– Mais tu sais que je suis rentrée en région parisienne, dit Gaëlle d'une toute petite voix, ne voulant pas gâcher le bel enthousiasme de son amie.

– C'est temporaire, tu vas revenir, Gaëlle, n'est-ce pas ? Tu es partie parce que tu avais pris un coup sur la tête.

Si tu savais..., songe Gaëlle.

***

Elle a l'impression que tout se ligue pour la rappeler à Saint-Jean-de-Luz. Mais, pense-t-elle en regardant Fabrice et ses enfants, se sent-elle prête à mettre un terme à son mariage ? À sa famille ? Prête à déraciner encore une fois ses enfants ? Tom sera tellement malheureux. Elle secoue la tête. Elle se sent complètement perdue, à la croisée de deux chemins, celui qui lui fait terriblement envie et celui qui lui semble le plus raisonnable.

Son téléphone vibre à nouveau. Elle frissonne au souvenir des caresses d'Iban sur sa peau. Comment pourrait-elle renoncer à cet homme ? Elle se reconcentre sur la conversation. Fabrice raconte à Rémi comment les collègues de sa femme ont réussi à faire plier la direction de *Homerama*. Il semble fier. Gaëlle en est surprise. La plupart du temps, il ne s'intéresse guère à ce qui lui arrive. Elle se sent transparente dans son regard. Quoi qu'il en soit, il n'imagine pas une seconde qu'elle reparte à Saint-Jean-de-Luz pour reprendre son poste. Pourtant, ces trois derniers jours, elle a été incapable de regarder la moindre offre d'emploi à Gagny.

Elle se sent mal à l'aise. Elle n'a pas pour habitude de jouer la comédie. Et elle n'a jamais trompé, ni même pensé à tromper Fabrice. Elle ne veut pas devenir une menteuse. Il faut qu'elle mette les choses au clair le plus rapidement possible.

Rémi se tourne vers elle. Il est bel homme, le même genre raffiné que Fabrice, avec beaucoup de classe. Fabrice et lui ont fait la conversation à eux deux pendant tout le repas. Ils parlent presque exclusivement d'immobilier. Tom dort à moitié sur la table. Quant à Lola, elle fait la tête, fidèle à elle-même.

– Et du coup, lui demande-t-il, tu repartirais là-bas ?

Gaëlle trouve étrange qu'il dise « tu ». Comme s'il était acquis d'avance que si elle repartait, ce serait seule, que Fabrice ne viendrait pas.

Fabrice se fige. Gaëlle marque un temps d'hésitation, que Lola perçoit sans doute, car elle pose sur sa mère un regard acéré.

– Non, non, dit-elle enfin, d'une voix qui lui paraît tout sauf convaincante.

Aussitôt après, elle se lève pour débarrasser les assiettes à dessert et proposer des cafés. Tom et Lola saisissent l'occasion pour annoncer qu'ils vont se coucher.

– N'éteignez pas trop tard ! leur lance Gaëlle.

Elle va dans la cuisine pour mettre en route la cafetière. Elle entend Fabrice et Rémi continuer à discuter avec animation. Rien ne semble pouvoir les arrêter. Dire qu'ils passent déjà toute la journée ensemble au travail ! Elle se décale un peu pour les regarder. Fabrice est comme ébloui par son ami. On dirait un élève devant un prof charismatique. Gaëlle en est presque mal à l'aise. Elle se détourne pour verser le liquide fumant dans les tasses. Tout en préparant le plateau, elle étudie à nouveau Fabrice et Rémi. Leur complicité est tellement évidente. Fabrice sourit. Il a l'air bien, tout simplement, tout naturellement, comme elle ne l'a plus vu depuis longtemps. Rémi lui apporte ce qu'il recherche depuis toujours : une chance d'avoir une belle carrière. Fabrice a toujours fait passer sa réussite professionnelle avant tout. Rémi lui insuffle l'énergie dont il avait besoin pour escalader les montagnes.

Elle rejoint les deux hommes à table. Ils ne lui prêtent aucune attention, occupés qu'ils sont à parler de cette agence qui voit le jour. En faisant abstraction de certains mots, Gaëlle pourrait croire qu'il s'agit de la naissance d'un enfant.

Elle passe la fin du repas à se taire et observer, pensive. Depuis un moment, son mari lui échappe. Et l'arrivée de Rémi dans sa vie y est clairement pour quelque chose. Il est près de vingt-trois heures quand ils se séparent. Les deux hommes se disent au revoir en discutant encore d'un client à voir le lundi. Gaëlle songe qu'ils ont été si absorbés par leur conversation qu'ils ne se sont même pas aperçus qu'elle ne parlait pas depuis au moins une heure.

Fabrice referme la porte derrière Rémi et ils restent immobiles un instant, l'un en face de l'autre dans le couloir, Fabrice toujours la main sur la poignée de la porte.

Fabrice a dû sentir que sa femme le scrutait de manière inhabituelle. Mal à l'aise, il passe devant elle.

– Je vais faire la vaisselle, dit-il en se dirigeant vers la table du salon pour débarrasser.

Ils rassemblent ensemble les restes du repas sans rien

dire, dans le seul bruit des verres qu'ils empilent et des couverts qui raclent les assiettes.

Gaëlle rompt le silence.

– Tu étais plus bavard quand Rémi était là.

Fabrice se fige.

– Ça veut dire quoi, ça ?

– Exactement ce que ça veut dire. Avec ton ami, tu parles, tu souris et quand on est seuls, tu te renfermes comme une huître.

Il rit de manière nerveuse, comme s'il était pris en faute. Il attrape la main de Gaëlle. Ses doigts sont glacés.

– Écoute Gaëlle. Ce projet, c'est… c'est tout pour moi en ce moment. Je ne pense qu'à ça, je ne rêve que de ça. Je suis à fond et en plus…

– En plus ? répète Gaëlle.

– En plus, je me suis engagé vis-à-vis de Rémi. Je ne veux pas le décevoir.

Gaëlle dégage sa main et s'adosse au frigidaire. Lui aussi est glacé. Elle soupire en disant :

– Il y a encore un mois, Rémi n'existait même pas. Je veux dire, c'était juste un souvenir d'étudiant. Et aujourd'hui, tu es prêt à tout pour lui. Tu es comme… subjugué.

Fabrice la regarde durement.

– Subjugué ? Je pense que si quelqu'un est subjugué ici, ce n'est pas moi.

En disant cela, il jette un regard de reproche vers la table de la cuisine, où est posé le portable de Gaëlle. Elle sent le rouge lui monter aux joues. Se peut-il que son mari se doute pour les SMS d'Iban ? De toute façon, elle ne veut plus mentir, alors autant saisir la perche que Fabrice lui tend et tout avouer, crever l'abcès. Elle ouvre la bouche pour parler, mais il l'arrête d'un geste :

– On parlera plus tard. Je vais me coucher. Je suis mort. Je ne peux pas… pas ce soir !

Il tourne le dos et s'enfuit presque dans la salle de bains. Gaëlle entend claquer le verrou. Il s'est enfermé pour qu'elle ne puisse pas le rejoindre. Elle ressent un curieux mélange de soulagement et de frustration. Certes, elle évite la confrontation, mais c'est reculer pour mieux sauter. Pourquoi Fabrice n'a-t-il pas voulu la laisser parler ?

Elle continue lentement de remettre la cuisine en ordre. Elle entend son mari regagner la chambre. Elle fait exprès de tarder à le rejoindre. Son moment de courage est passé. Elle aussi veut juste dormir et retrouver Iban dans ses rêves. Elle déverrouille son téléphone et fait défiler tous les messages qu'il lui a envoyés dans la journée. Comme elle aimerait être assise devant l'océan auprès de lui à regarder les étoiles dans le ciel noir !

La nuit est interminable. Gaëlle dort peu et mal. Elle est tiraillée entre la peur et l'envie de libérer sa conscience. Mentir ne lui ressemble vraiment pas. Sans cesse des images d'Iban viennent envahir son cerveau. Par moments, elle se dit que c'est le destin et qu'elle n'a pas voulu ce bouleversement dans sa vie. Ensuite, à l'inverse, elle s'en veut d'envisager de quitter le père de ses enfants et du même coup, de briser leur famille. Elle fait des cauchemars. Rémi lui dit qu'elle n'a plus le droit de rester avec Fabrice. Iban lui tourne le dos et elle le poursuit en vain sur la plage sans jamais le rattraper. Tom et Lola pleurent, et Bixente essaie de les calmer en parlant basque, mais ils ne comprennent pas.

Le lendemain matin, elle est réveillée par Tom, qui vient la voir dans sa chambre. Fabrice est déjà parti.

– Maman, il faut que tu te lèves, c'est aujourd'hui que papi et mamie nous emmènent à Beauval !

Elle se redresse brusquement, encore trempée de sueur à cause de sa nuit chaotique.

Après le petit séjour de Tom et Lola chez eux, les parents de Gaëlle ont décrété que ces enfants avaient besoin d'air et ont proposé de les emmener deux jours en Touraine. Ils commenceront par une visite du zoo de Beauval, puis un château le lendemain.

Gaëlle regarde son réveil. Huit heures et demie.

– Mais pourquoi tu ne m'as pas réveillée avant ? Vous devez être chez papi et mamie dans une demi-heure !

– Papa nous a dit que tu étais fatiguée, intervient Lola depuis le salon. On t'a laissée dormir et on a appelé papi et mamie, ils viendront nous chercher ici.

Gaëlle s'habille rapidement pour accueillir ses parents. Ces deux jours sont une bonne idée, cela fera du bien aux enfants. Même Lola semble contente d'y aller.

Françoise et Pascal passent en coup de vent. Ils veulent être à Beauval pour le pique-nique.

– Profites-en pour te reposer, tu as une mine terrible ! glisse Françoise à Gaëlle.

Une fois les enfants partis, Gaëlle se met à tourner en rond. Elle pourrait profiter de cette journée de liberté pour prendre soin d'elle, faire du shopping, reprendre contact avec d'anciennes amies. Mais elle se sent triste et perturbée, incapable de rien faire, incapable de réfléchir. Elle reste recroquevillée sur le canapé à regarder des émissions sans intérêt à la télé. Son portable vibre régulièrement de messages adorables d'Iban et de photos de Saint-Jean-de-Luz. Gaëlle répond par des smileys, mais son esprit reste concentré sur Fabrice et sur la culpabilité qu'elle ressent. Épuisée, elle finit par s'endormir dans le canapé. Elle est réveillée par le bruit de la porte d'entrée, suivi aussitôt après d'un bruit métallique sec. Comme d'habitude, son mari vient de jeter son trousseau sur la tablette de l'entrée, ce qui leur a déjà valu de nombreuses disputes, Gaëlle enrageant de voir les rayures s'aggraver de jour en jour. Mais ce soir, il y a bien plus important à dire.

– Tu as dormi toute la journée ? demande Fabrice d'un ton réprobateur, en voyant Gaëlle se redresser sur le canapé, la joue marquée par le coussin.

– Euh, non…

Fabrice lève les yeux au ciel d'un air exaspéré.

– Je suis affamé, je nous prépare un truc rapide ?

– Je n'ai pas faim.

Elle se rend compte qu'elle n'a rien mangé de la journée. Fabrice fait comme s'il n'avait pas entendu et se dirige vers la cuisine. En soupirant, Gaëlle se lève et le suit. Elle s'appuie contre la porte, bien décidée à tout lui raconter. Elle ne peut plus garder tout ça pour elle. Elle se prépare mentalement à sa réaction, se demandant s'il va lui hurler dessus ou tenter de la retenir, quand il la prend de court en lâchant soudain :

– Je me trompe peut-être, mais je pense que tu as quelqu'un.

Gaëlle sent son cœur s'arrêter dans sa poitrine. Elle répond du tac au tac dans un souffle, sans réfléchir.

– Oui. Il y a quelqu'un.

Elle attend mais il n'y a ni cris, ni gémissements.

Fabrice la regarde seulement, attendant qu'elle continue. Alors, Gaëlle poursuit.

– Je l'ai rencontré à Saint-Jean-de-Luz. Je… Je n'ai pas fait exprès. Je ne voulais pas ça.

Elle ne l'a pas voulu, mais Iban a chaviré son cœur. Elle a mal au ventre en pensant à ce qu'elle a à dire, cependant il n'est plus question de reculer. Elle va devoir être honnête et avouer à Fabrice qu'elle est tombée amoureuse d'un autre.

– Je suis désolée, Fabrice. Tellement désolée.

Le chagrin l'envahit. Elle ne peut retenir les sanglots qui montent comme une vague puissante.

Fabrice ne fait pas un geste vers elle et reste muré dans un silence pesant. Elle tente de se reprendre.

– Je n'ai pas cherché à le rencontrer. Il…

Fabrice frappe du poing sur la table pour l'interrompre.

– Tais-toi ! Je ne veux rien savoir sur lui ! rugit-il.

Gaëlle continue de pleurer. Ses jambes se dérobent sous elle. Elle se laisse glisser le long du frigo, emportant avec elle une photo d'eux quatre devant le Grand Palais. Le cliché atterrit sur le carrelage, juste à côté du pied de Fabrice. Il se baisse lentement et le ramasse.

– Arrête de pleurer, Gaëlle. (Sa voix tremble légèrement, mais il retrouve déjà une contenance.) De toute façon, ça ne sert plus à rien.

Il lisse consciencieusement la photo entre ses mains.

– Et puis, je suis en partie responsable. Si je vous avais rejoints comme c'était prévu au début, rien de tout cela ne serait arrivé.

Gaëlle essaie de se calmer pour pouvoir écouter

Fabrice. Il a raison, pleurer ne sert à rien. Elle doit assumer. Elle renifle bruyamment.

– Tu vas repartir à Saint-Jean-de-Luz, énonce froidement Fabrice. Tu as encore ta location là-bas et puis, il semble que quelqu'un t'attend.

Elle tente de se concentrer sur ce qu'il dit. Il ne parlera que du côté pratique. Fabrice n'est pas du genre à évoquer ses sentiments. Il ne lui dira rien là-dessus. Il ne lui montrera rien.

– Je vais garder l'appartement, et je te ferai suivre tes affaires. On verra avec l'avocat pour la pension alimentaire.

– Et pour les enfants ? demande-t-elle.

– Je te laisse en parler avec eux. Ils sont grands, ils ont leur mot à dire, non ?

Elle hoche la tête.

– Mais pour être honnête, reprend-il, je ne me vois pas m'occuper d'eux quotidiennement. J'ai des horaires de malade. Je n'ai pas de vie en dehors du boulot, tu t'en es bien rendu compte. Je bosse non-stop, comme un con. Et tu sais, le pire ? C'est que ça me plaît. C'est ça, ma vie. Et cette nouvelle agence, ce partenariat avec Rémi, eh bien, c'est l'aboutissement de tout cet investissement. Je sais que je t'ai perdue à cause de cela. Mais je ne peux pas revenir en arrière. Ce projet, c'est mon avenir.

– OK, répond Gaëlle.

Elle ne peut rien dire de plus, sa gorge est trop nouée. Elle essuie ses larmes et se remet debout péniblement. Elle est à bout de forces.

Ils se tiennent un moment face à face, sans rien dire. Les yeux de Gaëlle la brûlent. Ils savent tous les deux que c'est la fin. Cela fait plusieurs mois que c'est fini, en réalité.

Fabrice lui tend la main.

– Je ne peux pas vraiment t'en vouloir d'être tombée amoureuse d'un autre homme.

Elle saisit la main qu'il lui tend.

– Je suis désolée…, répète-t-elle.

– Arrête…

Il la serre brièvement, presque brutalement, contre lui, puis part rapidement vers la chambre. Elle se demande s'il cherche à lui cacher des larmes. Malgré le chagrin, Gaëlle sent peu à peu le soulagement envahir son cœur. Elle est libre de rejoindre Iban, de vivre son amour avec lui. Bien sûr, les choses ne seront pas simples. Ne serait-ce qu'avec Tom et Lola. Cependant, une idée lui trotte dans la tête depuis le coup de fil d'Érica. Il faudra qu'elle appelle André. Elle ferme les yeux et inspire profondément.

La lumière de Saint-Jean-de-Luz l'appelle plus que jamais, son appel est irrésistible, tout autant que son désir de se jeter dans les bras d'Iban.

20

Quel bonheur de pousser la porte de l'*Alegría* ! De retrouver le sourire de Miguel, la chaude odeur des bougies, le brouhaha joyeux, et d'imaginer déguster un bon verre de vin du pays. La vie vibre ici. Gaëlle a l'impression que son cœur s'ouvre à nouveau depuis qu'elle est revenue à Saint-Jean-de-Luz. Elle a retrouvé avec délice sa maison, les hortensias en fleur, l'odeur d'iode, le soleil brûlant des après-midi et cette brise jamais loin qui glisse dans les cheveux. Elle est passée sur la jetée, a regardé de loin le club de plage, a écouté le bruit des vagues et a salué Gure Etxea et ses secrets révélés. Mais ce qui rend Gaëlle encore plus heureuse, c'est d'entendre le rire rauque d'Érica et son accent ensoleillé.

– *Mi querida*, enfin, tu as retrouvé le chemin de la raison !

Ses collègues se lèvent toutes ensemble, ravies de la revoir.

– De la raison ou de la maison ? demande Gaëlle en riant.

– Les deux !

Érica enlace affectueusement Gaëlle qui lui rend

son étreinte et sent l'émotion l'envahir. C'est si bon de retrouver ses amies ! Elle embrasse Pauline, Lucie et Marlène et s'assied avec elles.

– Ça fait plaisir de vous voir, les filles ! Vous m'avez manqué !

– Toi aussi ! sourit Pauline.

– On va fêter ça dignement, décrète Marlène. Tavernier ! crie-t-elle en riant.

– Vous savez, les filles, je suis arrivée la nuit dernière, je n'ai pas beaucoup dormi, alors je ne reste pas longtemps, prévient Gaëlle.

– Oh, là, là, je rêve. Tu viens d'arriver et tu parles déjà de repartir. Va falloir oublier définitivement tes affreuses habitudes du Nord, hein !

– Gagny est en Île-de-France, Marlène.

– Si c'est au-dessus de Bordeaux, c'est le Nord, intervient Lucie. Bref ! Installe-toi et raconte-nous ce qui t'a fait revenir.

– Christian Dufossé, affirme Gaëlle sur un ton très sérieux. Je rêve de lui toutes les nuits !

Les filles se regardent interdites, puis éclatent de rire. Gaëlle ne peut garder son sérieux très longtemps non plus. Pauline en a les larmes aux yeux.

– Celui-là, il ne va pas nous manquer ! lance-t-elle. Bon débarras !

– J'aurais quand même aimé voir sa tête quand il a appris qu'il devait quitter *Homerama*.

– Quand il t'a fait virer, on a décidé qu'on ne lâcherait plus jusqu'à ce qu'il soit dégagé, dit Marlène. C'était la goutte d'eau qui a fait déborder le vase. Ce n'était pas possible qu'il gagne à tous les coups. On n'a pas rouvert le magasin le jour d'après ton départ. On a fait piquet de grève. Et Érica a géré les discussions avec la direction.

– Les menaces, sourit Érica d'un air de conspiratrice.

– Il devait quand même traîner de sacrés boulets parce que finalement, au bout de quatre jours, ils l'ont lâché. Mutation express ! Il paraît qu'il est parti dans le Sud-Est, reprend Marlène, vers Montpellier ou un truc comme ça.

– Tant mieux, on ne risquera pas de le croiser en ville. Tordu comme il est, je n'aurais pas été tranquille, soupire Pauline.

Marlène change de sujet pour revenir à la charge.

– Bon, Gaëlle. En vrai, pourquoi tu es revenue ? Ton mari s'est enfin décidé à chercher du travail par ici ?

Érica, qui est dans la confidence, reste en retrait, laissant Gaëlle donner de ses nouvelles.

– Non, en fait, Fabrice et moi, on a décidé de poursuivre chacun de notre côté. De se séparer, quoi !

– Aïe ! Je suis désolée !

– Non, ne le sois pas. C'était prévisible. En fait, ça fait des mois que ça n'allait plus. Et je suis vraiment heureuse d'être de retour à Saint-Jean-de-Luz. Je ne pouvais plus rester à Gagny. J'étouffais là-bas. Même les enfants ont finalement choisi Saint-Jean-de-Luz.

– Donc, ils n'ont pas râlé ? demande Érica. Toi qui craignais tant de leur annoncer !

– Eh bien, finalement, ça s'est plutôt bien passé. Lola a retrouvé son Zach et sa planche de surf, et Tom a déjà prévenu André qu'il serait là à l'ouverture du club demain matin. Finalement, retourner « dans le Nord » leur a été bénéfique. Ils ont compris qu'ici, on n'était pas si mal ! Bon, bien sûr, il y a leur père, surtout pour Tom. Il leur a fait la promesse juré, craché qu'il viendrait les voir très régulièrement, alors…, dit-elle en faisant une moue pour signifier qu'il ne reste plus qu'à espérer qu'il tienne parole.

– Tout est bien qui finit bien, alors ?

– Hummm… Oui, je pense qu'on peut dire ça !

Évidemment, il faudra du temps pour que toute cette histoire se tasse, mais elle se sent pleine d'énergie et d'espoir en l'avenir.

– Érica a laissé entendre que tu ne revenais pas au magasin ? demande Lucie. On t'attend, nous !

– Mais, j'ai déjà été remplacée au rayon luminaires, non ?

– Oui, dit Marlène, enfin un homme dans l'équipe des vendeurs ! Le seul problème… c'est que c'est pas une lumière !

Gaëlle ne peut s'empêcher de rire. Pauline pose sa main sur sa bouche, gênée.

– Ne dis pas ça ! C'est pas très sympa. Le pauvre !

– Quoi, le pauvre ! Il n'y connaît rien. Il ose à peine brancher les prises. C'est une cata, ce mec.

– Moi, je le trouve gentil, proteste timidement Pauline.

Érica ouvre des yeux ronds et s'exclame :

– Ah, mais je rêve ! Tu en pinces pour le nouveau ?

Pauline devient rouge de confusion. Gaëlle la sort d'affaire en répondant à la question que lui a posée Lucie.

– Non, je ne reviens pas à *Homerama*. J'ai d'autres projets.

Ses collègues font une grimace de déception. Marlène, toujours aussi curieuse, veut en savoir plus.

– Eh bien, en fait, je crois… que je vais reprendre le club de mon grand-père.

Gaëlle attend la réaction de ses amies avec un soupçon d'anxiété. Elle craint que son projet paraisse farfelu. Elle-même a un peu peur de se lancer dans cette aventure, mais en même temps, cela lui semble d'une telle évidence.

– Ouah ! La petite-fille de Bixente reprend le flambeau. C'est énorme, ça !

– Merci Marlène. Tu ne peux pas savoir comme cela me touche de t'entendre dire ça !

– C'est génial ! renchérit Lucie. Le retour de la famille Sarda sur la plage de Saint-Jean-de-Luz !

– Tu vas travailler avec le monsieur aux cheveux blancs ?

– Oui, André se fait un peu âgé. Il doit faire attention à lui. Mais il reste avec moi. Il est la mémoire du club.

– Alors… *brindemos* ! *Salud* Gaëlle !

– Oui, trinquons, dit Marlène. Au plus beau club de Saint-Jean-de-Luz et à sa nouvelle boss !

Les filles lèvent leur verre joyeusement. Le bonheur de Gaëlle leur fait du bien à toutes. Miguel arrive avec une nouvelle bouteille.

– J'en connais un qui doit être le plus heureux des hommes, dit-il en posant sa main sur l'épaule de Gaëlle.

Elle lui répond d'un sourire ému. Imaginer Iban, accoudé au comptoir, en train de parler d'elle, d'ouvrir son cœur à un ami, lui, l'homme secret, la bouleverse. Elle ne peut plus attendre. Elle regarde sa montre et annonce qu'elle doit y aller. Érica comprend tout de suite de quoi il s'agit. Elle forme un cœur en joignant ses deux mains et lance des baisers dans les airs avec un air moqueur. Gaëlle éclate de rire. Elle adore cette femme pétillante et joyeuse qui ne laisse personne dans sa zone de confort.

Elle embrasse ses amies et quitte l'*Alegría*. L'air est encore chaud en cette fin de soirée. Elle marche en direction de la plage d'Erromardie en songeant à la façon dont les choses se sont enchaînées en si peu de temps. Même si la séparation avec Fabrice était nécessaire et inévitable, elle l'a malgré tout profondément ébranlée. Cependant, elle ne veut pas se laisser emporter par l'amertume ou la nostalgie. Elle veut concentrer son énergie sur ce qui va arriver dorénavant. C'est dans cette optique qu'elle a téléphoné à André dès le lendemain de leur conversation dans la cuisine.

***

– Je reviens à Saint-Jean-de-Luz.

– Tu reviens ? Mais ton mari ?

– C'est réglé, André. Je t'expliquerai si tu veux, mais c'est réglé.

– Tu n'as rien à m'expliquer pitchoune. Ce qui importe, c'est que je vais te revoir.

Gaëlle sent que son vieil ami a une question au bord des lèvres. Elle lui apporte la réponse qu'il attend.

– Les enfants seront avec moi. Tom a hâte de te retrouver, tu sais !

Elle entend André sourire à l'autre bout du fil. Son soulagement est palpable. Elle enchaîne directement en abordant la raison de son coup de fil.

– Est-ce que tu accepterais… que je revienne travailler avec toi ?

– Mais bien sûr, ma pitchoune ! Ce serait formidable !

– Et tu sais, j'aimerais que tu… enfin, que tu m'enseignes les rouages du club, si tu veux bien.

– Gaëlle, est-ce que je comprends bien ce que tu es en train de me dire ? Tu voudrais… t'impliquer dans le club ?

– Oui, enfin, si tu es d'accord. Et si tu penses qu'un jour, je serai digne de prendre ta suite.

– Mais comment tu peux ne serait-ce que poser la question ! Oh, ma petite fille ! Tu n'imagines pas comme je suis heureux d'entendre ça ! Barbara ! (Il crie à travers la maison pour annoncer la nouvelle à sa femme.) Tu avais raison, Barbara ! La petite revient. Et devine quoi ? Elle va travailler au club !

La suite de la conversation se déroule à trois. Gaëlle rit avec eux, soulagée. Elle espérait tant avoir la bénédiction d'André !

L'étape suivante est d'annoncer la nouvelle aux enfants. Fabrice ne souhaite pas être là. Même s'il ne se voit pas s'occuper de Tom et Lola au quotidien, il lui est difficile de les voir repartir. Il a dit à Gaëlle qu'il craignait de craquer devant eux. Il lui fait confiance pour trouver les mots justes.

Ils reviennent justement en fin d'après-midi de leur séjour en Touraine. Gaëlle attend en tournant en rond dans l'appartement, trop nerveuse pour faire quoi que ce soit. Elle s'inquiète de la réaction de Tom surtout. Tous ces allers-retours, une nouvelle séparation d'avec son père… Elle a peur que ce soit trop pour lui cette fois.

En ce milieu de juillet, la chaleur est écrasante dans l'appartement. La ville stagne sous une brume de pollution qui irrite la gorge. Gaëlle respire mal, mais elle ne sait pas ce qui l'oppresse le plus, de la pollution ou de l'angoisse.

Tom et Lola arrivent vers dix-sept heures, écrasés de fatigue et de chaleur, mais ravis de leur escapade. Ils ramènent à leurs parents des petits souvenirs du zoo. Pascal et Françoise acceptent un rafraîchissement, puis repartent rapidement chez eux, exténués eux aussi.

Gaëlle attend que les enfants aient fini de lui raconter tout ce qu'ils ont vu, puis elle leur dit qu'elle doit leur parler.

Ils ne semblent pas surpris. Peut-être comprennent-ils plus de choses qu'elle ne le croit. Avant leur retour, elle a répété son discours plusieurs fois dans sa tête mais finalement, les mots sortent naturellement. Ils la laissent parler sans l'interrompre. Lola a du mal à cacher sa joie de repartir à Saint-Jean-de-Luz. Elle tente de rester neutre pour son petit frère assis à côté d'elle. Tom, lui, écoute sans broncher, puis il se lève comme un automate et part dans sa chambre. Gaëlle s'apprête à le retenir, mais Lola lui fait signe de rester là.

– Je vais aller lui parler, mamoun ! Laisse-moi faire !

Gaëlle obtempère. Lola saura peut-être mieux qu'elle trouver les mots justes. Cependant, au bout de quelques minutes, elle ne peut pas s'empêcher de s'avancer dans le couloir pour écouter leur conversation.

– Tu sais, de toute façon, ils vont se séparer, ça, on n'y peut rien. Et c'est nul, Gagny. En plus, on ne voit même pas papa plus que quand on était à Saint-Jean-de-Luz. Avoue, tu t'ennuies depuis qu'on est revenus ici. Je le vois bien, Tommy, tu ne souris jamais.

Tom ne répond rien. Lola poursuit.

– À Saint-Jean-de-Luz, tu auras le club, tes copains et

André. Tu sais bien qu'il a besoin d'aide avec sa maladie du cœur.

Tom ne réagit pas.

– Tu l'aimes bien, André, non ? insiste Lola.

– Oui, lâche finalement Tom.

– Et puis l'autre là, qui gagne tous les concours.

– Tarzan.

– Ben, tu vas pas le laisser remporter toutes les pièces d'or, ce Tarzan ! C'est pas possible, hein ?

Gaëlle sourit en écoutant sa fille tenter de convaincre son petit frère. Elle est vraiment adorable, même si son désir d'aider sa mère n'est pas désintéressé. Pour elle, retourner à Saint-Jean-de-Luz signifie retrouver Zacharie et sa vie paradisiaque faite de surf et de soleil.

– En plus, tu commençais à devenir sacrément bon en surf.

– Ah bon ?

– Oh, oui. Iban m'a même dit que tu avais un talent de fou.

Entendre prononcer ce prénom par sa fille noue le ventre de Gaëlle. Elle n'en peut plus d'être si loin de lui. Elle rêve de faire leurs valises à tous les trois et de prendre la route. Tout se joue là, maintenant, dans la chambre de Tom. Elle partira quoi qu'il en soit, avec ses enfants, mais elle espère tant que ce soit sans déchirements, ni drames. Il y en a eu bien assez.

– Iban t'a dit que j'étais bon ? Tu ne te moques pas de moi, Lola ?

– Je ne ferais pas ça, Tommy. Il a même parlé de t'inscrire à la prochaine compétition. Mais bon, faudrait que tu t'entraînes un max parce que c'est début septembre quand même !

Il y a un long silence dans la chambre. Gaëlle retient sa respiration.

– Il me faudrait une planche à moi aussi. Tu crois que papi et mamie voudraient m'en acheter une comme la tienne ? demande Tom.

Gaëlle respire enfin, la tête appuyée contre le mur du couloir.

C'est bon ! pense-t-elle. *On peut rentrer à Saint-Jean-de-Luz !*

***

Tom a retrouvé sa chambre, Surfcat et Minou leur jardin et Lola son Zacharie. Ce soir, d'ailleurs, Zacharie est avec Lola et Tom à la maison. Ils se font tous les trois une petite soirée télé-chamallows. Les deux adolescents ont eu l'air si heureux de se revoir. Pour la première fois, ils ont même échangé un petit bisou en présence de Gaëlle et elle en a été tout attendrie.

Elle est arrivée à la plage. Elle enlève ses chaussures pour sentir le sable sous ses pieds. Elle s'avance lentement, cherchant Iban du regard. Elle ne lui a pas dit qu'elle était revenue. Elle veut lui faire la surprise. Tout ce qu'elle veut maintenant, ce qu'elle veut depuis des jours, c'est se jeter dans ses bras, enfin. Ils auront le temps plus tard pour qu'elle lui explique sa séparation, ses projets… Pour le moment, une seule chose compte. Le retrouver.

Il y a du monde sur la plage. La ville est remplie de vacanciers et même si tard le soir, ils sont encore nombreux à se promener pour profiter de la douceur estivale.

Gaëlle aperçoit une dizaine de silhouettes noires dans l'eau. Elle tente de voir si Iban fait partie du groupe. Elle plisse les yeux et scrute l'océan. Soudain, elle repère sa silhouette, debout sur une vague puissante qui le dépose quasiment sur le rivage. Il saute sur le sable et récupère sa planche qui repartait déjà vers le large. Il reste quelques secondes à regarder les autres surfeurs, se passant la main dans les cheveux pour discipliner ses boucles mouillées, puis il cale sa planche sous son bras et marche sur le sable en direction de sa maison. Gaëlle ne bouge pas. Elle attend qu'il l'aperçoive. Ce n'est pas long. Elle le voit s'immobiliser, se demandant sûrement si c'est bien elle. Puis il se met à courir dans sa direction. À quelques mètres d'elle, il s'arrête, lâche sa planche sur le sable et enlève d'un seul geste son Lycra trempé. Il fait les derniers pas en marchant torse nu, ses yeux plantés dans ceux de Gaëlle. Elle est subjuguée et incapable de bouger. Il l'attrape par les hanches, la soulève du sol et, doucement, la laisse glisser sur lui jusqu'à ce que leurs bouches se rejoignent. Ils s'embrassent sans avoir dit un mot, avec la fébrilité du manque, longuement, profondément, puis il s'arrache à sa bouche pour promener ses lèvres sur tout son visage, comme s'il voulait goûter à chaque centimètre de sa peau, ses doigts emmêlés dans les cheveux de Gaëlle. Elle frissonne de plaisir en s'accrochant à ses épaules. Il recule et plonge à nouveau ses yeux dans les siens.

– Te voilà enfin, murmure-t-il, son sourire enjôleur et arrogant au coin de la bouche.

Elle ne veut pas qu'il s'éloigne. Elle attend depuis si longtemps de retrouver son corps. Elle lève les mains vers son torse et, du bout de ses doigts, dessine le contour de ses muscles. Elle se rapproche encore et se blottit contre lui, embrassant sa peau salée, respirant cette odeur de vétiver qui l'a enivrée dès le premier instant. Elle le sent gronder de désir contre elle et elle se hisse sur la pointe des pieds pour reprendre leur baiser. Leurs lèvres se heurtent presque dans leur fougue, leurs langues se caressent sans retenue. Iban gémit et plaque son bassin contre celui de Gaëlle. Elle sent son désir à travers son short de bain. Il est temps de quitter la plage et d'aller dans un lieu plus intime. Il ramasse sa planche. Gaëlle attrape le Lycra et, main dans la main, ils remontent la plage en direction du chalet d'Iban.

21

Le soleil, bas sur l'horizon, darde sa lumière dorée sur le sable et sur les vaguelettes de marée basse qui clapotent dans la douceur du soir. Il est tard.

Gaëlle, harassée, finit de tout ranger. Les journées sont épuisantes au club en haute saison. Les enfants sont très nombreux, il faut avoir l'œil partout, tout le temps. Les pauses n'existent pas. Et pourtant, elle est heureuse comme elle ne l'a jamais été. Elle travaille pour André depuis maintenant trois semaines et c'est une évidence, elle est à sa place. Bien sûr, Iban n'est pas étranger à cette sensation de plénitude.

Il ne travaille plus au club, en haute saison, son restaurant a besoin de lui, mais ils se voient tous les soirs. Tom, Lola et Zacharie surfent avec lui, tandis que Gaëlle détend ses muscles crispés par les efforts fournis tout au long de la journée en nageant près d'eux, puis ils vont dîner tous ensemble au *Virginia*. Ensuite, Gaëlle et les enfants rentrent, tandis qu'Iban reste au restaurant pour le service du soir. Au cœur de la nuit, Gaëlle ressort pour rejoindre Iban dans son chalet et elle repart au petit matin. Elle ne veut pas inquiéter les enfants. Il est trop tôt.

Leurs nuits sont si torrides que Gaëlle commence à accuser le manque de sommeil. Mais elle s'en moque. Pour rien au monde elle ne voudrait dormir davantage. Elle n'a pas connu pareille fièvre depuis… Elle n'en a jamais connu de telle, en fait. Le corps d'Iban semble avoir été conçu pour le sien. Tout en eux s'accorde avec délice.

Elle en frissonne d'anticipation et se retourne. Il lui a dit qu'il la rejoindrait sur la plage ce soir, avant qu'ils aillent retrouver André, Barbara, Tom et Lola pour cette fête du 15 Août qu'elle attend avec impatience. Elle en a de si beaux souvenirs !

Mais Iban n'est toujours pas là. Elle pourrait très bien aller l'attendre au *Virginia*. Depuis qu'elle a eu une discussion avec Roxane quelques jours après être revenue, les choses s'améliorent entre elles. C'était un soir où elle n'arrivait pas à joindre Iban, son portable était éteint, sûrement à court de batterie, et elle ne savait pas où il était. Depuis son retour, elle se tenait à distance de Roxane. Mais ce jour-là, elle a été obligée d'aller la voir pour tenter de savoir où retrouver Iban.

***

Elle entre au *Virginia* à contrecœur. Elle appréhende toujours les rencontres avec Roxane.

– Bonsoir Roxane, excuse-moi de te déranger…

La jeune femme est courbée derrière le comptoir. Elle sort des verres du lave-vaisselle et les dépose deux par deux sur le plan de travail de manière un peu brutale. Elle n'a pas du tout l'air de vouloir s'interrompre pour parler avec sa visiteuse. Son visage est aussi dur et fermé que d'habitude. Gaëlle n'a pas envie de se battre. Sa journée au club l'a lessivée. Elle affiche un sourire de façade sur son visage et continue avec la ferme intention de rester neutre et aimable.

– Je devais retrouver Iban, mais son portable doit être éteint. J'imagine que…

– Qu'il surfe ? Bien vu, Sherlock !

Gaëlle recule, surprise. Le ton de Roxane est toujours sec et tranchant quand elle s'adresse à Gaëlle, mais voilà que maintenant, elle se permet de se moquer d'elle.

– Il… surfe… avec mes enfants. Et je dois…

– Sois pas inquiète, il va pas les noyer, tes petits. Il fait tout pour te plaire, donc il sera un papa parfait !

Roxane ricane de façon méprisante, tout en plantant ses beaux yeux bleus dans ceux de Gaëlle. Elle cherche clairement à la faire sortir de ses gonds. Elle sait qu'elle touche la corde sensible en parlant ainsi de Lola et Tom. Gaëlle sent son cœur remonter dans sa gorge. Elle devrait se fâcher, crier. Dire à Roxane que ses enfants ne sont pas de vulgaires chatons. Rappeler fermement qu'ils n'ont qu'un seul père et qu'il s'appelle Fabrice. Et surtout, informer Roxane que ses coups bas n'auront aucun impact sur son amour pour Iban. Cet homme est maintenant le sien, comme cette terre sous ses pieds a toujours été la sienne. Elle ne laissera personne la chasser de ce cœur et de ce pays.

Tandis que Gaëlle et Roxane se dévisagent en chiens de faïence et que de l'électricité crépite entre leurs regards, Gaëlle voit soudain, au fond des yeux de Roxane, une détresse dissimulée sous l'agressivité.

Elle laisse le silence se prolonger. C'est le moment ou jamais. De tout mettre à plat. De briser l'armure de la belle jeune femme.

Roxane semble attendre avec combativité la foudre qui va bientôt s'abattre sur elle. Mais plus les secondes passent, plus elle perd de sa superbe. Gaëlle continue de la regarder intensément, mais sans méchanceté. De plus en plus mal à l'aise, Roxane croise ses bras sur sa poitrine comme pour placer une barrière entre elle et sa rivale.

Gaëlle s'approche du comptoir, jusqu'à être juste en face de Roxane, le bar en bois les séparant.

– Tu es malheureuse et j'en suis désolée Roxane, dit-elle doucement, avec sincérité.

Roxane la fixe sans bouger, puis lève les yeux au ciel comme pour retenir des larmes qui menacent de déborder.

Gaëlle n'ose pas en dire plus. Elle se sent gênée par la vulnérabilité soudaine de la jeune femme, même si elle a l'intuition qu'enfin, elles vont pouvoir parler.

Roxane finit par souffler fortement et semble se ressaisir.

– Bon, OK. Je t'offre un verre ? Mojito ? Piña Colada ? Moi, j'ai besoin d'un truc fort !

Elle attrape une bouteille sur les étagères vitrées derrière elle.

– Je prends comme toi.

– Alors, un mojito. Tu m'en diras des nouvelles.

Elles dégustent quelques gorgées en silence. Gaëlle ne peut s'empêcher de regarder son portable.

– Ne t'inquiète pas. Iban les a emmenés surfer à Sainte-Barbe. Ils doivent profiter des dernières vagues.

Gaëlle la remercie d'un signe de tête.

– Ils sont gentils, tes gosses, ajoute Roxane. Et c'est cool que le courant passe bien entre eux et Iban.

– Merci, dit lentement Gaëlle, encore un peu méfiante.

– Écoute, c'est vrai, j'ai du mal avec toi. Mais c'est pas parce que c'est toi, en fait.

– Non, c'est parce que je suis avec Iban, n'est-ce pas ?

– Parce que Iban t'aime. Et que j'aurais voulu que ce soit moi. Je l'aime, moi. (Sa voix se brise.) Depuis longtemps. Et j'espérais que le jour où il voudrait enfin se poser, il se tournerait vers moi, son amie depuis quinze ans et que…

Elle fait un geste de la main pour éluder la suite.

– Comment as-tu rencontré Iban ? demande Gaëlle pour la détourner de sa tristesse.

– Je l'ai rencontré au tout début, dès qu'il est arrivé en France. Il avait un sacré accent d'ailleurs, sourit-elle d'un air nostalgique. Moi, je… j'étais ado. Je faisais des bêtises. Tu sais, des mauvaises fréquentations… Je tournais mal. Ma mère s'en foutait, de toute façon, elle était tout le temps défoncée, elle ne savait même pas si j'étais là ou pas.

Elle se tait un instant, puis reprend :

– Iban m'a trouvée un matin sur la plage d'Erromardie. Il allait surfer. Mon copain m'avait cognée. J'étais sur le sable, à chialer à travers mes deux coquards… Il m'a prise sous son aile. Il m'a donné un boulot, il m'a logée dans un chalet près du sien pour pouvoir garder un œil sur moi… Il s'est chargé aussi d'éloigner le boxeur qui disait m'aimer.
Gaëlle reste figée. Roxane est si belle, elle semble si sûre d'elle… Elle n'aurait jamais imaginé qu'elle ait pu passer par de tels moments.

On ne devrait jamais juger les gens sur leur apparence, songe-t-elle, gênée.

Roxane poursuit :

– Tu sais comment il est. Généreux, en plus d'être le plus beau mec du coin. Évidemment que je suis tombée amoureuse.

– Et… que s'est-il passé ? demande Gaëlle, curieuse et anxieuse à la fois.

– Je suis devenue une femme et on s'entendait bien, alors oui, on a couché ensemble de temps en temps, si c'est ce que tu veux savoir. Mais quelle importance ? Je ne suis pas celle qu'il aime.

Gaëlle pose sa main sur le bras de Roxane. Elle ne peut pas s'excuser d'être avec Iban, mais elle comprend très bien la souffrance de la jeune femme, elle peut si facilement s'imaginer à sa place…

Roxane relève les yeux vers elle et esquisse un petit sourire. Elles finissent leur mojito en silence, mais quelque chose s'est passé.

***

Et depuis, elles arrivent à se parler normalement. Cela reste distant, mais Gaëlle a confiance, Roxane a enfin déposé son armure et entrouvert la porte d'une possible amitié entre elles.

Mais ce soir, elle a envie de rester dehors, de profiter du soleil couchant. Elle décide, en attendant, de replier les cordes et toiles qui ont été rangées un peu à la va-vite.

– Tu peux y aller, tu sais, dit-elle à Mario qui s'affaire encore non loin d'elle, je vais finir.

– OK ! Bonne soirée, alors ! On se croisera peut-être !

– Oui, peut-être, sourit-elle. Enfin, avec le monde qu'il va y avoir, ce serait étonnant quand même !

Mario s'éloigne sur la plage et elle se met au travail. En déplaçant une caisse, elle retombe sur les bouteilles et sourit. Cet après-midi, ils ont installé la grande poutre en bois du club à dix mètres du rivage et ont aligné cinq bouteilles de verre sur la poutre.

***

– Vous êtes prêts les pitchouns ? crie Gaëlle aux cinq enfants tenant deux gobelets dans chaque main, prêts à foncer dans l'eau ?

Tom est l'un des concurrents. Attendant de s'élancer, il mâchouille nerveusement l'intérieur de sa joue et piétine le sable comme pour s'échauffer. À ses côtés, Tarzan semble, comme à son habitude, très sûr de lui. Il regarde l'horizon sereinement, concentré. Les spectateurs, composés de tous les enfants du club et des moniteurs, sont surexcités. Ils encouragent leurs favoris. André, radieux, fait des signes d'apaisement à Tom. Il semble lui dire : « Calme et précision ! » Lola et Zacharie ont fait la surprise de venir assister à ce concours dont Tom leur rebat les oreilles depuis des jours : le fameux jeu des bouteilles.

– Le premier qui aura rempli sa bouteille sera le vainqueur, rappelle Gaëlle. Attention, hurle-t-elle pour couvrir les cris du public, trois, deux, un… Partez !

C'est de la folie sur la plage de Saint-Jean-de-Luz. Les vacanciers ne peuvent pas ignorer que le club vit un grand moment. Certains lèvent le nez pour voir de quoi il est question.

Tarzan, fidèle à lui-même, engloutit les kilomètres avec une étonnante facilité. Il n'est pas essoufflé, ne montre aucun signe de fatigue. Pendant ce temps, Tom n'en est qu'à son deuxième aller-retour. Mais Gaëlle observe attentivement le niveau des bouteilles et malgré un nombre de trajets moins important que les autres, la bouteille de Tom a toujours un bon centimètre d'eau de mer de plus que ses concurrents.

Il est sur la bonne voie, songe Gaëlle.

Elle lui a bien répété de laisser ses gobelets à la surface de l'eau quand il les remplit, pour ne pas attraper du sable avec. Il est clair que les autres enfants n'ont pas bénéficié de ces conseils, car certains goulots sont couverts d'un agglomérat pâteux qui obstrue le passage de l'eau de mer. Il ne manque plus que deux ou trois centimètres pour que la bouteille de Tom déborde.

S'il gère bien le dernier trajet, il peut y arriver, marmonne pour elle-même Gaëlle.

L'ambiance est électrique autour de la poutre. Tout se joue maintenant entre Tarzan et Tom. Soudain, la voix de Lola dépasse toutes les autres :

– Allez, mon Tommy, c'est toi le plus fort !

Entendre sa sœur l'encourager ainsi doit donner un coup de fouet au petit garçon épuisé. En deux longues enjambées, il se retrouve devant sa bouteille quasi pleine. Sans trembler, malgré son essoufflement et sa fatigue, il vide en même temps ses deux gobelets, laissant les deux filets d'eau de mer se rassembler au-dessus du goulot.

Quand sa bouteille déborde, quelques secondes avant celle de Tarzan, les hurlements de joie redoublent sur la plage. Même le maître-nageur, perché sur sa chaise de surveillance, cherche à apercevoir le grand vainqueur du concours. Gaëlle elle-même ne peut s'empêcher d'exulter. Ce concours est si important pour Tom ! Et il mérite tellement de le remporter, après tous ces mois chaotiques !

Lola fonce sur son frère et le fait voler dans les airs, Zacharie lui tape dans la main et lui dit qu'il est « trop fort ». Quant à Iban, il ébouriffe les cheveux du garçon qui le regarde avec dévotion.

Comme Tom a changé depuis leur arrivée à Saint-Jean-de-Luz cet hiver ! De petit garçon timide et renfermé, il est devenu heureux de vivre, prêt à se faire des amis et à s'amuser avec les autres... Gaëlle en a presque les larmes aux yeux. Elle s'approche de lui pour lui faire un rapide câlin – ça ne se fait pas de se faire câliner par sa mère en public.

***

Elle sourit encore de plaisir pour Tom en rangeant les bouteilles ce soir. Elle pense à Bixente. Il aimait organiser ce jeu et elle adorait y participer. Elle le revoit en train de l'encourager tandis qu'elle se concentrait et s'appliquait, la langue entre les lèvres. Et pour elle, si facilement distraite, c'était un vrai challenge de réussir ce concours ! Mais elle y arrivait. Parce que son grand-père était là, tout près d'elle, si calme, si confiant.

Elle continue à penser à lui en repliant correctement les toiles des trampolines. Combien de fois elle l'a aidé à ranger, le soir, dans le calme du club vidé de ses ribambelles d'enfants...

Elle est tirée de ses souvenirs par son portable qui vibre.
Enfin, se dit-elle, *pas trop tôt !*
Le message est bien d'Iban, mais il est énigmatique :

[Je suis quelque part
dans le coin. Cherche-moi !]

22

Gaëlle contemple son téléphone sans comprendre.

[C'est un jeu ?]

[Oui.]

[La plage est grande !]

[Tu as des jumelles, non ?]

Elle regarde autour d'elle. À quoi joue-t-il ? Elle ne le voit nulle part. Elle va chercher dans la cabine les jumelles d'André, celles-là mêmes qui ont appartenu à Bixente. Elle sait très bien ce qu'elle va faire. Comme à l'époque ! Elle escalade le portique et se retrouve en haut, sur la passerelle. Elle ressent une bouffée de bien-être. Il y a bien longtemps qu'elle n'est pas venue se poser ici, tranquillement, pour observer le monde autour d'elle. Comme on est bien là-haut ! Et comme la vue est magnifique ! Les maisons à colombages sur la jetée semblent onduler sous l'effet d'une légère brume de chaleur. La mer scintille jusqu'à l'horizon. Des bateaux à voiles passent tranquillement au loin. C'est son paradis.

Elle commence à chercher Iban. Elle pense d'abord qu'il est dans l'eau, mais il n'y a aucune planche dans la baie. Elle entreprend de balayer la plage de ses jumelles, quand elle reçoit un nouveau message.

[Pas par là. De l'autre côté.]

De l'autre côté ? Vers la jetée ? Elle se retourne et, de ses jumelles, parcourt lentement la jetée, de droite à gauche. Son regard passe sur Gure Etxea avant de poursuivre son exploration, puis… revient en arrière. Sur la porte de la maison de Bixente, une grande feuille est collée. « Oui, c'est là ! » est-il écrit. Avec une flèche vers le haut.

Intriguée et le cœur battant soudain plus vite, elle suit la direction indiquée par la flèche, jusqu'au toit-terrasse. Iban est là-haut, il lui fait de grands signes et tend devant lui une autre feuille. « Viens ! » a-t-il inscrit. Elle baisse les jumelles, la gorge nouée. Il l'invite à le rejoindre dans cette maison qui symbolise tant de choses pour eux deux. Cette maison qu'il lui a prise et dont il lui ouvre à présent la porte. Elle ferme fébrilement la cabine et remonte la plage presque en courant, les jambes tremblantes.

Quand elle arrive devant la maison, l'émotion la submerge. Elle n'y est pas entrée depuis si longtemps ! Iban a laissé la porte entrouverte. Elle pose la main sur le lourd vantail en bois, retrouvant ses nœuds sous ses doigts, son odeur de vieux chêne, son léger grincement quand elle la pousse.

Elle pénètre dans le hall. Le carrelage et les murs n'ont pas changé, mais évidemment, tout le mobilier est différent. Elle ressent un curieux mélange de familiarité et d'étrangeté.

Avant de monter rejoindre Iban, elle passe par le salon, puis la cuisine, le domaine de Madeleine, qui donne sur le petit jardin à l'arrière. Une lame de nostalgie la cueille. Elle revoit sa grand-mère, toujours affairée derrière ses fourneaux, en train de lui préparer des gâteaux pour le goûter. Elle grimpe l'escalier et ne s'arrête pas à l'étage, continuant directement jusqu'au toit-terrasse. Quand elle débouche sur cet espace qu'elle a tant aimé, elle en a le souffle coupé. Elle avait oublié à quel point la vue est magique.

Iban, adossé à la rambarde, l'accueille en souriant.

– Surprise ! dit-il.

Elle s'approche de lui et noue ses mains autour de sa taille pour profiter avec lui de la vue qui s'étend sous leurs yeux, la plage, le club et l'océan à perte de vue.

– Tu ne peux pas savoir ce que ça me fait de revenir ici, souffle-t-elle.

– J'imagine bien…

– Mais il n'y a pas de locataires ? On peut rentrer comme ça ?

– Je loue à l'année de septembre à juin et en saisonnier pendant l'été. Mais quand mes locataires sont partis fin juin, je n'ai pas reloué. Je voulais garder la maison libre pour si…

Il fouille dans sa poche, en sort quelque chose qu'il garde caché dans son poing et qu'il dépose dans sa main, sans qu'elle puisse voir ce que c'est. Elle sent du métal contre sa paume. Il retire sa main et elle déplie ses doigts. Ce sont des clés. Les clés de Gure Etxea. Elle pose la main sur sa poitrine, trop bouleversée pour parler.

– Que…

– Gaëlle, c'est ta maison, ça l'a toujours été. Je te la rends.

Elle plaque une main sur sa bouche. Des larmes jaillissent de ses yeux.

– Iban, je ne peux pas accepter…

– T'inquiète, lance-t-il d'un ton léger, il y a des conditions !

Elle rit à travers ses larmes.

– Ah oui, lesquelles ?

Il l'enlace et approche son visage si près du sien qu'il emplit tout son champ visuel.

– Pour commencer, je viens avec toi.

– Tu n'es pas un sauvage qui préfère vivre tout seul dans son chalet ? se moque-t-elle.

– Hummm… ça dépend des jours. Mais là, tout de suite, je me sens plutôt d'humeur à être en bonne compagnie.

Elle l'embrasse. Ses lèvres sont toujours si chaudes et si douces.

– Iban, c'est…

– Chut. Ne dis rien.

– Mais c'est…

– Chut, j'ai dit.

Il l'embrasse à son tour pour la faire taire. Son baiser est intense, Gaëlle frémit. Les mains d'Iban cherchent un chemin sous son tee-shirt, il se plaque contre elle. Elle se laisse aller avec délice contre la chaleur de son corps avant de s'écarter doucement, à regret.

– Il faut qu'on y aille, dit-elle, André, Barbara et les enfants nous attendent.

– OK…, soupire-t-il.

– Pour la maison…

– Gaëlle, laisse-toi faire. Baisse la garde. Je veux juste… réunir ce qui a été séparé. Ce n'est pas une question d'argent et de toute façon, je ne dis pas ça pour frimer, mais je pourrais très bien acheter les deux maisons voisines si ça me chantait.

Elle lève les yeux au ciel. Il est toujours aussi arrogant !

– C'est important pour moi… pour nous, insiste-t-il. Alors, chut et viens !

Ils descendent l'escalier main dans la main. Gaëlle ne peut s'empêcher de ressentir au fond de son cœur la force de ce moment. Oui, Iban réunit ce qui est séparé. Elle se sent réconciliée avec elle-même, avec son enfance et… avec l'amour, songe-t-elle en plongeant ses yeux dans ceux de l'homme qui se tient à ses côtés. Ils referment la maison et partent à pied le long de la jetée. Elle sent la clé dans sa poche. Elle pense à Bixente.

Grand-père, si tu nous vois, pense-t-elle en se serrant contre Iban, les yeux dans la lumière de la baie, *tout est bien. Tes deux familles n'en sont plus qu'une.*

Elle respire à pleins poumons l'air iodé, pour essayer de résister à la vague d'émotion qui l'envahit. Elle pense aussi à sa mère. Elle imagine sa réaction quand elle saura que la maison reste dans la famille. Elle va avoir beaucoup de choses à lui révéler… Elle est repartie à Saint-Jean-de-Luz sans lui donner d'explications, mais maintenant, il est temps. Et puis, elle lui présentera Iban. Elle est sûre que tout se passera bien.

Ils arrivent chez André et Barbara, où ils sont

accueillis par les ronchonnements de Lola, qui aurait préféré rejoindre Zacharie et ses amis sur la plage d'Erromardie, plutôt que de suivre les adultes à cette prétendue fête.

– Je suis vraiment obligée de venir ? grogne-t-elle.

– Fais-moi confiance, dit Gaëlle, tu ne regretteras pas. Je le sais, j'y suis allée quand j'avais ton âge. Tous les ans, mes grands-parents m'y emmenaient.

– Zach m'a déjà tout expliqué et ça a l'air carrément ch…

– Stop, Lola ! l'interrompt sa mère, ne gâche pas la surprise pour ton frère. Fais au moins ça pour lui. Et si tu n'aimes pas cette soirée, je te promets que l'année prochaine, tu en seras dispensée. Maintenant, on y va.

– Tu as bien ton portable, au cas où on serait séparés ? lui demande André.

– Mais oui ! dit Gaëlle la mine offusquée. Pourquoi tout le monde croit toujours que je vais oublier quelque chose ?

André et Iban échangent un regard qui en dit long.

Ils se mettent en route tous ensemble. Autour d'eux, de plus en plus de monde converge vers le centre-ville. Gaëlle prend la main de son fils.

– J'espère que tu vas réussir à voir quelque chose, Tommy.

À peine a-t-elle fini sa phrase qu'Iban passe derrière elle, attrape Tom sous les bras et le propulse dans les airs pour l'asseoir sur ses épaules. Le garçon affiche un sourire radieux. Il pose ses mains sur la tête d'Iban et tord le cou en direction de la clameur. Lola, un peu envieuse, lui demande de décrire ce qu'il voit.

– Des gens dans la rue.

– Super. Et c'est tout ?

– Plein de gens dans la rue.

– Génial ! C'est précis ! Ta prochaine phrase, ce sera : « Encore plus de gens dans la… »

Lola n'a pas le temps de finir sa remarque. Son frère, excité, montre quelque chose au loin.

– Attendez, ça bouge ! Les gens se poussent pour laisser passer une statue. Ça y est ! La voilà ! La voilà !

Gaëlle a volontairement donné peu d'informations à ses enfants sur le déroulement de la soirée – elle n'avait pas prévu que Lola se renseignerait auprès de ses amis. Elle a simplement expliqué qu'à Saint-Jean-de-Luz, le 15 Août est une date incontournable. Et que les Luziens ne manqueraient sous aucun prétexte cet événement. André et Barbara ont hoché la tête, une expression mystérieuse sur le visage.

Si elle avait dit à Tom et Lola qu'il s'agissait d'une fête catholique en l'honneur de la Vierge se terminant par une messe, ils n'auraient jamais voulu venir. Et pourtant… catholiques ou non, tous ceux qui prennent part à cette fête se trouvent emportés par sa magie singulière. Gaëlle espère que ses enfants ressentiront le même émerveillement qu'elle lorsqu'elle était enfant. Elle regarde Lola discrètement et est un peu rassurée. Sa fille semble intriguée par toute cette agitation.

On commence à entendre la foule chanter au loin. Iban pivote vers sa droite pour regarder Gaëlle. Leurs yeux se croisent et se parlent. Ils ont une folle envie de s'embrasser, mais ils se retiennent en présence des enfants. Il est encore trop tôt pour laisser leurs sentiments s'exprimer aussi librement qu'ils le souhaiteraient. Ils se contentent de s'effleurer discrètement. Ils ont expliqué aux enfants qu'ils sont amoureux, mais ils ménagent la sensibilité de Tom. Iban lui fait un clin d'œil et s'adresse à Tom qui gigote de plus en plus.

– Alors, bonhomme, à quoi ressemble cette statue ? Parce que je vais te poser dans une minute.

– C'est une dame. Elle est grande et blanche.

– Je vois pas ! s'exclame Lola qui se hisse comme elle peut sur la pointe des pieds.

– Ils arrivent par ici, tu vas la voir Lola, la rassure son frère.

Iban fait glisser Tom sur son épaule et le dépose doucement sur le trottoir. La foule devient plus dense. Les gens se serrent le long des magasins et des maisons pour libérer le passage. La clameur monte peu à peu, vibrante. Gaëlle se frotte les bras. Elle a la chair de poule.

– Ils chantent quoi, maman ? demande Tom.

– Des chants religieux, chéri. Je ne saurais pas te dire précisément lesquels, mais ils ont sûrement un rapport avec la Vierge Marie.

– C'est sa statue qui approche ?

– Oui, Tommy, et les gens vont la suivre jusqu'à l'église Saint-Jean-Baptiste.

– Celle où le bateau est accroché ?

– Oui.

– Chouette ! J'adore ce bateau.

Gaëlle éprouve un pincement au cœur. La dernière fois que Tom et Lola sont entrés dans cette église, c'était accompagnés de leur père, lorsqu'il est venu passer les vacances avec eux, plusieurs mois auparavant. Cela lui semble être dans une autre vie. Fabrice a longuement expliqué à son fils l'histoire de ce navire qu'il découvrait sur un prospectus touristique.

Lola interrompt les pensées de sa mère.

– On va quand même pas aller à la messe ?

Gaëlle lève les yeux au ciel, agacée. Barbara sauve l'ambiance en proposant aux enfants d'aller prendre une glace et de ne rejoindre la messe que pour le final de la cérémonie.

– Ce sera moins long pour eux, dit-elle à Gaëlle, et ils assisteront quand même au plus beau moment ! On s'occupe d'eux, André et moi, et vous, dit-elle en désignant Iban et Gaëlle, allez-y, profitez, on se retrouve à l'église tout à l'heure.

Gaëlle a à peine le temps d'acquiescer. Déjà leurs deux groupes se retrouvent séparés par le mouvement de la foule qui avance. Un peu anxieuse, elle suit du regard tant qu'elle peut la petite tête de Tom.

– Ne t'inquiète pas, lui dit Iban, ils vont dans un endroit calme, ils ne seront plus dans la foule. Il ne va pas se perdre.

Elle lui sourit et se presse contre lui. Elle aime sa sérénité rassurante. Et elle apprécie d'enfin pouvoir le toucher à sa guise et respirer son odeur dont elle ne peut plus se passer. Il resserre son bras autour d'elle et lui sourit en retour, plongeant son regard dans le sien, et elle s'y perd avec délice.

Ils se laissent entraîner au cœur de la procession aux flambeaux. Gaëlle rayonne de bonheur. Elle veut vivre cet instant, cette soirée et cette fête de manière totale et intense. Rien ne peut l'empêcher d'être heureuse et de célébrer son amour avec Iban. Cet amour est comme un don du ciel pour elle. Mais pas seulement. Cet amour est un fil de pardon entre Michel et Bixente, entre les Sarda et Iban, entre Eugénie et aujourd'hui. Cet amour est un baume apaisant sur une famille meurtrie. Gaëlle se sent au cœur d'une chaîne de résilience.

Ils marchent côte à côte dans la rue Gambetta, en écoutant les gens qui chantent autour d'eux. Ils ne tiennent pas de cierges rehaussés d'une corolle de papier blanc, mais cela importe peu à Gaëlle. La lumière vient du cœur et le sien déborde en cette belle nuit. Elle serre la main d'Iban avec une ferveur joyeuse et lui se laisse emporter en souriant.

Les pierres blanches de l'église Saint-Jean-Baptiste les guident comme un phare. Il y a tellement de monde que Gaëlle et Iban doivent emprunter l'escalier de pierre pour monter dans la troisième galerie. Après s'être glissés derrière un banc bondé, ils se blottissent l'un contre l'autre. La vue est à couper le souffle. Tout n'est que lumière. Les dorures du retable, les flammes des cierges et les lumières ambrées. La chaleur humaine, le souffle des paroissiens, les volutes de fumée font balancer le bateau suspendu. Sa coque noir et vert tangue comme si elle était ballottée par les flots.

Gaëlle ne parle pas, n'explique rien. Elle sait qu'Iban assiste chaque année au feu d'artifice depuis la plage d'Erromardie, parfois même depuis sa planche au milieu de l'eau, et qu'il n'a jamais voulu participer à cette grande fête religieuse. Sa colère l'a éloigné de ce type de communions humaines. Il préfère la mer et le ciel. Mais il veut apprendre de Gaëlle et laisser la douceur et le pardon prendre place dans son cœur.

Les chants se succèdent. Gaëlle attend son préféré, le chant final, un chant que Bixente fredonnait rien que pour elle, parfois, quand le club était rangé et qu'il ne restait plus qu'eux deux sur la plage, tandis que le soleil passait sous l'océan.

Elle pense à André, Barbara, Tom et Lola, qui ont dû maintenant rejoindre la foule et sont là, en bas, quelque part, prêts à vivre eux aussi ce moment magique. Les premières notes de *Agur Maria* résonnent dans l'église Saint-Jean-Baptiste. Le cœur de Gaëlle se gonfle. Elle ferme les yeux, se laissant emporter par la beauté du chant et par l'émotion qui la submerge. Iban entoure ses épaules de son bras. Elle s'appuie un peu plus fort contre lui. Elle se sent infiniment heureuse en cet instant. Entière. Complète. Tous ceux qu'elle aime sont là ce soir, même ceux qui ne sont plus de ce monde. Ils sont tous ensemble dans son cœur, vibrant à l'unisson dans l'intensité fervente du chant basque, dans cette ville qu'elle aime tant. Elle se mord la lèvre pour tenter de retenir les larmes qui lui montent aux yeux. Elle a une petite pensée pour cette offre d'emploi punaisée sur un tableau de liège qui a tout enclenché. Elle a suivi son rêve, envers et contre tout. Et il est devenu réalité.

Fin

Composition et mise en pages
Nord Compo à Villeneuve-d'Ascq

Imprimé en Espagne
Dépôt légal : juin 2020
ISBN : 979-10-22404-26-6
POC 0292